U1076174

圈套生成，
游戏开始…

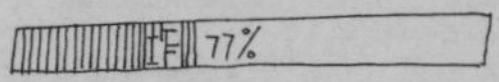

时非空

无底牌游戏

时非空　著

广东旅游出版社

图书在版编目（CIP）数据

无底牌游戏 / 时非空著 . -- 北京 : 北京联合出版公司 , 2022.12

ISBN 978-7-5596-6524-9

Ⅰ . ①无… Ⅱ . ①时… Ⅲ . ①长篇小说—中国—当代 Ⅳ . ①I247.5

中国版本图书馆 CIP 数据核字（2022）第 202902 号

无底牌游戏

作　　者：时非空
出 品 人：赵红仕
选题策划：雁北堂（北京）文化传媒有限公司
责任编辑：徐　樟
特约策划：施玉环
特约编辑：谢莉莉
封面设计：八牛·设计 34508448@QQ.com
版式设计：冉冉工作室

北京联合出版公司出版
（北京市西城区德外大街 83 号楼 9 层　100088）
三河市金泰源印务有限公司印刷　新华书店经销
字数 253 千字　880 毫米 × 1230 毫米　1/32　9.75 印张
2022 年 12 月第 1 版　2022 年 12 月第 1 次印刷
ISBN 978-7-5596-6524-9
定价：45.00 元

版权所有，侵权必究
未经许可，不得以任何方式复制或抄袭本书部分或全部内容
本书若有质量问题，请与本公司图书销售中心联系调换。电话：（010）58301268

目录

第一章 诈欺游戏的开端

“包小严。”

“师父。”

“看出来了吗？”

一辆不起眼的小轿车戛然停在祥从区一条繁华大街的路边，车里一个四十来岁的中年人看着窗外，脸上尽是微笑。

开车的年轻人拉起手刹，满不在乎地回答：“一眼就看穿了！”

“说说。”

“鬼鬼祟祟、贼眉鼠眼，是个小绺！孬货……”

“放狗屁！”中年人不等他说完，伸手打了他一巴掌，“这两年教你的都学到狗脑子里了！再看看。”

包小严捂着后脑，又打量了一下不远处那个染着黄头发的高个儿瘦子，笑起来：“往地上丢纸包，哈哈，分赃骗！这年头还有人使这个？”

中年人不再理他，向后座偏过脑袋，问道：“小妖儿，你看呢？”

后座有两个人，一个也四五十岁模样，老气横秋，微有髭须。另一个是二十出头的漂亮姑娘，听了他问就笑着说："我跟小严哥想的差不多，只是那个信封薄薄的不像有多少钱……"

中年人"嗯"了一声，说："老严，过去盘盘道，让他俩也长长见识。"

后座四五十岁的人答应一声，向包小严说道"小子，好好学着"，然后开车门迈了出去。他叫包老严，是包小严的父亲，头一次踏上陌生城市的土地，他不由自主地在车边站了一站，然后才向前面黄发直竖像个"笤帚精"的瘦高个儿走过去。

"小伙子，你掉东西了。"

"笤帚精"吃了一惊，瞪着眼前这个满身土气，一嘴外乡调儿的半大老头儿，没好气地说："少管闲事！"

"哎？你掉了东西，我帮着捡起来，怎么叫管闲事……这是拾金不昧！你说，你掉没掉东西？"

"你怎么知道是我掉的！"

"你在它前头，我在它后头，不是你掉的，还能是我的？"

"我离着那卡八丈远，街上这么多人，你说是我的？"

"不是你的，你怎么知道里头是张银行卡？"

"笤帚精"被他问得一愣，马上反唇相讥："那你怎么知道是银行卡，不是充值卡、购物卡？"

这次，包老严倒是被问住了。"笤帚精"一把将信封夺在手里，说："好好好！算我丢的，您都对，您是拾金不昧！政府做的锦旗都送过来了，快领去吧！"接着将包老严推了个转身，快步走了。

走出几十米，料想人来人往正是动手时机，"笤帚精"又将信封"不小心"丢在地上，假装咳嗽向路边闪开。正在这时，那个不知是哪儿的腔调的声音又钻进耳朵："小伙子，怎么这么不心疼东西，你又掉啦！"

“你才掉了！”

“笤帚精”怒不可遏，又要一把抢过来，寻思着找个什么借口揍这不开眼的老家伙一顿。

包老严却一下躲过，顺手将信封打开，说：“没人要，谁捡着就是谁的！提前说好了，你承认不是你的，要是有钱我可不会‘见面分一半’！”

“笤帚精”眼中闪过一阵喜色，说：“老东……嘿，大爷，怪我没礼貌。要是里头有钱，我三你七，怎么样？”

“那可不行！”包老严从信封里摸出一张崭新的银行卡，还有一张打印的纸条，“还真是银行卡……还有一张字条儿，写的啥？这字也太小了！小伙子，你年轻眼神儿好，你念念。”

“笤帚精”接过去，笑着说：“这字还小？不小了！念可以，不能白念。”

“你先念念。”

“好，听好了啊。‘王处长，感谢您对公司的帮助，使我们顺利中标。不方便登门致谢，敬赠银行卡一张，略表心意。密码是开工日期，括号，二零幺九幺九，括号完。如取款时遇到问题，请咨询开户银行，括号……’算了，不念了！括号里是电话，后面没了。”

包老严眉开眼笑，一把抢过纸条：“好哇，这是明目张胆地行贿啊！怪不得你小子不认。我娘欸，卡上写着多少个零啊，这得多少钱啊？”

“都说了不是我的！个十百千……大爷，是三十万，三十万啊，大爷！咱们发财了！”

包老严将银行卡藏到身后，说：“大爷可不是三十万！你走吧，我把信交到反贪局。”

“得了吧，你说上交谁信啊！我一走，你自己闷声发大财，哪有那好事儿！刚才说了，念了不白念，三十万我三你七，咱算两拉倒。”

“想得美！我出来遛弯儿，哪儿就给你钱……”

“大爷，这里人多眼杂，要不你去银行取了三十万出来，分我九万。”

“不给你！谁知道有没有钱，说不好是骗子设的套儿，专等着贪小便宜的往里钻。”

“笤帚精”打心眼瞧不起这种没见过世面又一肚子奸诈的老滑头，冷笑一声说：“钱在卡里，卡在你手里，谁还能骗你？”

“你敢不敢赌咒发誓？骗我钱是狗，骗子死全家！”

“大爷，你也太狠了点儿。赌咒发誓属于封建迷信，再说，跟我有什么关系！”“笤帚精”叹了口气，有点不耐烦，“你就去银行，有钱就取出来，没有，卡也不能把你吃了！我有事着急走，要不为了这九万，谁会跟你在这儿磨叽。干脆咱俩一块儿交给交警得了，谁都别想赚！”

包老严犹豫半晌，说：“一千，顶多一千。”

“多少？九万划到一千，你也太黑了点儿，不行！五千，算我倒霉！”

“一千二百五。”

“四千！”

“一千五。”

“三千，亏死我算了！”

“一千七百五。”

“笤帚精”咬了咬牙，说：“两千！不能再少了，再少咱就干脆找交警。”

包老严盘算了盘算，终于下定决心，说：“两千就两千！不过我可没有现钱，我给你写个欠条，明天你来找我。”

“笤帚精”气乐了：“欠条？什么年代了还打白条，开玩笑呢！再说了，明天我上哪儿找你去！”

“上我们家找我去啊……我身上没钱，怎么办啊？要不你跟我去取？”

“笤帚精”顿时警觉起来，问他：“你们家在哪儿？”

包老严抻着脖子向前面张望，说：“不远……那儿！看到没，那个店，我儿子开的。”

“笤帚精”随着他手指乱看，那里一拉溜儿都是卖东西的门脸儿，也不知道他说的哪家。

“哪家是啊？”

“你跟我走，到了就知道了。”

“笤帚精”跟在包老严身后，两眼乱转，心里加着小心。

“哎，就是这家！手机店，看到没？你跟我进去，我让我儿子拿钱。”

“我就不进去了，大爷，你拿了钱出来，咱们一拍两散，谁也不欠谁。你发你的财，我走我的路，就不打扰了。”“笤帚精”嘴上这么说，心里却想，“老家伙，谁知道你是不是想关门打狗。”

“好好好，你在这儿等着，我自己去！”包老严笑了笑，大声地说。然后，他走进手机店，放低声音向店主问道，“老板，手机有没有看着像三千，实际才两千的？”

店主睡眼惺忪，笑起来：“大爷，有啊！您看这几款，两千出头，个顶个豪华大气，说值四五千也绝对有人信。”

包老严哈哈一笑，又问：“那有没有看着像两千，实际卖四五千的？”

店主顿时板起脸来，说道：“大爷，您要什么可以直接说，牌子型号，都可以给您推荐，要开玩笑我可没时间！”

包老严说：“门口那个鸡冠子脑袋，看见没？是我儿子。你看他不三不四的，媳妇儿却有钱，也舍得给我花，反倒这小子横拦竖挡，不是个人。这不，让他给我买个手机，他推三阻四，只让买两千块的，还发脾气不愿意进来……”

店主一笑：“刚才听见您喊了，孩子大了，不好管了。”

“就是啊，他不来正好，你给挑个好的，我直接找儿媳妇拿钱。喏，就在前面的车里，看着就不便宜的那辆。”包老严边说边挥了挥手。

店主和“笤帚精”不约而同向前面路边停着的一辆汽车看去，见它车窗放下来，有个年轻女子的手臂摆了摆，在回应包老严的招呼。

店主笑嘻嘻地说：“您儿媳妇儿挺白啊……嗐！手机，咱说手机……您看这一款，国际大品牌，十足高科技！出厂价五千一，高清屏、上网快、电量足，绝对值回这个价！就是设计师乾隆附体，怎么看怎么像大眼儿贼，后盖儿还是变色儿的，说它两千它自己都得心虚。”

包老严说：“行吗这个？我怎么觉得它挺好看呢，贵气！”

“没问题，肯定没问题！就冲您儿子那新潮发型，他就看不上这款，绝不会说出啥来。”

包老严将信将疑，问他：“五千凑个整？行我就去拿钱。”

店主假装不情愿地答应了：“行吧，一部手机就挣您一个盒饭钱。”

包老严回头向门外大喊：“两千，是不是？”

“笤帚精”等得不耐烦，嚷道：“两千两千，快点就行。”

“他妈的，你还嫌烦了！”包老严嘟囔着，对店主说，“好吧，你给我装个袋儿，还要借你两杯水喝。我让那小子进来，你跟他对付几句，我去车里拿钱。”

等店主将手机装好了，包老严一手握着水杯，一手拎着袋子，走到“笤帚精”跟前，抬手一晃，说：“手机行不行？”

“不要手机，只要钱。”

包老严又把水杯递到他手里，说：“那你喝点儿水吧，去店里坐会儿，我去车里拿钱。”

“笤帚精”见他跟店主谈笑风生，又跟路边的汽车熟识，心中的疑虑自然烟消云散。走进手机店，跟店主敷衍地一笑，眼看着包老严上了汽车，在路口一拐就消失不见。两人这才觉得好像哪儿不对劲儿，不约而同向对方问道：“你爸爸去哪儿了？”

“笤帚精”恍然大悟，怒道：“老骗子！”起身要走，被店主一把揪住。

“小子，还想走！我见你在这儿才叫你爸爸拿走手机。没说的，快掏钱！”

“呸，那是你爸爸！他说要给我两千块钱，到这儿找你拿！”

“大小骗子合起伙儿来骗手机，好啊，局子里走一趟吧！”店主说着，“砰”的一拳打在“笤帚精”脸上，将他摁倒在地用腿压住，翻遍口袋要找出些钱来。谁知钱是一张没有，却从衣服暗袋里搜出几十个信封，拆了几个顿时惊呆。只见每个信封都有一张注明三十万的银行卡，眼前这一堆儿少说也有好几百万，还都是行贿给那个不知是幸运还是倒霉的什么“王处长”的！

“果然是骗子！你们是一伙儿的……”店主抄起电话拨了出去，“幺幺零吗？我这儿有人拿了几百万来买手机……对对，几百万！不是不是，不是假币，是卡，王处长的卡……”

“笤帚精”趁他分神猛地一挣，跳起身来夺路而逃，心里暗暗咒骂：“妈的，谁说在这里一家独大，同行这不就来了！”

“他说我是他儿子，要给他儿子两千块钱……我已经慢慢说了……他、跟他儿子、说我、是他儿子……”店主一边追一边继续冲手机里喊，眼见追赶不上“笤帚精”，不由得无名火起，呸了一口唾沫，骂道，“我去，让俩儿子绕里头了！”

小轿车里，三个人听了包老严的述说，一起开怀大笑。小妖儿乐得俯在前座背上直不起腰，包老严说：“小妖儿，这玩意儿给你吧！”

“谢谢严叔！”小妖儿接过手机袋子瞟了一眼，又还到包老严手里，“这样子我最不喜欢，一亮屏像酒瓶起子，你自己留着用吧。”

“我现在这个用习惯了，倒来倒去太折腾。有人要吗？没人要我可送人了！小严，停一下！对，就这儿。”

包老严走下车，路边是一个卖扣子、小绳编的老太太，旁边隔开几步有人竖着牌子求帮要钱，看上去神情凄惨。

他问道：“要多少钱？”

老太太举起一个钥匙链，说：“两块钱，我亲手编的，不是机器的，结实！”

“没钱拿东西换行不行？”包老严将手机连袋子一起递过去，又问道，“老姐姐，孩子呢？”

“上学去了。”

包老严心生诧异，问她：“多大了还上学？”

“孙女。爹妈早没了……哎哟，这不行，我可找不开。”

“不用找了，咱们一物换一物，我这是机器的，你还吃亏了！”

“哦哦……这、这……”老太太攥着袋子不知所措。

“找个老实相熟的帮着卖了，卖之前查查价，别上当！”包老严坐回车里，扬着手里的绳编，说，“看，手工的。”

包小严不以为然，问道：“你怎么不给那乞丐？”

小妖儿忍不住插口说：“乞丐有几个是真的，你看他牌子上写得可怜，也许都是编出来的。”

包老严叹了口气：“若是假的，被他骗几个零钱不打紧，咱们就是骗人的，叫人家骗一骗又算什么。就怕他是被人强逼着出来讨要的，你给他钱，圈着他的黑心主儿见有利可图就加倍拐人折磨了来要……”

“所以你宁愿给那个老太太也不给乞丐？”

包老严点点头，说：“那么大岁数，但凡有别的生计也不会出来做这种一两块钱的小生意。就算她客流不断一天能挣几个钱！这样的帮一帮不会上当。”

包小严“嗤”的一声冷笑说：“你说的也不尽然，要是都不给那乞丐施舍，他就被别人当作没用，下毒手抛了！”

小妖儿明白他说的“抛了”就是“杀了”的意思，心里不由得一寒。

包老严沉默了一瞬，说：“谁知道呢，那就不是咱们管得着的了。”

一番话说得车里气氛凝重，小妖儿岔开话题，说道：“严叔，你刚才可真是了不起！随机应变，信手下套儿，我到现在才琢磨明白！”

包老严摆了摆手，笑着说：“还要多亏你反应快，跟我挥手。其实啊，要论给人下套儿，骗术之精，手段之妙，还得是你们师父，咱们掌穴帮头千层锦！我这位师弟，有个外号自己不让随便提，你们可知是什么？”

“什么？”小妖儿顿时来了兴致，满脸热切望着包老严。

“‘套儿王’！想当年……”

那中年人一直没说话，这时打断他，笑道：“老严，行了，提这些陈芝麻烂谷子干吗！咱们这一行，学无止境，须知天外有天，人外有人，什么时候都不能忘了‘虚心’二字……对了，三路他们什么时候到？”

包小严说：“你忘了，不是说安顿好了再让他们起身吗？只要师父你一声号令，转天准保到齐。”

千层锦倚在座位里，手摸着髭须，颇为得意地说：“这次带你们来蹚新盘子，我有几个想法。一是将老祖宗传下来的玩意儿抖搂抖搂，别都捂馊了，二是让你们在大买卖里历练历练。我跟老严毕竟上了岁数，咱们古法骗术派要想发扬光大，以后还得指望着你们年轻人。”

小妖儿问道：“师父，有个事我一直没琢磨明白，被老严叔捉弄的那个人丢了包，好像并不打算跟捡包的分赃，那他怎么骗人钱呢？”

包老严说：“对，我要不缠着他，他丢了信封就要走了，是不像常见的分赃骗钱。看来，毛病出在这卡上。”

包小严说：“前面就有个自助银行，咱们看看到底有什么鬼花样。”

千层锦说：“不用去了，万变不离其宗！想想看，要是你想到的这个主意，你打算怎么骗到钱？”

小妖儿一边想一边自言自语：“卡是死的，怎么叫人主动掏钱呢？”

千层锦循循善诱，又说：“是啊，卡是死的，却可以叫人眼热。你们要去提款机查，十之八九上面真有那三十万块钱……”

“我懂了！”小妖儿兴奋地一拍巴掌，“卡是死的，电话那头儿的人是活的，要有贪财的动了心打过去，就会被人骗！先打保证金什么的。”

“哈哈哈，孺子可教！”

包小严问道：“卡上真有钱取出来不就行了，还打什么电话。”

“对呀！有钱能取出来还用留什么电话？这骗人的手段还是老一套，卡里面高科技的技术活，就得靠你们自己去学了，师父可教不了你。”

包小严不禁自语道：“这可比咱们的手段省事多了……”

车子又开了一阵，包小严突然指着窗外一座高大建筑，说道：“这家怎么样？看着还不错！”

千层锦上下打量着，说：“开进去问问价。”

包小严驾车穿进满是树丛花卉和绵延草坪的庭院，绕过喷泉，一直来到酒店巨大的玻璃钢雨篷下，临下车时千层锦又叮嘱说：“知道怎么问吗？”

“知道！”

不一会儿，包小严就微笑着出来，说道：“他们说了，要是不算海边那家的玻利维亚海景总统套房，他们就是最贵的。”

千层锦点一点头，说：“好，再转转。”

小妖儿高兴地说：“太好了，咱们要住海边吗？”

千层锦面露微笑：“就知道你这丫头只想着去海边玩儿。”

小妖儿看着车外流动的景色，明白了千层锦的用意：“师父，还是刚才那片儿最繁华。不过，踹盘子也不用这么心急吧？”

千层锦呵呵一笑：“初来乍到更不能两眼一抹黑，心里有数睡觉才安稳。”

包老严突然说：“你们看，沿着这条河是不是就到海边了？”

“是吧。”千层锦看了一眼，心不在焉，向两个徒弟问道，“考考你们眼力，说说这一路都能看到什么？”

包小严说：“我就看见好几个娱乐会所挺扎眼的……”

千层锦骂道：“混账玩意儿！满脑子都是什么！高档写字楼你看不见？别墅区、古玩店、领事馆你看不见？就看见娱乐会所，它能给你钱？”

包小严犟嘴说：“还有警察局呢！你怎么不说？”

包老严笑着打圆场：“咱们用不上警察局。”

千层锦挥了挥手：“好了！回去，住刚才那个酒店。”

返程开到半个多小时，小妖儿正昏昏沉沉快要睡着，忽然觉得眼前一暗，车子慢了下来。只见外面都是翘首张望的行人，自行车、电动车横七竖八，挤得车道只剩大半条。

原来旁边小区门口正聚集着十几个人，看热闹的纷纷驻足，这才使道路受阻。

只听有个洪亮的声音说道：“你们发这花花绿绿的传单就能防得住诈骗了？我们‘巴马科公馆’是区里出了名的高知聚集地，住的不是教授就是海归，学问比钱还多，用得着你们来教育？”

小妖儿的目光穿过众人的缝隙，看见一个头发花白、愤愤不平的老头儿，他身子健硕，满面红光。对面一男一女像是大学生，男的飞红了脸，女的倒有些爽朗，笑着问道：“万大爷，您是教授还是海归啊？”

“我既不是教授也不是海归，我是海归他爹！我两个儿子一个在欧洲一个在美国，国外的骗子怎么样，厉害不厉害？你打听打听，从我这儿骗走一分钱没有！知道我为什么不上当吗？诀窍就俩字儿——‘抠门儿’！哎，不管对谁，我是一毛不拔。给我钱行，要我掏点儿出来，嘿嘿，就是没有，你能把我怎么样！对不对？你们这宣传，说实话，没用！走吧走吧，不欢迎，不远送！”

有几个人随声附和，女大学生也显出尴尬神色。正在这时，几个人先后招呼，说：“知了来了，让让，知了来了。”接着就有个清亮的声音传过来：“万大爷，有事向您老请教！”

万大爷回过身，瞪着眼睛说：“一猜就是你小子，他们就是你派过来的吧？告诉你，趁早去知识少的小区转去，不要坏了‘巴马科’的声誉！”

“收起来吧，万大爷不让发咱们就不发！”来人微笑着，又向围观的人群环视一圈，说道，“咱们换个地方，路边这么多叔叔大爷、大哥大姐，发到谁那儿谁还不捐个五十一百的！公益活动，就得众人拾柴火焰高。去吧，一块钱不少，越多越好！”

两个大学生听得糊里糊涂，不知该不该去。看热闹的行人本就不知道来龙去脉，一听是募捐顿时没了兴趣，墙皮剥落一般霎时层层散开。

道路一下畅通，包小严随着车流慢慢提速，外面的对话仍然传了过来：“万大爷，您老见多识广，哪个大人物曾经说过来着，‘知识就是金钱’？”

“福、福尔摩斯……不对！福尔克林。”

“咱们小区是高知聚集区，有的是知识，您就不怕被人骗点儿去啊？俗话说，不怕贼偷就怕贼惦记，您说，我要是个专偷知识不偷金钱的贼，是喜欢惦记知识多的呢还是知识少的？”

小妖儿一直扭着脑袋，离得远了才回过身来，两眼放光，赞叹说：“真帅！”

"警察！"

"什么？"小妖儿这才注意，包老严都快从座位上溜下去了，这时重新挺直了身子，又说了一遍："他是警察！"

"你怎么看出来的？"

"说不好，就是感觉有那么一股劲儿。"

"那叫'直觉'。严叔，看他长得挺帅啊，眼真亮，炯炯有神！"

"对，就是从这儿觉出来的！他刚才往人群里一扫，我就脊梁沟冒凉气儿，总觉得看的是我。"

包小严嘲笑他说："你又不是贼，心虚什么！"

千层锦说："没大没小！那不是心虚，是经验，你懂个屁！用句文词儿来说，是自我保护的本能。你爹摸爬滚打了一辈子，还会怕一个警察？"

包小严不服气："会有那么贫嘴呱舌的警察？"

小妖儿笑道："说不定是个业余的！"

千层锦说："这人不简单啊，一句话支走一群人，要是入了咱们这行，是块好材料，可惜不是同行是对头。"他经得多见得广，嘴上这么说，却也不怎么放在心上。

到了酒店，开了三个房间，四个人吃过晚饭正聚在千层锦的行政套房里闲谈，忽然门铃声响，有服务员送了东西上来，说道："有您一个朋友，说要送这份文件给二幺零六的客人。"

千层锦问："他怎么知道我在这儿？"

"前台问的。"

"怎么问的？"

"他说'请问有个胡子拉碴的中年人还有一个姑娘，说着外地口音，是住这儿吗？我是他朋友。'前台就说'是的'，他就留下这个走了。"

“我说的不是普通话吗？”

“不太普通。”

“前台也没说我的房间号啊，他又怎么知道我在二幺零六？”

“他不知道前台知道，就派我送来了。”

包老严问：“那人长什么样？”

“一人来高，平头正脸，不胖不瘦，像是个男的……”

千层锦说：“好了好了，谢谢你吧！”将服务员打发走，四个人面面相觑，他们在这里人生地不熟，是谁找上门来呢，还神神秘秘的？

大信封里只有一份大红烫金的请柬，里面写着：邀请阁下于明日上午十一时前往笪醉大厦二层中餐厅赴宴，届时有要事相商，事关财运，请勿推辞，若是不来，瞧不起你。

包小严看完请柬往桌上一扔，说：“什么玩意儿，写得不伦不类，骗子吧！”

小妖儿也说：“既没抬头也没落款，不知道谁寄的也不知道要请谁，这是哪种套路？”

包老严问道：“莫非是那个警察？咱们去不去？”

千层锦笑起来：“去，怎么不去！请咱们吃饭，又不是鸿门宴。他有千般妙计，我有一定之规，倒要去领教领教。”

“你知道是谁了？”

千层锦摇了摇头，一边想一边慢慢说道：“咱们头一次来，一个朋友不认识，一个冤家没得罪，有谁会找到这儿呢？”

小妖儿忽然说：“有一个得罪的人，就是老严叔捉弄的那个黄毛小子。你看，‘胡子拉碴，外地口音，还带一个姑娘’不就说的是老严叔和我吗？”她越说越觉得自己判断正确。

包老严说：“不错，同行是冤家。”

包小严摇了摇头：“要是他的话，他怎么找到这儿的？没发现有人跟踪啊，车牌号让他记了去了？”

千层锦一拍沙发扶手，说："冤家也好，对头也好，该见面总归要见的，去！"

包老严说："咱们好好合计合计。"

"没什么好合计的！随机应变，见机行事……小妖儿，把《新闻联播》打开，我再练练普通话！"

第二天起来，千层锦像是把赴宴的事忘得一干二净，一句话也不提，慢条斯理吃完早饭，又到院子打了一趟拳，一直到十点多才说："包小严，衬衣哪行！这是赴宴，正式一点，别像个土老帽儿。"

包小严哭笑不得，说："师父，我这衬衣是新买的名牌儿，国际范儿！"

"赴宴就要有赴宴的样子，正装，西服穿上！"

"热不热！"包小严皱着眉头刚要去拿衣服，千层锦又说："衬衣脱了不就行了。"

"啊？光板儿穿西服？咱俩也不知道谁是土老帽儿！"

包老严一本正经地吩咐说："不是开玩笑，你师父怎么说你就怎么做！"

千层锦笑道："明星模特都这么穿，哪土了？"

"那是明星，我比得了吗！咱俩这么穿能好看？服了！"

千层锦不再理他，对准备换衣服的包老严说："老严，你不用换了，你留下看家，我带俩孩子去就够了。"

"为什么不带老严叔？"小妖儿正从自己房间换了衣服进来，一身简约商务套裙光鲜靓丽，照得三人眼前一亮。

"嚯！小妖儿往我身边一站，我还真有点大老板、成功人士的感觉！"千层锦十分得意，又对包小严说，"比你强！"

包小严惊叹道："小妖儿，原来你这么漂亮……"

小妖儿故作生气，说："那是你平常眼里根本没我！"

包小严张着两只手看来看去，说："师父，咱们仨也不配套啊！成功美少女带着乡下老爹和一个傻哥哥？”

“哎！这叫‘兵者，诡道也。故能而示之不能……’，学着点吧，小子！就这样，走，打车！”

从他们住的酒店到笪醉大厦不远不近，到了的时候已经离十一点没剩几分钟了。面前一幢高大建筑拔地而起，简直耸入云霄，足有好几十层，底下四层商务用，五层以上都是写字楼。玻璃幕墙擦得一尘不染，进出的人们衣冠楚楚，还有几个巡视的保安。

“真气派！”包小严忍不住赞叹。

小妖儿催促说：“师父，现在上去正来得及。”

千层锦“嗯”了一声，手搭凉棚望着大厦楼顶，又架起胳膊来回扭着身子，说：“你先进门厅等我们，我跟小严跑上一圈儿，活动活动。”

“活动什么？”

“既然人家诚心诚意请咱们吃饭，咱们也不能太客气了，运动开了多吃两碗饭。”千层锦说着当先跑了出去，“小严，跟上！”

“是嘞！”包小严虽然想不出师父在使什么计策，心里也知道是要作弄不明底细的对手，不免觉得有趣，答应一声跟了上去。

两人绕着笪醉大厦跑了一圈，累得气喘吁吁，满身是汗。进了门厅，小妖儿又气又笑，拿了纸巾让他们擦汗。

千层锦卷起一只裤管，一直撸到膝盖，说：“真热！不用擦，也不用休息，趁热上楼。”

到了二层中餐厅，服务员看着走来的三个人，不敢相信他们是一起的，优雅大方的年轻职业女性和两个装束奇特的古怪男人怎么也协调不起来。她犹豫了一瞬，还是迎上来问道：“您好，几位？”

包小严掏出请柬，说：“有人请我们来这儿。”

“哦，您好！原来是驰遍十方高科技公司的贵宾，您这边请，自助餐厅用餐。”

千层锦问：“小姐，你说什么公司？”开口却是地方话腔调。

“您好，驰遍十方高科技公司。”

“吃遍十方？饭桶公司啊？”

服务员微微一笑：“您好！他们是高科技公司，在楼上十八层十九层……您好，自助餐厅到了，请慢用。”边说边向一扇玻璃门摆出请进的手势。

“多谢多谢！有劳你了！”千层锦扫了一眼，见宽敞的餐厅里已经有几个人在用餐。

他和包小严汗水淋漓地走进去，西服开口处露着白花花的肌肤。那些人都用怪异的眼光盯着他们，瞧得小妖儿都感觉不好意思了。

他们刚要取餐，那几个人盘子一推，已经吃完起身，鱼贯而出了，自助餐厅只剩他们三个人。

“我还以为是大餐，结果就是这个！”包小严盛了满满一托盘，坐在椅子里老大不乐意。

小妖儿突然低声说：“师父，真是他们！”

“谁？”包小严问。

“黄毛儿！过道毛玻璃一道一道的，脸虽然挡住了，毛刷子脑袋我却认得。”

“在哪儿呢？”包小严霍地站起来，“好小子，骗我们入窑……”

“毛躁什么。”千层锦一笑，继续问小妖儿，“还看出什么？”

“没了，就他一个。他们骗了咱们来，又偷偷摸摸不肯露脸！”

“谁说没露，你没发现而已！”

小妖儿觉得奇怪：“你是说外面偷看的还有别人？”

千层锦抬起筷子指着旁边用过的餐盘，说：“不是外面是里面！刚才吃饭的几个人就是咱们待会儿要朝面儿的正主儿！”

小妖儿低声惊叫出来：“真的？我都没当回事儿，长什么样儿都没去看！”

“他们溜得虽快却逃不出我的法眼。”千层锦伸指向额角上一划，

“全印在这里，比照片都牢靠。”

“师父，你怎么看出来的？”

千层锦一边吃饭一边漫不经心地问：“几点了？”

“十一点一刻多点儿。”

“你看这里还有别人吗？不到十一点就来吃饭，还三番五次向咱们身上亮招子，除了他们还会有谁？”

小妖儿说：“那咱们遇上骗子公司了，岂不是很危险，这是人家的地盘儿，人多势众……”

包小严说：“光天化日还怕他不成！再说，要玩横的早就动手了，不会装模作样还请咱们吃饭。”

“礼下于人必有所求，只怕这顿饭不那么好咽……吃吧！”

三个人不紧不慢地吃完，走到餐厅门口，服务员又迎了过来，手里拿着一张磁卡，说：“您好，驰遍十方高科技公司邀请您上十八层。”

包小严问道：“你们也是驰遍十方的？”

服务员微笑着说：“您好，不是，是他们订餐时委托的。”

包小严笑道：“托儿啊！”

“是的……您好，不是的！”

“卡干什么用？”

“您好，除了去商务楼层，乘电梯都得刷卡。您请进，我来帮您刷。”

包小严看着她，取笑说：“您好，这也是他们委托的？”

服务员尴尬地一笑：“是……您好，是的。”

千层锦彬彬有礼地道了谢，带着两个徒弟来到十八层。一出电梯，就见一个三十来岁戴眼镜的男人不可一世地站着，个子不高，稍微有些秃顶，冷冰冰地说：“初次见面，你们好哇？”阴阳怪气，不知是港台腔还是东南亚腔。

千层锦笑起来，说：“你说的不对！咱们朝过相了，怎么见面就不说实话呢？”

那个男人一脸茫然和不屑：“你说的这是哪里话，我听不懂。”

“小严，你来当翻译，说给他听。”

包小严知道师父是故意拿腔作调不说普通话，当下对那个男人说：“你也好！”

男人说：“来了就好！来来来，见识见识。”说完转身就走。

拐出电梯厅，迎面就是一行金灿灿的大字：驰遍十方高科技公司。斗大的亚克力立体字粘在形象墙上，被二极管射灯一照，烁烁放光，夺人眼目。旁边透明玻璃隔断里灯火通明，敞开式大厅足有好几百平方米，密密麻麻排满了电脑、话机，每个座位都坐着人，不是激情四射地打字就是热火朝天地通话。

男人说：“怎么样，见过没？”趾高气扬，神情很是无礼。

千层锦笑了，说：“网吧啊？没见过这么大的。小严，给他翻译！”

男人脸上微微变色。

包小严说：“看这个干什么？知道你们也是干那个的。”

男人说：“跟我走！”带三人上了十九层。这一层不再是大厅，而是几个办公室，都关着门，标牌写着：总裁室、会议室、副总室……总共六七间。

男人回头向千层锦他们从上到下扫了一遍，厌弃之情溢于言表，说：“我的办公室你们就不要进了。”在其中一间副总室门上敲了几下，里面有个娇媚的声音传出：“进来吧。”

房间布置得简约雅致，班台后面一个女子背着身正在染指甲，翘起的手指细白纤长，衬得指甲更显红艳，一头波浪似的长发从椅背上滚下来，透出说不尽的妩媚妖娆。

男人靠坐在班台上，瞥着千层锦，说：“开门见山，你叫什么？”

包小严顿时来气，瞪了他一眼，对千层锦说：“师父，他问你叫什么。”

千层锦呵呵一笑，双手抱拳，说："好说，在下千层锦。翻译。"

"我师父叫千层锦，我是包小严，她是我师妹小妖儿！你是谁？"

男人一阵冷笑，说："都是化名儿吧？"

包小严说："他说咱们是化名儿。"

"干咱们这一行真名化名有那么重要吗……翻。"

包小严突然想起一件事，问道："你是怎么找到我们的？"

男人毫不隐讳，说："对于一家高科技公司来说，找一辆外地牌照的汽车还不算什么了不得的大事。你们一露面就耍了我们公司一个员工，挺不简单啊，来抢生意的吧！"

包小严说："师父……"

千层锦说："我们是来做买卖的不假，祥从区这么大，完全容得下我们古法骗术派和贵公司两家。都是江湖同道，哪能占着锅不让别人吃饭！"

男人手一摆，说："哎！别，咱们是同行不同道！你们是什么，古法骗术派？哈哈哈哈……了解，形象倒是很匹配。"

包小严被他一双不大的眼睛看得身上发紧，更觉得自己空心儿西服穿得别扭，令他自惭形秽。

小妖儿警惕地检视着整个房间，天花板上并不显眼的三个拳头大的凸起，让她暗吃一惊。如果没看错，那是三台半球型的摄像机，它们运转正常的话，会从正中和左右两侧将房间里的一切团团罩住，一举一动都逃不出无情的凝视。小妖儿心里一慌，觉得自己正掉进一个未知的圈套里。

那人又说："我知道，你们也有自己的能耐，出过了不起的人物，不过，那都是老皇历了。翻来覆去不就那几个套路？都已经过时了，没人爱看了！你睁眼瞧瞧，哪还有人喜欢上你们的当啊。老掉牙的手段去偏远山区碰碰运气好了，干吗非得来大城市自取其辱呢！"

包小严说："他说，咱们过时了，没人上当了，只配去边远山区受辱。”

千层锦说：“他说的普通话我能听懂，不用你翻！你告诉他，老皇历不还是把他手下给骗了。”

包小严答应一声，说：“说得轻巧，你们那个黄毛儿还不是栽在我们手里！”

男人说：“拿一个刚入职的实习生跟你这个老油子比？嘿嘿，就算你赢了，最多能骗几个钱？两千,五千？够工夫钱不？够买营养液补脑子不？你知道他几十张卡撒出去，一天能挣多少钱？气死你，十几万！你还跟我比！”

包小严和小妖儿不知他说的是真是假，一时愣住，心里不停地打转。

“实话告诉你吧，这驰遍十方是我开的，我叫贾庭西。”

千层锦说：“假名儿吧？”

包小严也冷笑一声：“也是化名儿吧？”

贾庭西扬扬得意，说：“哈哈！我不是你们，偷偷摸摸，藏着掖着。我光明正大，就叫贾庭西，走到哪儿都叫贾庭西！驰遍十方高科技也是堂堂正正注册的大公司，阳光透明，不怕查不怕看。手下员工上千号，办公楼好几层，电脑、电话、刷卡器、假基站、探测仪、干扰器……要多少有多少，你们都见过吗？会使吗？你们有什么？凭什么来跟我一个锅里吃饭！”

千层锦说：“我有四大金刚……”

“你们三个人叫四大金刚？哈哈哈！”

包小严羞得面红耳赤，说：“还有我爹……”

“行了，那又怎么样！我手里光副总就有五个！来来来，干脆叫你们开眼开到底。”贾庭西敲着旁边的玻璃墙，说，“打个电话就让你乖乖转账，网上聊着天你的就成了我的，知道怎么干吗？知道多少营业额吗？一年就零点八个……算了，不说了，免得吓着你们。”

所有人都猜得出他故意不说的是个“亿”字。八千万！虽然里面有自吹的成分，也足以令人吃惊。

千层锦面不改色，说了声：“领教。”

贾庭西又说：“天降锦鲤、网购退款、到付包裹、兼职刷单、股票基金、网上博彩、AI 色诱、木马偷城……这些，你们都听说过没！酒托婚托、海外医疗、太空葬、借夫求子、资产解冻……知道怎么运作吗！”

他连珠炮般说了一大串，包小严听得目瞪口呆，不由自主摇了摇脑袋。

“这里面学问深了，你们懂什么！”贾庭西说得傲然睥睨，忘乎所以，伸手在女子肩膀上轻轻一拍，“我们的漂亮司花，商务副总露丝鲍，知道她最擅长什么吗？露茜小姐，你最得意的项目拣两个说说，给他们上上课！”

露丝鲍轻蔑地一笑，光亮的黑色高跟鞋在地上一踩，座椅倏地转了半个圈，扭过身来。一张粉白俏脸扬着，眼角眉梢都是冷艳妖冶的性感神色，一双黑丝长腿交叠起来轻轻摇晃，包小严禁不住吞了一下口水，眼都直了。小妖儿哼了一声，心里不免暗暗较量，颇不服气。

“噗！这就是你请的人啊？哈哈……”露丝鲍见了包小严和千层锦的打扮肆无忌惮地笑起来，好半天才说，“都没趣得很，讲一个最无聊的吧。帅哥，你这么新潮时尚，赵高认不认识呀？”

包小严被她问得脸一红，眼睛不敢看过去，只是盯着她一双脚不舍得离开，说道：“没、没听过。”

“撒谎！我刚说的你听不见呀！”露丝鲍佯怒薄嗔，声音娇媚入骨，叫人骨头都要酥了，“呵呵，秦始皇陵呢？”

“秦朝的赵高啊，那知道！”

“秦始皇陵本是秦家的财产，现在却被政府冻结，数千万亿财富取不出来。我是赵高的后人，受祖先秘密遗嘱，以秦朝宰相的名义给秦始皇陵做资产解冻。目前需要一千万启动资金，希望你贡献一份力，只需五千元，就可以在事成之后获得回报十万美元，外加铜车马一套，名额只有两千个，你可要珍惜哦！”

小妖儿听得扑哧一声乐出来，说：“这骗得也太……哈哈，除非傻子太多！”

露丝鲍说：“傻子比你想的要多得多……不过这个项目只做了一百万的营业额，算是最失败的一次了，远不如美国队长解冻宇宙立方宝藏业绩好。”

小妖儿听完顿时笑不出来。

贾庭西插话说：“那是因为今年是科幻年，你那套古装的风头过了，不好用了。还是得与时俱进，不然就会被时代无情淘汰！今年那个足球的文案就不错嘛，堪称经典，成功得很！怎么写的来着？”

露丝鲍顿时笑起来，娇媚无限地念着手机：“你好，我是 C 罗，这届世界杯你应该看了我不少比赛，认可了我的实力。虽然我们踢得很好，但是都有赌球集团控制，我们后几场的比赛胜负都已经被安排好了。消息发给你是因为你之前参与过我们私人开盘的球彩活动，今年到底谁出线，胜负平如何购买，如何让你控球盘一飞冲天，全看你愿不愿意购买我 C 罗的消息。只需要五万元打到以下账号……对了，我在中国的银行开户名用的是我大舅的，叫冯宝贵。”

她越念越笑，头偏在一边，长发在身前抖个不停。包小严的心脏也剧烈起伏，觉得整个房间都消失了，只剩她迷醉的笑声和躁动的长发。

“写得多好！”贾庭西连拍了两下巴掌，从千层锦几个人脸上傲然扫视过去，问道，“看出窍门了吗？千老板，你说说，骗术的精髓是什么呀？”

千层锦被他突如其来的发问晃得一愣，说：“要跟我盘道吗？骗到极致便是化骗于无形，叫人不知不觉地上当，心甘情愿地掏钱，醒攒儿之后还得拍掌叫好，夸一句‘好手段’！”

贾庭西连连摇头：“啧啧啧，老观念实在要不得！都什么年代了，谁还有工夫品味你那行骗艺术？记住，我们现代欺诈派，骗术精髓就是一个字——钱！多多益善的钱！二十一世纪，脑袋掉了队，钱袋就跟不上……”说着话又环视三人一圈，用手点指着自己脑袋，大拇指无意之中翘起来，小妖儿觉得像一把手枪。

“……要用先进的理念把这里武装起来，要跟科技要效率，跟管理要效益，用智慧去创造价值。那句话怎么说的来着，‘科学技术是第一生产力’，对我们来说，也是一样。我问你们，运筹学研究过没，工程管理知不知道？”

包小严三人听得面面相觑。

贾庭西指着他们，说：“可悲！不叫你们白来一趟，站好了听着，免费给你们开开窍。就拿露茜小姐刚才说的项目举例，她为什么要将骗局编得这么拙劣，叫人一眼看穿，你们想过没有？都说说。”

包小严说：“傻子太多，骗子不够用。”

贾庭西气得笑起来：“好啊，你来说说，傻子在哪儿？”

“不知道。”

“你是吗？她是吗？”

“不是！”

“上大街挨个去问吗？”贾庭西指手画脚，唾沫横飞，眼见三人木头疙瘩一窍不通，又说，“效率啊，同志们！你编得再天衣无缝也有人怀疑，再破绽百出也有人信。与其女娲补天不如网开一面，不要跟那些头脑灵光的浪费时间，要将他们过滤掉，迅速锁定咱们的客户群。我说送你一套兵马俑你都打电话过来问，国际巨星C罗的大舅叫冯宝贵你都信，我他妈不骗你骗谁！智商筛选，事半功倍！这就是现代管理，先进理念！不是四大金刚，五大罗汉，只有两膀子力气，一肚子鬼主意就能行的。说了你们也不懂！”

包小严说："懂了一部分……"

贾庭西看着他，说："哪一部分？"

"钱，越多越好的钱。"

"哈哈哈哈！我给现代欺诈派总结了六个字的口诀：短平快、稳准狠！不该浪费的人力物力坚决不浪费，该花的时间该下的功夫就要做足，项目不同风格不同嘛！这里面的学问，小老弟你有得学了。"

千层锦吐出一口气，问道："你说了这么多，请我们过来，不是为了讲课的吧？"

包小严翻译道："他说你想干吗，拉我们入伙儿吗？"

贾庭西一脸嫌弃的神色，说："说白了吧，一山不容二虎！祥从区我们先来为主，不想叫别人搅局，请你们离开此地，别处发财。"

小妖儿忍不住讥笑说："护窝子吃独食，想得倒好！祥从区什么时候姓了贾了？"

"祥从区是什么？人富钱多治安好，简直就是未开垦的处女地，漂亮女人一样，鲜嫩、圣洁，完美无瑕又摄人魂魄……"贾庭西嘿嘿一笑，说着分别看了一眼露丝鲍和小妖儿，突然拔高了嗓音，"我看上的，岂容他人染指，谁都别想惦记！"

千层锦脸色阴沉，说："大路朝天，各走半边。都是凭本事吃饭，古法骗术派也好，现代欺诈派也好，咱们井水不犯河水。有本事就凭能耐挤对得我们吃不上饭，那时不用你来撵，我们自己夹起尾巴走人！空口白牙还真轰不走这一百来斤儿。"

包小严翻译："不行！"

贾庭西放声大笑："自不量力！好，知道你们轻易不服，这样吧，咱们来个比试，倒要看看谁的手段高明。成王败寇，赢了的留下，输了卷铺盖滚蛋，你看怎么样？"

"怎么比法？"

"咱们签个君子协定，一个月内谁先在这祥从区骗到五百万就算谁赢，怎样？”

小妖儿差点儿脱口叫出来：“五百万！”

“怎么样，敢不敢比？”

千层锦摇了摇头，说：“我们初来乍到，盘子都没来得及踩瓷实，你们已经稳住脚跟，说不定绝户网都下了好几道，不比，不公平。”

贾庭西说：“我们怎么会以大欺小，以主欺客，以前布局的项目不算，从零开始，同一个起跑线。”

千层锦又摇摇头：“还是不行。”

贾庭西有些不耐烦，问：“为什么？没能耐，心虚，怕了？”

“你们人多，没法比。”

“哈哈哈，我们人手其实紧张得很，你也可以找帮手哇，随便找，一万人我要在乎就算我输！”

千层锦笑着说：“你这么一说倒像是我们不要脸，要以多胜少了。”

贾庭西听出他暗地里骂人，也不以为意，说：“随便你怎么说，比不比？”

“不比！”

“好好好，死活不怕，软硬不吃，有种！”贾庭西嘴里说得狠，脸上却还是傲然自负的模样，斜眼瞥着三个人，像欣赏正倔强反抗的猎物，“那就无话可说了！”

小妖儿早想离开这是非之地，如今话说翻了更无挂碍，她拉了一把包小严，说：“小严哥，咱们走！”包小严欲言又止，看了看千层锦又回望了一眼露丝鲍，有些不舍。

千层锦将信将疑，对方肆无忌惮、咄咄逼人，会这么轻易就放弃了？他脑筋急转，自认没有可被人要挟的把柄，当下哈哈一笑站起身来。

“来都来了，看个节目再走也不迟啊。”三个人还没走出门口，又被那个拿腔作调的讨厌声音拦住。贾庭西拖着长声，眼角都是耍弄人得逞后的冷笑。他冲露丝鲍晃了晃手机，说，“露茜，施博士的视频做完了，放给大家欣赏一下吧。”

露丝鲍神秘一笑，翘着小手指在电脑上操作了一番，随后将桌上的显示器扭了一个大大的角度，硕大的屏幕上显出一个视频播放界面，一个中年人的形象立刻映入所有观看者的眼帘。那人占据了一半的图像视野，在背后单调的空墙壁映衬下更显得面目清晰，张口说道：“嗨，大家好！”正是千层锦！

包小严“嚯”的一声差点儿跳起来，他来回对比着屏幕和千层锦，磕磕巴巴地问道：“师父，你什么时候跑、跑到那里去了？”

视频里的人还特意留出了反应时间，打完招呼体贴地停住了，嘲弄似的看着镜头微笑。

千层锦涨红了脸，饶是他江湖经验老到，这突如其来的震撼仍是令他流出汗来。他确信那个人绝不是自己，这是对手处心积虑的鬼把戏，至于怎么做到的，自己猜不出，不过小妖儿或许可以。他瞥了一眼，小妖儿脸上果然只见愤怒，没有诧异。他稳了下心神，瞪着贾庭西重重哼了一声，看他到底要耍什么阴谋诡计。

贾庭西哈哈一笑：“小玩笑，不要见怪哦。”

小妖儿忍不住说：“比网上的搞笑视频可精致多了，施博士的人工智能换脸和语音模拟技术倒是令人佩服。”

“是吧，早说过我这里人才济济。”贾庭西伸手在“千层锦”的脑袋上比比画画，“看，一点生硬虚浮的感觉都没有，不会一眼就觉得假。哈哈，连我都佩服。”

屏幕里的“千层锦”继续说道：“下面我要说的是一份宣言，也是一份挑战书。我要挑战所有反诈警察的智商，用我们古法派的骗术征服你们，从那些无知的人手里骗走一些钱。至于骗多少，怎么骗，请发挥想象。我保证绝对会让你们眼界大开，只恨自己智力低下，手段无能。我的计划覆盖全国，没有哪个地方的警察能阻挡。我一定会成功的，因为我是高智商的人！你们呢，只是组装成人形的垃圾！你们有胆量接受挑战吗？”

视频在充满挑衅的笑声中结束了，包小严冲过去就要砸烂桌上的电脑。贾庭西和颜悦色地提醒他：“你可想好，只要你毁坏了哪怕一样东西，这视频就会立刻公布到网上。”

包小严吓得顿时缩住手脚，他开始明白那将意味着什么了。视频源不在这间办公室，一旦公布出去，会瞬间成为热点，并将持续发酵直到水落石出为止。所有人都会好奇他们究竟是什么人，为了什么目的，如此明目张胆地向全国警察宣战。成千上万，百万千万，甚至上亿人的关注，将化作穿透一切的猛烈光焰，照得他们无所遁形。视频是不是伪造的已经不重要了，因为要命的是，他们确确实实如视频里声称的那样，是骗子。

“够绝的！”他不敢去看贾庭西，心里莫名生出了畏惧。

千层锦沉声说：“贾老板，好能耐。”

贾庭西见他兀自沉着，不由得笑起来：“千老板，好涵养。”

“你技高一筹，我学艺不精，甘愿认栽服输，就此离开宝地。”

贾庭西摆摆手：“要是这么轻易就走了，我又何必大费周章呢。”

千层锦脸上微现怒色：“有话直说了吧！”

“跟我打赌比试，还是一个月，还是五百万。”贾庭西根本不留讨价还价的余地，给露丝鲍打了个手势，吩咐道，“口说无凭，立字为据。露茜小姐，打份合同文本出来。”

露丝鲍嗤笑一声，在电脑里调出一份协议范本，开始逐条修改。

贾庭西一改桀骜不驯的神态，笑嘻嘻地邀请千层锦三人在沙发上落座，说道：“君子协定本就是狗屁，我自认不是君子，想来老兄也不是。咱们就按规矩，签合同！你赢了，视频销毁，我们在这儿的产业折成现钱，取出五百万双手奉上。我要赢了，视频发到网上，或者拿五百万来赎。怎么样，公平得很吧？”

千层锦咬牙切齿地冷笑说："公平！没有再合适的了。"

贾庭西哈哈一笑："赌注有了，赌约立了，还差个证人裁判，不然到了一个月的期限，你说你赢了，我说我没输，免不了又要打架。只是这裁判的人选可真叫人头疼……"

千层锦不知他还要玩什么花样儿，嘲讽说："中间人嘛，要不偏不倚，绝对公正，依我看，不如找警察。"

"好主意啊！"贾庭西一拍大腿，脸上眉飞色舞，神情甚是夸张，"别出心裁，独树一帜。老兄真是头脑机敏，如有神助！"

千层锦以为他反讽，没想到他一本正经地继续说："你们初来乍到，俩眼一抹黑谁也信不过，我们比你也早不了两三个月，都不是本乡本土。找警察做裁判简直妙绝，肯定公平公正，不偏不倚。而且幸运的是，眼下正有一个合适的人选，最恰当不过！"

千层锦见他不像在开玩笑，不由得心里一惊，嘴上却说："贾老板神机妙算，自然想得周全。"

贾庭西哈哈一笑，问："解知略，你们听说过吧？"

千层锦三人互看了一眼，心里在想："解知略是谁？警察？官匪一家的那种？他跟姓贾的不清不楚，以后可麻烦得很。"

贾庭西看穿了他们的心思，说："解警官是刑侦队的。你放心，我们跟他毫无交情，也从没交过手。不妨送你们一个友情提示，要想在祥从区立住脚跟，做几单漂亮买卖，这个解知略可是绕不过去的一个弯儿。"

千层锦笑起来："这位解警官有什么独特本领，竟让你如此忌惮？"

"哈哈，日后你自然明白。"贾庭西深吸一口气，又长长吐出去，眼中重新放出光来，像是卸掉了心里的威压，随后又说，"咱们赌的就是谁能在他眼皮子底下骗到五百万，既要让他看得到还要让他抓不着！哪一点做不到都不算赢，怎么样，敢不敢较量较量？"说到最后，咬牙切齿，恨不得要把谁抓过来啃上两口。

千层锦笑道：“你家大业大都豁得出去，我又有什么不敢。”

贾庭西接过露丝鲍打印出的赌约，说：“痛快！你看看怎么样，没问题咱们就算成交。”

千层锦将协议举到眼前远近挪了几次，交给小妖儿，说：“你眼神儿好，口齿伶俐，念来听听。”

小妖儿见那纸上起首两行写着：甲方，驰遍十方高科技公司；乙方，千层锦。后面是一条一条协议文本，她念道：“甲乙双方本着自愿、平等、公平、诚实、信用的原则，经友好协商，就祥从区经营开发权达成如下协议。一、宗旨，双方公平竞争，互不干涉。二、经营范围，包括但不限于居民区、商业场所、政府机关、大中院校、企事业单位。三、有效期限，协议签订之日起三十个自然日……”

千层锦眯着眼睛一条一条地听着，脸上死水一样毫无表情，贾庭西得意扬扬，脸上挂着止不住的微笑。

小妖儿继续念道：“营业额最先达到五百万者胜出，有权获得该地区后续独家经营权。失利方自愿补偿五百万元整并退出竞争……最后是免责条款，不可抗力包括但不限于自然灾害如水灾、火灾、旱灾、台风、地震，以及战争，括号，不论曾否宣战，动乱、罢工……”

“好了好了，不听了，在哪儿签字？”千层锦听得不耐烦，摆手制止了她，工工整整写上名字，递给贾庭西，“该你了，不要王八字、狗爬字，免得到时你不认！”

贾庭西嘿嘿一笑，说：“老江湖了，怎么骗得了你！名字、公章，一样也少不了，你也得补按个手印……好了，一式两份，这是你的。”

“警察那里，你不送去一份？”

“哈哈，我还不想这么快玩儿完！”

千层锦霍然站起，说一声：“告辞！”毫不客气往外就走。

“别急嘛……”贾庭西满脸堆笑看着没好气的三个人，“你不觉得话还没完全说透吗？是不是还差那么点儿火候？”

千层锦被他反复玩弄，早就怒不可遏，呵斥道："不要欺人太甚！"

"有吗？我不觉得……"贾庭西摊着双手，一副无辜的表情，"合同是签了，谁敢保证你们不会出了门就反悔，一害怕就溜掉？"他接过露丝鲍递来的一个密封袋，打开封口倒在茶几上，"还是彼此约束一下为好。"

千层锦问："你想怎样？"

贾庭西指着茶几："这是一部改装过的手机，只能接不能打，会实时把位置信息传送到我这儿。我给它起了个名字，叫'殴剋斯'。你带上吧，如果被我发现你们逃走，那段视频就会随时传到网上。记住，不要动歪脑筋，想坏心思，破解、伪装都没有用的，要敬畏科技的力量。还有，我会不定期打过去，来确认你是不是把它丢了或者托付给了环卫工、公交司机等等随便什么人。明白了？好，露茜小姐，替我送客！"

千层锦气得笑起来，他瞟了一眼那手机，说："你真以为凭它就能把人约束住了？"

贾庭西笑得脸上都是胜利的褶皱："试试喽。"

"殴剋斯"静静地躺在茶几上，成了双方较量的焦点。贾庭西的目光在手机和千层锦脸上来回移动，玩味着逼迫对手屈服的乐趣。露丝鲍漠不关心，托起手掌比较着两边的指甲。

千层锦终于还是没想出足够智慧的对策来理直气壮地断然拒绝，"殴剋斯"就像是沾了毒药的枷锁，也像随时会被点燃的引信，不想被它要挟又不得不抓在手上。

他吩咐包小严："小严，拿上咱们走。"包小严赌气说："我不拿！"千层锦又转过去看小妖儿，小妖儿也扭过头故意不理。他不怒反笑，走过去捡起来揣进口袋："哈哈！一个个惯得没有人样了！平白多送你一个手机，天底下再去哪儿找这样的好事去。"

回去的路上，三个人谁都不说话，到了酒店，纷纷瘫坐在沙发里。这一趟没几个小时，倒像打了一场败仗回来，还是特别屈辱的那种。

包老严凑过来问：“怎么了？小严，怎么都跟丢了魂儿似的？遇到什么事了……”

包小严将手里的协议甩到他手里，说：“给，自己看。”

“什么？”

“丧权辱国的条约。”

千层锦呵斥道：“这是什么话！哪里让你受委屈了？”

包小严气呼呼地说：“被人当孙子一样数落，还不是受委屈！”

小妖儿也说：“是啊，狗眼看人低，真当咱们没见过世面了。”

千层锦教训他们说：“要想赢别人，这点儿委屈都受不了？”

“赢？怎么赢？叫齐了人去抢吗！”包小严忽地站起来，“咱们几个月攒局都不一定骗来五百万，这可好，一个月就输给人家啦！”说完气呼呼地推门就走。

包老严追上去问：“你去哪儿？”

“憋得难受！”

包老严看看手里的协议，又看看包小严的背影，咕哝着：“这是怎么了？”

千层锦哼了一声，说：“让漂亮女人迷住了！”

包老严问小妖儿：“到底怎么回事儿？”

千层锦说：“有人不让咱们在这儿开山立柜。”

小妖儿将打赌的事简要说了，包老严先是一惊，接着眉头紧锁，来回踱着步子，嘴里不住叨咕：“一个月五百万，狮子大张口啊！他们能做到？还有什么解知略，谁知道他是谁啊……”

“你没抓住重点，还有个这个哪！”千层锦掏出手机欠身扔在茶几上，重又窝回沙发，像躲避一颗随时会炸的手雷。

包老严真没觉得一段伪造的视频有什么吓人的，他问小妖儿：“你是说，你们一进屋，狗娘养的就把长相和声音录了去了？”

小妖儿“嗯”了一声：“然后就能用专门的软件伪装咱们的模样和嗓音了，都是人家事先下好的套儿……咱们还是大意了。”

千层锦忽然想起点什么，问道：“‘殴剋斯’……小妖儿，他说的‘殴剋斯’是个什么意思？”

小妖儿脸一红：“没好话！狗嘴里能吐出来象牙吗！”

千层锦点指着手机，恨恨地说：“嗯，不管它什么意思，这回咱们是让人家捏在手里了！”

包老严忧心忡忡地问：“怎么办？给他来个不见面，躲回老家等风头过了再出来？我就不信全国的警察都吃饱了没事干，能为了一段假视频就满世界踅摸咱们去！”

千层锦闭上眼，说：“让我好好琢磨琢磨……”包老严和小妖儿不敢再打扰，或坐或站，各自思索。

过了半晌，千层锦深吸了一口气，脸上没了阴郁的神色，眼中反倒放出咄咄逼人的光彩。包老严大喜，凑过来问：“帮头，怎么样？”

千层锦说：“叫小严过来，我有话说。”

包老严见他一副成竹在胸的模样，顿时有了主心骨，喜滋滋地去了。

等包小严不情愿地进来，懒洋洋地堆在沙发上，千层锦说道：“小妖儿，你来说说，今天这场交锋，谁占上风，各有什么得失啊？”

包小严从鼻子里长哼了一声，转过身蜷缩在沙发里。包老严想教训一句，犹豫了一下还是忍住了。

小妖儿说：“姓贾的趾高气扬，不可一世，咱们威风扫地，吃了一肚子窝囊气，自然是他占上风。咱们被他要挟，是失，跟他们朝了相，是得。他们抢了先机，占了上手，是得，把你认成了老严叔，以为咱们只有四五个人，是失……”

千层锦赞许道：“不错！轻敌误判是兵家大忌。那你觉得这场比试谁会赢呢？”

小妖儿叹了口气：“他们人多势众办法新，咱们差得远了，想赢很难。”

“未必！”千层锦急需给受挫的手下们鼓气，让他们重拾信心振作起来。什么都没干就畏惧退缩，以后的买卖也别打算做了。他从三个人的脸上依次看过去，故意抬高了嗓音，“狮子伏在地上，猢狲才上蹿下跳。姓贾的不就是电信诈骗吗，鬼鬼祟祟，老鼠一样的东西，有什么可狂的！电脑电话测谎仪摄像机……通通都是狗屁！有几台不通电就不会转的玩意儿就高人一等了？那些只是工具，是辅助，最终见真章的还得是人，一味依赖那些就入了魔障了！君臣佐使，先后主次，能颠倒混淆吗？”他用手指点了点脑门，“只要咱们肯动这里，不怕压不过他去！他以为那些花里胡哨的东西能给他带来好处，岂不知也恰恰是那些东西会害了他。”

包老严听得频频点头，小妖儿沉思不语，包小严蜷缩着不知道听没听进去。

千层锦说得酣畅淋漓，继续启发说：“咱们古法派玩的是人心，他们现代派玩的是话术，哪个更尊贵不是一目了然吗？还有，你们想过没有，他费尽心机非逼着咱们打赌比赛，为什么？”

这句话正问到大家心里，包老严不禁重复了一句：“是啊，为什么？”

千层锦见包小严也不由自主转过了身子，心里暗暗高兴，说：“还不是因为咱们来了让他感受到了威胁？连他都觉得怕了，咱们又何必自卑呢？倒要比出个样儿来，让他心服口服，这才叫有真能耐！都是肩膀上扛个脑袋，要是轻易就被唬住了可算白活了。”

“是啊，不能叫他牵着鼻子走。”包老严也在一旁帮腔，“一个月是紧了点儿，五百万的主顾也不好寻，不过，不过……”他越说越心虚，转眼看着千层锦，问道，“咱们，怎么办？”

千层锦哈哈一笑：“主顾送上门了还需要你去找吗？”

包老严眼前一亮，不敢相信自己的判断："你要骗……那伙儿骗子？"小妖儿和包小严也为之一惊，眼光都汇聚到千层锦脸上。

"不错！"千层锦豪气干云，"还有比他们更适合的主顾吗？姓贾的打得一手如意算盘，以为把咱们摁在这儿不敢乱说乱动，他就可以安心搞他见不得人的勾当，说不定最后还要将屎盆子扣在咱们头上。哪有这样便宜的好事，不骗他能对得起他吗！"

小妖儿笑起来："这个主意好！他要骗人，嘴上说是五百万，心里盘算的肯定远不止这些。只要成功了就肯定有钱，骗他们比骗那些外强中干的有钱人靠谱多了。"

包小严忍不住插嘴说："说得容易，别人也不是傻子。"

千层锦点点头："不错。这次买卖大，对手又非同小可，单凭咱们几个，实力远远不够，我得去请帮手。"

小妖儿笑起来："你真去找一万多人啊？"

"一万人有个屁用！现在需要的不是敲托架秧的。还记得那天我说'天外有天，人外有人'吗？就找他一个。"

包老严问道："谁？"

千层锦笑了："你知道。"

"九连环？！"

"不错！我心里影影绰绰有个圈套，还不成形，需要有人帮我想明白，理清楚，打磨得天衣无缝。"

包老严既惊又喜，说："薛老祖要肯出山那就万无一失了！"

小妖儿问道："谁是薛老祖，我怎么没听过？"

包老严说："他是咱们这行辈分最高、年纪最长的前辈，退隐多年了，你们不知道也情有可原。"

"他有什么能耐，还能超得过我师父吗？"

千层锦说："小妖儿，这种话以后不要乱说。你师父的能耐就是蜘蛛吐丝，粘几只苍蝇蚊子，薛老祖可是天罗地网，逮的是鹞子老虎！

他大号薛宾九，下的套儿环环相扣，叫你躲也躲不开，猜也猜不透，人送外号‘九连环’。”

小妖儿听了啧啧称奇。

包老严问：“这么多年不走动，你去哪儿找他？”

“小妖儿师爷还活着的时候带我去看过他，就在乡下老家，也不知道还在不在，只能去碰碰运气。”

“用不用我们跟着？”

“不用。”千层锦踌躇满志，“你们仨也别闲着。贾庭西说驰遍十方有五个副总，他没说瞎话，我数了，挂副总牌子的门确实是五个。是不是障眼法不知道，看看能不能查出些底细。还有那个解知略，究竟何方神圣，也扫听扫听。有个警察夹在中间，不能不慎之又慎啊。”

包老严连连点头：“是是，得小心。你放心吧，交给我们了。”

“把三路叫来吧，带上那几个毛头小子。别住这里，隔开点距离，再租两辆车。”

包老严答应着，千层锦又问小妖儿：“开个公司需要几天？”

小妖儿兴奋地问：“咱们也要开公司了？叫什么名儿？”

“谁知道，万一用得上呢，先了解吧。”千层锦走到茶几旁，捏起那部手机，呵呵笑了几声，又嘱咐说，“别忘了还有这个，殴剋斯。嘿嘿，有人记挂着咱们，咱们就听他的，别让人失望，勤充着点儿电。”

包老严看着手机不由得来气，骂道：“去他奶奶的狗屁现代派！不叫他输得满地喊爷爷，算咱们对不起他！”

千层锦一笑，问他：“来电话了知道怎么接吗？”

“怎么接？”

“吹牛会不会？捡大个的！”

第二章
各怀鬼胎

贾庭西心情不错，他饶有兴致地打量着会议室和面前的四个人，随口问道：“人到齐了吧？”

一个头发短粗、面容冷峻的中年人在手机上点了几下，回复说：“熊野牛没来，吃饭的时候就没有他。”

露丝鲍笑着揶揄说：“施博士，总共就六个人！掰手指头都数过来了，还值当用软件统计？是越有学问越不舍得浪费脑细胞吗？”

另一个头发打理得油光闪亮、一丝不苟的西装男子跟着笑起来：“这是教育理念有差异，你看老外，大学教授都不一定会背小九九，更别提普通人了。能口算的就没几个，五加八都得琢磨半天，还不一定对。”

施博士把手机熄屏放在桌上，觉得手里空空的不自在，又重新抓起来握住，笑了笑说：“我不是怕费脑子，是用它确认了我才放心，还是科技的东西最可靠。”

“你这是高科技依赖症，是病，得治，哈哈。”

贾庭西感叹道："施博士为了搞科技，脑袋顶都白了。有良，你可不能光在一边看哈哈笑，也带着一块儿滋润滋润。"

鲜有良倚在座椅里偏过身子，说："我们俩玩不到一块儿去！我拉着他去俱乐部，去会所，打打球养养生，放松放松，你问他愿意去吗？"

施博士摇摇头："头发白是自然现象，到岁数了。其实头顶还好点，主要是脑袋前边，发梢儿白得多了些……"

一个胖脸细眉、脑袋乱蓬蓬的中年男人一直没说话，这时突然开口："贾总，熊野牛还来不来了？"

贾庭西一愣，随即笑着回答："他年轻，懒散惯了……"

"不对吧！我怎么记得前两天他找露茜订机票呢。"

此话一出，屋里气氛顿时紧张起来，施博士和鲜有良的目光不约而同集中到露丝鲍身上。露丝鲍颇为不快："看我干吗，他的行程我可谁都没告诉。是不是，汤姆王你心里最清楚。"

汤姆王对她的抱怨充耳不闻，只是盯着贾庭西问："贾总，你不会有事瞒着我们大伙儿吧？"

贾庭西哈哈一笑："这两天事太多，脑子不够用了。哈哈，野牛是我派出去的，出国了。那边的摊子没知根知底的盯着，尽给咱们捅娄子。汤姆你们几个是跟着我一路闯荡过来的，咱们才是最贴心的人。公司要转型，要干一番大事业，我最倚重谁啊？还不是你们。眼光要放长远，你们现在手头的工作比那个重要十倍百倍，不要老是胡思乱想。"

施博士不解地问："那边怎么了？"

"新招的话务员总想走，抓回来电棍捅两下教育教育就得了，哪怕你砍手指头呢，跑一次砍一根。他们可倒好，水牢、活埋都上了。你说这是人干的事吗？孩子们实在不乐意，打个电话叫他们家里掏钱赎人不就得了。逼着人家干，工作能积极，能有效率？要不我怎么瞧不上那一摊了呢，人太野蛮，素质太低，带也带不出来。等这边的项目成熟了，电信业务我就准备放弃了。”

四个人面面相觑，不知道贾庭西葫芦里卖的什么药。施博士问：“那可是咱们的根基啊，放弃了喝西北风去？”

贾庭西一笑：“是我放弃，又没让你们也跟着。公司转型是我一意孤行定下的战略，肯定有人不理解不赞成。没关系，风险也不会让大家替我担着。不管怎么说，还有一个月，到时无论成功失败都不会亏待大家。愿意跟着我挑战新产业的，我双手欢迎。愿意坚守老本行的，国外那摊儿我双手奉送！”

贾庭西依次向众人脸上看过去，并没有见到自己预想中的惊喜表情。汤姆王面沉似水，仰头注视着天花板和墙壁的夹角。施博士微蹙双眉，若有所思。露丝鲍还是漠不关心，一副随时要冷笑的模样。只有鲜有良按捺不住激动，坐直了身子试探说：“我不要那个，只要把我现在管的公司给我，我就心满意足了……都知道，我年轻时就喜欢这个，好不容易兴趣成了职业，实在难以割舍。”

贾庭西微笑着没有表态，说：“还不到分家的时候……公司目前有一旧两新三大板块，其中国外电信业务是支柱，也是收入来源，当然，也面临着新挑战。互联网业务一直在烧钱，接下来会更像个无底洞，盈利状况还是未知数。施博士和汤姆王你们亲自抓的，我没说错吧。有良负责的文化业务搞得有声有色，不过我不满意，现在不是挣钱的时候，你操之过急了，容易招来风险。注意，三个板块是有机的整体，只有齐心协力取得成功，才有大家以后的好日子。”

鲜有良慌忙回应：“是是，马上整改。”

露丝鲍清了下嗓子，说：“道理都懂，说正事吧。今天你请了那么一伙儿江湖骗子，想干什么呀，这也是公司转型计划里的？”

想起千层锦他们，贾庭西就忍不住想笑，他扬扬得意地炫耀说：“这叫灵光一闪，灵感乍现，如今已经是计划的一部分。”

鲜有良沉浸在美好未来的构想中意犹未尽，奉承说：“我明白贾总的用意，他深谋远虑，是想用施博士做的换脸视频将他们圈住，老老实实当靶子，替咱们吸引警察的视线。这叫李代桃……不对，偷梁……也不对，借……总之，这条计策很精妙，我双手赞成！”

贾庭西赞许地点点头：“管理学有个名词，叫‘鲇鱼效应’。鱼缸里投进一条鲇鱼，就会激发出原有鱼群的求生本能。我希望通过引入这个外来竞争者，倒逼咱们的主观能动性。有时候发展太顺利了，很多软肋弱点就被掩盖起来，这不是好事，危险往往就隐藏在那里。”

有人笑了一声，贾庭西问道：“汤姆，你有话说？”

汤姆王索性又笑了两下，来回看着身边的人，说：“没有，很精妙，我赞成。不过，瞧那几个人的熊样，又蠢又奸，只怕涮完你，早一溜烟跑了。”

鲜有良问：“你是说他们怕得厉害，不敢不签合同，还会一走了之？”

“你没见过老鼠吗？你对它说，敢逃跑就放猫咬死你，你说它跑还是不跑？”

露丝鲍反驳说：“也不一定。别人不知道，就那个包小严，眼珠子乱转，一看就是有贼心还有贼胆的。”

鲜有良开玩笑说：“美女爱渣男，你不会看上他了吧？哈哈。”

“你别说，比你强点儿……”

贾庭西制止了他们的争论，胸有成竹地说：“我同意露茜说的，这次我不会看走眼，他们不会被吓走的，不信赌顿饭，现在就打过去验证。”

“好哇，你打吧。”汤姆王拉着施博士的胳膊，又说，“施博士，你是不是也觉得他们会走？那咱们是一边的。”

贾庭西指示露丝鲍：“这个电话你来打，这会儿工夫他们应该已经盘算好了，是不是打算逃跑，电话里应该能听得出来。”

露丝鲍从抽屉里拿出另一部改装手机，里面预存了两个号码，选中一个拨了出去。铃声一直响着没有人接，汤姆王笑道："怎么样，跑了吧？手机指不定扔哪个垃圾桶了。"

贾庭西眉头一皱，说："不着急，再等等。"话音刚落，电话接通了，是个四五十岁男人的声音，听不出是不是千层锦。

"是千老板吗？"

"千层锦出门了，我是他师兄包老严……"

露丝鲍调笑说："我不找包老严，我找包小严。他在吗？你让他接电话。"

电话那头像是没料到会有这一出，犹豫了半晌传出一串脚步声。过了片刻，包小严急匆匆的声音伴随着一阵窸窣声送过来："喂、喂，你……是露丝鲍吗？"他磕磕巴巴，似乎很紧张。

"我还以为你把我忘了，咱们见过面，叫我露茜吧。"

"露……你有什么事？"

"你在干吗呢？"

明显听出包小严喘了两口粗气，回答说："我睡觉呢，有事吗？"

"我以为你会说，在想我。"

包小严咽了口唾沫，声音都有些异样了："我想……学习……"

"那你学吧，挂了，拜拜。"

贾庭西得意地拍着桌子："怎么样，我说这是伙儿有野心的骗子吧！他们不会逃的，会留在这骗钱……说不定还会骗到咱们几个头上！永远不要小瞧了别人，有这么个搅局的在，才能提醒咱们时刻警惕，毕竟咱们真正的敌人更厉害，一旦疏忽可是地动山摇，富贵一场空不说，还会出人命的！"

施博士问："现在需要干什么？"

贾庭西答非所问："施博士，你醉心于科技，最不懂人心险恶。若有人骗到你头上，你可得多长个心眼儿，脚跟站稳，不要轻易上当啊。”

施博士脸一红，辩驳说：“在这一行耳濡目染，哪种骗术我没见过？你放心，就算被人骗了，我也绝不会泄露机密，更不会背叛公司，牵连在座的诸位。”

贾庭西笑了笑，安抚他说：“你是个老实人。有什么风吹草动，只要及时汇报，就算发生了什么事，我也不会怪你。”

施博士听着感觉怪怪的，自己是那种看上去很容易受骗的人吗？点头答应着也没多想。

会散了。鲜有良下楼离开，贾庭西和露丝鲍各回自己的办公室。汤姆王紧走几步，贴在施博士身后小声问：“晚上有空吗？”

施博士略感诧异：“啥事儿？”

汤姆王向身后回望了一眼，依然压低声音：“没事，一块儿吃饭，请你喝点儿。”

“我不乐意在外边吃，胃不好，还总有人抽烟。”

“那是你去的地方不对。早点儿下班，我在你小区门口等着，不耽误你骑车健身。”汤姆王不等施博士再推辞，在他肩上拍了两下，进了自己办公室。

到了晚上，汤姆王带着施博士来到一处僻静的院落。施博士在心里暗暗惊叹，谁能想到喧嚣繁华咫尺之隔竟藏着这样清幽雅致的世外桃源。二人走到楼上，在房间里落座，汤姆王笑道：“还不错吧？不好预约，为了这顿饭至少打了三个电话。它没菜单，你想吃啥只管说就行。”

施博士一时也想不出什么，就说：“你看着办吧，你叫我来主要也不为了吃饭。”

汤姆王呵呵笑了一阵，开门见山地问：“施博士，你想跟着我干吗？”

施博士被他直勾勾的眼神吓了一跳，茶水差点儿泼洒出来："你说什么？"

汤姆王胖脸上的笑容渐次收敛了，皮肉也从块块饱绽变得圆润平滑。他没做解释而是继续发问："贾庭西今天说的话，你信不信？"

"哪句？"

"熊野牛去国外。"

"怎么了？不是吗？"

"是，不过他没全说实话。"汤姆王冷笑一声，神秘兮兮地问，"听他说完，你是不是以为熊野牛去了缅北？"

"缅北是咱们的大本营，不去那儿去哪儿？"施博士无论如何也想不出这里头能有什么可作假。

"根本不是！他是去了格鲁吉亚，目的地巴统，机票我都见着了。"

"你怎么见着的？"

汤姆王无奈地苦笑一下："这不是重点。"

施博士乍听秘闻，脑子有点儿发蒙："哦，那我重问。他去格鲁吉亚干什么？单飞跑路了？不对，贾总说是他派出去的，那去干什么？"

汤姆王冷哼一声："是去打前站的。你也知道，缅北不好干了，以前当地政府指着咱们创收，还专门圈了地盖所谓的科技园。他妈的，狗屁地方能干什么科技，不就是租给咱们这种公司收地皮费、保护费吗！他们出地出枪，咱们出人出钱，都搞成支柱产业了，一年好几百亿。可是这两年，咱们国家出手越来越狠，各种手段去打压，他们政府又指望着咱们的疫苗，一来二去就不敢再两面三刀，纵容保护了。现在许多公司都在往外转移，格鲁吉亚就是挑选出的新目标。说完这些你懂了吧？"

施博士摇摇头。

汤姆王有些焦躁："怎么还不明白呢？贾庭西答应这一票干完就把电信业务分了，如果是真心诚意的，又何必瞒着大伙儿偷偷派熊野牛去格鲁吉亚呢？我那么明显地质问，他都遮遮掩掩不说明白，什么意图还不是明摆着吗？”

“你是说，他打算偷偷转移，许给大家的是剩下的空架子？”施博士终于开窍了。

“对呀！这么多年，他是什么样的人你还不知道吗？将近一个亿的买卖就这么拱手让人了，他会舍得吗？留点儿残羹剩饭还算好的，就只怕好处没落着，反倒被他卖了。”

“什么意思？”

“你想想开会时他说的，琢磨琢磨里头的意思。他说把电信业务给大伙儿，他一分不留，言外之意就是，这次的收益咱们也就别惦记了。”

施博士眉头紧皱，问道：“你是说咱们正在做的项目，最终分红他不打算给咱了？”

汤姆王一副看透一切的神情，反问道：“几千万的产业轻易就许出去，说明什么？说明这次的收益肯定要比几千万多得多！换你你不想独吞？”

施博士心中疑窦重重，他思索了片刻，问道：“项目主体开发是咱俩弄的，能有那么大潜力吗？你是不是误解他了？”

“你就是太实诚了，不懂人心险恶。”汤姆王啜了一口茶水，盘算着怎么进一步说服他，“他人品不行，看事情却准，眼光独到，这一点我也不得不佩服。这次他铁了心搞这个，想必有十足的把握。不同的是，这次他乱放烟雾，四处画饼，真实意图却从不示人，完整计划也讳莫如深。几个副总就没有能说出所以然的，问他也只是敷衍，你没这个感觉吗？”

施博士如梦方觉：“哦……是了，这两个月有个感觉越来越强烈，却始终说不出是什么，就像心里有层保鲜膜蒙着，眼前也模模糊糊看不到方向，你这么一提就显而易见了。这次咱们都在为一个大计划、大事业忙活，这个计划怎么个大法，什么条理，如何进退却始终没搞清楚。就像……”

汤姆王接过话去：“就像一群嗡嗡嗡不停忙碌的工蜂，有个声音不停在说，干吧，干吧，只要听我的，你们一定能干出个奇迹。这个监工就是贾庭西，奇迹是他的，别人都是傻瓜，不配有眼睛有脑子，只要嗡嗡嗡地听话干活就行了。”

施博士沉默不语，夹了几筷子菜咀嚼着，只觉得滋味可口，也没尝出分别是什么。

“熊野牛年轻，容易满足，又跟谁走得都不近，贾庭西自然看重他。鲜有良有眼前的胡萝卜吊着，表忠心还来不及，自然不会三心二意。至于露丝鲍，漂亮女人的心思谁都摸不透，多半会跟着贾庭西一条路走到黑。咱们呢？”

施博士心里泛起丝丝凉意：“照你这么说，贾总许诺电信业务是专门说给咱俩听的？”

汤姆王没说话，咕咚咽了一口茶水，鼻子里重重呼着气。

“为什么？”

“稳住人心。”

“为什么要稳？”那股凉意从施博士的内心蔓延到后颈，耳根头皮像浸在冷水里，“怕咱们跑了？”他忽然惊恐地看着汤姆王，问道，“你，你准备离开公司了？”

汤姆王呵呵一笑：“是我想走吗？是我嗅出了危险的气息！知道我怎么发现的吗？当一个人想害你，潜意识总会不由自主怕你察觉、跑掉，也就会自然不自然地笼络你，诱惑你。记不记得以前我总跟他顶嘴……”

“你们性格不合，总是针锋相对。”

“可是最近他已经不跟我计较了，要么随声附和要么一笑了之。”

施博士想起了开会时的情景，不过他还是习惯性地开解说：“本来你们也不是私人恩怨，只是工作上意见相左。”

“不对！”汤姆王的表情瞬间变得狰狞，随即又被一片阴云罩住，“当狼收起了獠牙，对你和颜悦色，笑脸相迎，不是它变温顺了，而是在隐忍待机，准备一口咬断你的喉咙，要了你的命。每次看到他对我笑，我都不寒而栗……”

施博士总想找些理由否定汤姆王的推测，可是不等他整理好逻辑，汤姆王又用新的理论冲垮了他的信念。

“你可以设想一下，现在的项目如果大获成功，只给咱们一个国外的烂摊子咱们会乐意吗？姓贾的就不怕咱们闹个鱼死网破？事实上他确实不怕，为什么？他话里话外要转型，说白了就是捞够了要上岸，不再像老鼠一样过见不得人的日子。咱们是最主要的参与者，掌握着那么多秘密，有咱们存在一天，他就一天睡不安稳。他就不怕一根绳牵出一串蚂蚱，落个竹篮打水一场空？事实上他也不怕，为什么？”

施博士面对汤姆王排山倒海般的发问，竟一时愣住说不出话来。是啊，贾庭西是不害怕的，为什么呢？

“因为他早就计划好了，项目成功之时就是咱们陪葬之日！你知道，咱们公司的项目，只要结项就一定会出事。到时，所有罪责都会推到咱们身上，所有线索都会引向咱们头上，而且还是死无对证的那种。施博士，这里自然也包括你……只有这样，他才能全身而退，独吞大财！”

“这、这不可能吧……”施博士手指颤抖，差点儿抓不住筷子。

汤姆王哼了一声没有回答，他知道前面说的这些已经足够了。他给自己倒了满满一杯酒，仰起头一口干了，又重新斟满，也给施博士倒了一杯。“你想跟我走吗？”

“去哪儿？”施博士脑中一片混乱，只是机械地发问。

“躲险图存，保命取利。”

“怎么做？”

“工程主体马上就完工了，我需要你跟我联起手来办一件事。咱们要有能威慑别人的武器，还要有保护收入的手段……技术这块你最精通，你来弄，怎么脱险我来想办法。”汤姆王举起酒杯伸到施博士面前。

“你让我再想想。”施博士捏起杯子迟迟不敢去碰。

“时间不等人啊！”汤姆王一挺胳膊，两只杯子“啪”的一声撞在一起，酒液摇晃洒出了一些，“你就不想拿到属于自己的那份吗？那是咱们应得的！”他见施博士仍然犹豫不决，又说，“贾庭西引火烧身，不是招骗子就是惹警察，咱们犯不着陪他冒险……而且，他会随时出卖我们，他眼里只有自己，咱俩才是一伙儿的！”

“可是……”施博士忧心忡忡地问，“咱俩能算计过他吗？”

汤姆王眼光忽地黯淡了一下，随即又重新燃放出神采：“所以要想个万全之策。这事我盘算很久了，财命攸关，只有破釜沉舟！”

“让我再想想……”施博士下意识掏出手机，里面的软件五花八门，却没有一个能帮自己厘清这复杂现实的，世事人情可比高科技难对付多了。

他忽然想起开会时贾庭西点拨自己的话来，什么“人心险恶，有人骗到头上得多长个心眼儿”，什么“脚跟站稳，不要轻易上当”，还有“有风吹草动，只要及时汇报就不会怪”之类。莫非贾庭西让自己防备的不是那伙儿素昧平生的骗子，而是面前多年共事的同事？

“贾庭西真会绝情到甩锅杀人吗？汤姆王说的又有几分可信呢？”施博士木然举着筷子，满桌美食却在眼中都失去了焦点，他一时不知该如何抉择了。

千层锦头一天出发，转天中午就心事重重地回来了。包老严心里忐忑，问道：“见着了？”

“见着了。”千层锦吐了一口气，一屁股坐在沙发上。

“见着薛老祖了？”

“见着一个老太太。”

包老严觉得奇怪：“薛老祖还有妈？”

千层锦被气乐了，说：“我一敲门，就出来个老太太，问，你找谁？我说，九爷在家吗？徒孙儿看他老人家来了。老太太说，我就是……”

小妖儿一步踏进来，问道：“师父，你是什么？”

“我是你爸爸！别插嘴。我又问，九爷是我师爷，我怎么不认识您老啊？老太太说，你找的那个九爷早死了，我是他师妹，他把房子和外号传给我了，我是新九爷。”

小妖儿笑不可支，问：“师父，你不会就这么回来了吧？你怎么对付她？”

“她连院门都不让我进，我能有什么法儿。老狐狸！装死不愿见人。老严，叫上小严，咱们这就走，再去闹上一闹。”

“好！”包老严答应着，又问，“看来要见九爷，最大障碍是那个老太太，你怎么打算？”

千层锦没直接回答，而是说：“若是九爷不愿蹚咱们这趟浑水，咱们就是说破了天也没用。”

包老严顿时醒悟：是啊，问题的关键是九爷，自己的见识始终还是比这个师弟差了那么一点儿。他心里由衷地服气，看着千层锦问道：“那怎么办？下个套儿骗他？”

千层锦笑道：“跟他比下套儿不是自找苦吃吗！要解决他先得解决那个老太太。”

包老严彻底被他绕糊涂了，千层锦又说：“具体的路上再商量吧，碰碰运气！”

小妖儿兴奋地说：“师父我也去。”

“你去干什么！”

“我想看看他们师兄师妹过得怎么样。”

千层锦看了她一眼，说：“没什么可看的……叫你查的查明白了吗？”

“差不多吧，你想先听哪一样？”

“一样一样说。”

“开公司的话，正规办七到十五天，现在政府办事提速，实际会再快一些。黑市也有全套资料能买，营业执照、企业账户、身份证一应俱全，三天到手。”

千层锦满意地点点头：“下一样。”

小妖儿故作神秘，笑道：“你猜，那个解知略是谁？”

“哦？这么说，我见过？嗯……那天堵路的小区门口那个警察？”

小妖儿大为惊奇：“就是他！大号解知略，熟悉的都昵称他‘知了’。贾庭西没撒谎，他确实是市刑侦总队的，不过目前在家待着，一时半会儿回不去。”

“为啥？”

“前不久抓坏人的时候，他伤了右眼和脑袋，时不时地头晕头疼，大夫要他休养……”

“原来是被人打伤了，倒是看不出来。”

小妖儿笑了，说：“不是被人打伤的，是他把罪犯堵在窝儿里，那些人恼羞成怒拔刀子拼命，他抓起烟灰缸就冲玻璃扔过去……”

千层锦问：“为什么扔玻璃？”

“那是他的暗号，屋外的警察冲进来逮住罪犯，他却被弹回来的烟灰缸撞昏过去。原来那玻璃是钢化的，还贴了膜。他自己打伤了自己，从那以后，大家开玩笑送他个绰号，叫‘如神手’，说他出手如神，如神出手。”

包老严呵呵一笑，说：“原来是个倒霉蛋儿。”

千层锦却一皱眉，问道：“你说他自己把罪犯堵在屋里，一共几个人？”

小妖儿说："不知道。"

"他为什么不跟别的警察一块儿进去？"

"我没问……师父，怎么了？"

"咱们可不能轻敌，就怕'如神手'不是讽刺他运气差，而是赞他脑子好，一出手就手到擒来，一网打尽！"

小妖儿顿时忧心忡忡，说："怎么办，我再去打听清楚？"

"不用了。"千层锦一摆手，说，"以后多个心眼儿就是了，不要打草惊蛇。"

"嗯。还有，他在家闲不住，当起了防欺诈义务宣传员，领着几个志愿者到处做宣传，不过反响不是太大。光祥从区就多少人？他们哪管得过来？那天咱们见到的两个人，就是跟着他的，一个叫赵倚梦，一个叫季曾诗，都是大学生。"

千层锦满意地看着女弟子："不错，够细的了。"

小妖儿忽然一笑，问他："你猜我是怎么知道的？"

千层锦略一沉吟，猜测说："短时间能打听这么仔细，最可能是道听途说，坊间传闻。"

"哈哈，对！"小妖儿既佩服又得意，"就是在他们做宣传的社区，找扎堆的老头老太太，问个开头就全聊出来了。所以，这里面有多少水分可想而知了。"

"嗯，无关紧要。驰遍十方那边呢，摸得着门吗？"

"老严叔，你说吧。"

包老严呵呵一笑："笪醉大厦管理很严，小妖儿想到一个好主意，给物业前台打电话，说贾总的汽车进车场的时候没识别抬杆。前台让报车牌号，小妖儿胡乱编了一个。系统里自然查不着，前台就按名字搜到正确的来跟小妖儿核对，这样贾庭西的车牌号就知道了。小妖儿还想弄到其他人的，可惜说不出完整姓名，又怕前台起疑，只好作罢。接下来就是我的活了，我去跟下班的保洁大姐套近乎，让她们牵线搭桥认识了车场保安，花了小一千偷查录像，知道了贾庭西的车型、颜色。可惜，也就知道他一个。”

千层锦夸赞说：“这就很了不得了！还有别的吗？”

“没什么了，那帮骗子来的时间也不长，还不足以在大姐们那里积攒出太多有用信息。几个副总大概的称呼倒是知道了一些，又对不上号，没啥用处。”

千层锦点点头，想起殴剋斯来，问道：“来过电话吗？”

包老严懊恼地说：“来了，牛还没开始吹呢，她找小严了。”

千层锦一皱眉：“嗯……后面怎么办等请了九爷回来再说吧。”

临出门，他又回身对小妖儿说：“丫头，你不一直想着上大学吗，多去转转，等买卖做完师父送你去深造。你平常看的什么书来着？对，经济法，咱们就考个会计当当！”

千层锦带包氏父子到了乡下薛宾九家，交代了几句，他就远远地躲开。包老严和儿子对视点了点头，顿时号啕大哭，扑到院门上大声哀号：“爹呀！你怎么说都不说就死了！”“爸爸呀！你死了怎么都不说一声儿啊！”

两个人一通哭嚷，引得左邻右舍一窝蜂地走出来围观，有人问：“先别哭，你们是哪家的啊？”

包老严说：“我是薛家的。薛宾九是咱爹！”

“你呢，小伙子，你跟他一样？”

包小严瞪着眼，说：“不一样！薛宾九是我爸爸。”

那人生气地说：“这哪儿不一样！都别哭了！你们讹人还不打听清楚了再来！我问你们，你们是一伙儿的？”

包老严说：“不是，我不认识他。”

“你呢？”

包小严说：“我们是一家的！都是薛宾九的儿子。”

那个邻居冷笑几声，又问："别装了！我问你，你多大？"

"二十出头。"

"你呢？"

"四十来岁。"

"薛老爷子多大岁数？"

包老严和包小严面面相觑，问："你问周岁虚岁？"

"周岁多少，虚岁多少？"

两人一起摇头："都不知道。"

邻居大怒："不知道？不知道就敢来哭！"

"六十来岁？反正不能比我小。"

"薛老爷子七十三，一辈子没结婚，上哪儿有你们俩儿子！碰瓷儿讹人的是不是？"

包老严说："这位大哥，你是薛老爷子的儿子还是我是他儿子？他当年抛下我这个私生子，四十来年不见面，如今入土了还不让我来叫声爹吗？"

那人瞪眼骂道："老小子胡说八道！讹人的，大家伙儿，揍他！"

包小严胸膛一挺，说："青天白日的，还有没有王法了！"

那人见他年轻力壮倒也不敢轻易就上。这时，"哐啷"一声，院门打开，走出一个黑胖的冷脸老太太，劈头问道："你们找谁？"

包小严横眉立眼，说："实话说了吧，我来拿回我们薛家的房产！老太太，你是外人，我爸活着的时候住就住了，我管不着，如今他死了，你也该挪挪窝儿了吧！"

不等老太太答话，包老严一把揪住包小严的衣服，说："哥们儿，你是哪儿来的，也敢冒名顶替？报个万儿吧！"

"我叫薛力宏，怎么地？"

包老严哈哈一笑："假的，假的！乡亲们听听，谁不知道我们薛家排辈是'虚形宾太极'，你怎么成了'力'字辈儿？"

包小严一时语塞，反问道：“那你叫什么？”

“我叫薛太华！年轻人，你也看着这房子好，院子豁亮，是吧？可惜，你认错了家门儿，叫错了爸爸，走吧走吧！”

包小严恼羞成怒，向街口招了招手，气急败坏地说道：“我得不到，你们也别想落好儿！”

街那头儿“轰轰隆隆”声响，顿时有辆挖土机横冲直撞地开过来。

包小严气急败坏，冲着司机大叫：“铲了它，铲了它！”

围观的邻居害怕之下四散躲开，老太太面不更色，叉腰当门而立，说：“两个小骗子，来祖师爷门口丢人现眼来了！这种小把戏也就唬一唬念攒儿空子！吓唬你奶奶，还嫩了点儿！”

包老严顿时慌张起来，说：“小伙子，不要鲁莽，里外脱不开咱们几个人，有什么不能好好商量。”

包小严气哼哼地说：“商量？可以！这里人多嘴杂，换个地方吧！”过去就拉扯老太太。

老太太威风凛凛，骂道：“小兔崽子，竖的不行来横的，当街抢人是吗！”

包老严半哄半催：“老太太，咱们好说好商量，有一句话说出来保准你喜欢！”不由分说，挎起老太太一条胳膊，顺势向手上一撸。

老太太觉得手上一凉，低头一看，大拇指上已经多了一枚黄灿灿、沉甸甸的金镏子。另一只手掌跟着一紧，手腕上碧绿耀眼，却是推来一只玉镯子。她顿时哑口无言，既怒且喜，任由两人架着，拐过街口看不见了。

邻居中有人反应过来，说：“不会是绑架吧？”另一人立刻叫道：“哎呀，像！报警报警！”又有人说：“苦主儿还没动静，咱们不能胡乱主张……薛老爷子，你们家人让人拐跑了，报不报警？”

屋里有个苍老暴躁的声音骂道：“不报不报！他妈的龟孙子，这种下三烂的招数也使得出来，真是越来越不成器了。”

邻居们怀疑自己耳朵听错了，又追问说："人拐跑了，不报？"

"不报！拐一个六十多岁的老太太，说给你你信啊！他妈的！"

这时，挖土机上的司机嚷起来："怎么着？还铲不铲啊？"邻居们慌忙说："不铲不铲，人都走了，你回去吧。"

司机说："那可不行，不是你们花钱不能听你们的！主家又没说停。"一踩踏板，挖土机又向院子开过去。

"屋里还有人，你不要命了！"

"我不管！我不能白跑一趟，他要回头找我退钱我就赔了！"不由分说，"呼隆"一声把院门推倒，又"轰轰隆隆"地开走了。

邻居们长出了一口气，叫道："薛老爷子，你们家院门没了，报警不报？"

"不报！怎么给我扒坏的，他还得怎么给我垒起来！我倒要看看哪个孙子能诳得动我。"

"九爷，徒孙儿千层锦看您来了！"人群后面挤过一个人来，正是千层锦，身后跟着一辆小卡车卸下不少东西。

薛宾九骂道："千层锦？哪来的狗东西！"

千层锦站在院外不敢进去，赔着笑说："九爷家是神仙府地，怎么会有狗东西！我师父也是您老看着长起来的，'鸠占鹊巢小布谷'，您老应该记得，我跟他还来过。"

"我还以为是哪个没家门的野种，原来是你小子！好哇，你师父死得早，你就没人管教了是不是！"

千层锦说："我师父一死，就剩您一个能管教我的，我这不是得了信儿，就赶紧来拜家门嘛！"

薛宾九笑了："得了信儿？得了我死的信儿？行啦，瘸拐李把眼儿挤，你糊弄我我糊弄你，拉倒吧！"

"九爷，您是咱们'雁'字门的老祖，有什么逃得过您的法眼！徒孙儿是有事求您来了。"

薛宾九说："求我？生受你了！你不叫人拆了我这几间狗窝，我就感恩戴德了。"

"您老不见外人，不开个小小玩笑怎么跟您老接上话，哈哈！您放心，泥瓦工这就来了，管保给您修理得漂漂亮亮，更胜往昔。"千层锦笑道，接着转向众邻居说，"各位高邻，没有事儿了，有劳各位照应我师爷，小小心意，都请回吧！"说着每人塞了一个红包。

众人心情舒畅，客气一声各自回家。红包拆开是面额一元的纸币，两张，崭新的！苍蝇腿蚊子肉，让人除了脱口而出说一声"嘻！"竟然不知该高兴还是失落。

千层锦一边往院里搬着东西一边说："徒孙儿自作主张，值钱不值钱的都是孝敬师爷，都码在墙根了。"

他走到正房门口，试探着说："九爷……"

薛宾九喝道："不要说了！怎么进来怎么出去，我就当瞧着几只黄鼠狼子。白来一趟，走吧！"

千层锦说："九爷，论辈分，您比我死了的师父还大一辈儿，我得管您喊一声师爷。跟着我的弟兄，有的是我师兄弟，有的是我徒弟，徒弟还会有徒弟，大崽子小崽子几十口人，都得毕恭毕敬管您叫声好听的，您就忍心放着这些徒孙儿、重孙儿、耷拉孙儿的死活不管吗？"

"孙子……"

千层锦赶紧答应一声向门口凑了凑，哪知薛宾九只是略做停顿，接着又说："……不管爷爷的死活，爷爷就管不着孙子的死活。"

千层锦赶忙赔笑说："孩子们没出息，在外面闯不出名堂没脸见家大人，是孩子的不对。可要在外面受了欺负，当老人的袖手不理可就是老人的不对了。"

薛宾九"嘿嘿嘿"地冷笑起来，说："好哇，要我出山不难，只要你有本事，做局设套儿，诳得我开口答应，我自然帮你。"

"九连环面前，别人的圈套儿就是狗屁！徒孙儿再放肆，也不敢到祖师爷门口撒野。九爷，骗我是骗不了您了，不过有人却想帮徒孙儿跟您老谈谈。”

“哦？”薛宾九大感意外，随即放声大笑，“哈哈，这世上能叫得动老子的只怕都死绝了！”

“老不死的东西，你才死绝了！”门外有人边说边走进来，登堂入室，直接进了里屋。包老严、包小严也笑嘻嘻地走到千层锦身边。

“师妹？”薛宾九更是惊异，“他砸坏了咱们家的门，你还帮他说话？”

那个黑胖老太太说：“少废话，你去不去吧？你要不去，我去！”嘴里说得豪横，却心虚地捂着新得的金戒指、玉镯子。

“师妹，你就是跟我学的，脾气太急，什么事儿都没弄清就轻易应承。”薛宾九早看在眼里，叹了叹气，接着又冲门外嚷道，“小子，滚进来！”

千层锦大喜过望，两步就到了薛宾九面前。只见他坐在一张硬木交椅上，比想象中还要干瘦，一张脸倒是红通通的，跟一般老头儿也没什么两样。千层锦心里暗暗生疑：“他有没有传言中那么厉害？还能不能帮我？”

“关上门，说说吧，你要干哪路买卖？事先告诉你，生意小了我老胳膊老腿儿经不起折腾，生意大了我越老胆子越小见不得大阵仗，不大不小食之无味，干脆不要开口烦我。”一句话把活路全堵死了。

千层锦笑了笑，说：“生意小了怎敢惊动您老的大驾，祖师爷出山自然惊天动地，是别人干不了的大买卖！”

薛宾九晦暗的眼睛突然一亮，放出咄咄的闪光，随即又像燃灭的火柴头一样迅速黯淡下去，慢慢说道：“说来听听。”

“是这样，我领着弟兄们想在外市开个新盘子，遇上一伙儿吃生米儿的，不让咱们安根。徒孙儿一气之下跟他打赌比赛，一个月做下五百万的买卖，赢了的开山立柜，输了的卷包儿滚蛋……”

薛宾九插嘴问道：“多少？”

“五百万，一个月，越快越好。”

薛宾九脸上尽是失望神色：“这也叫惊天动地？顶多是惊狗动屁……你另请高明吧！”

千层锦被他一瓢凉水泼下来，脸上顿时变色。

老太太突然说：“城门楼子挂猪头——架子不小！孩子们受了欺负，你这做师爷的就干瞪眼不管？”

薛宾九说：“师妹，我退隐十几年，咱俩琴瑟和谐，过得好好的……”

老太太啐了一口，说：“呸！老不要脸，谁跟你和谐！我是你什么人，你又是我什么人？”

薛宾九被她一阵抢白说得脸上变色，冲口说道：“我是你心上人，你是我心下人，行了吧！”显然是平日说惯了或者听惯了的，随即强压火气继续说，“如今，为了五百万就不要老脸重入江湖，未免太丢人，太不值钱了！”

“吹吧你就，五百万你瞧不起，还未必做得下来呢！你老不中用了，趁早不去的好，去了也是拖累，输了别说老脸，连屁股的光彩都丢光了。”

薛宾九沉吟不语，脸上虽没有阴晴变换，两个眼珠却忽明忽暗，显然内心波澜起伏，在激烈地交战。

千层锦忐忑不安地盯着他，过了良久才听他说：“他妈的那帮混蛋是谁？”

千层锦心中一阵狂喜，说道：“您老人家答应、答应出手了？”随即将那天的经历从头到尾说了一遍。

薛宾九眯着眼仔细听着，脸上突然红光大盛，骂道：“我这不是牛马圈，你带的狗崽子也该出去遛遛了。”

千层锦大喜，忙说：“是是是，这就叫他们滚。”

他立即开了门喊道：“老严小严，你们退出去守好门户，谁都不许放进来！”

薛宾九指着外面，问：“你都运来的什么玩意儿？”

“都是吃的喝的，穿的戴的，使的用的，玩儿的花的，取热的，乘凉的，瞧人儿的，听响儿的……让师奶慢慢倒腾吧，既解闷儿又能锻炼身体。”

薛宾九点一点头，对老太太说：“师妹，孩子一番心意，你去看看？”

老太太说：“怎么，还怕我偷听了检举你啊！”一边笑着一边出去。

薛宾九转向千层锦，说：“说说吧，你怎么打算？”

“徒孙儿以为……”千层锦见他如此谨慎，不禁颇有些服气，恭恭敬敬地刚想说说，心念电转，暗想，不忙，先看看你有什么过人的能耐！说道，“……买卖好做主顾难挑，如今大家生意都艰难，五百万不是手巾纸，说掏就能从口袋里掏出来。”

薛宾九目光如炬一摆手：“说你的打算！”

千层锦答应一声：“好。去之前我们做了功课，祥从区是富裕区，人口百万，真正有钱的一百来家，搞房地产的，开网络公司的，开药厂的，干快递的，还有个卖保健品的，等等。加起来也得有万亿资财，老严那儿列了个清单。”

“老严是谁？”

“我手下四大金刚之一，也是我师兄，爷俩儿都跟着我，就是门外那俩。”

薛宾九脸色阴沉下来：“你也知道，行骗不是撒网捕鱼而是弯弓射鸟，可取者百不余一。你就打算从这一百来家找主顾？”

“不错，就是时间紧迫点。”

薛宾九哼了一声，愤然变色说：“赢不了人家，趁早死心！”往交椅上一靠，气呼呼闭上了眼睛。

千层锦暗暗得意，问道：“九爷，怎么说？”

薛宾九勃然大怒：“人家划下道来你闭着眼就走，不输等什么！你倒实诚得很，还列清单，怎不挨家敲门去问！丢人！你资质太差，不是这块料，打死也比不过那个吃不上饭公司！”

“是驰遍十方公司。”

薛宾九更为光火：“总之，不要扯我进来，我不认你这个窝囊徒孙！”

千层锦说：“九爷，人家欺负到咱们鼻子跟前，这口气您能咽得下去？”

“你都咽了一半儿了还找我干吗！”

千层锦笑嘻嘻地说：“徒孙儿大老远跑来，就是要师爷指点迷津。”

“别人都欺负到鼻子底下了，不把他骗得爹妈不认，能是个人？若是连这点胆气见识都没有，干脆别学人家带徒弟……”薛宾九瞪了他一眼忽然停住了话，在千层锦脸上来回乱看，“你小子早就想好了，来戏弄老子，是不是？”

千层锦嘿嘿一笑，满脸尽是狡黠，说：“老祖，您还认不认我这个窝囊徒孙儿？”

“他妈的！”薛宾九也笑起来，“你有的是鬼主意，又找我干什么？”

“接下来怎么干，我可没有头绪。这桩费心思的大买卖，没有您老‘九连环’保驾，只怕徒孙儿做不下来。”

薛宾九略一沉吟，说：“九连环也好，八连环也好，不是拍拍脑袋就能有的。知己知彼，百战不殆！那个吃屎公司你们是走马观花，说不定还被人使了障眼法，还有那个警察，都不清不楚……先说说你这边吧。”

千层锦说：“四大金刚跟我多年，就一个包小严，被尖果儿勾了魂，最不让我放心。”

“当老帅的不上心夹磨，怨得了谁！”

千层锦脸一红，只能连声称是。薛宾九接着说：“能用则用，不能用则去。紧要关头万不可马虎，不能让他一个坏了大事……每个人都详细说说。”

“包老严是我师兄，死心塌地没毛病。小妖儿从小跟我长起来的，跟亲闺女没什么分别，脑子活络，肯上进，我最喜欢，就是女孩儿大了，有点心思不在这儿……”

薛宾九默默听着，脸上毫无动静，千层锦不禁感到一阵紧张：“沙三路也是打小调教的，有膀子力气，就是开窍晚点儿。”

“也没什么，只要用对了地方就是块好材料……既然打了赌，对手什么底细可不能不知道。”

千层锦说：“徒孙自有主意。回去就蹲点，派人缀着，总有收获。笨办法，不过有用。”

“这都是皮毛，他们真正在干什么，只靠盯梢可盯不出来。”

“打个钉子进去？”

薛宾九白了他一眼，怒道：“是你拿别人当傻子，还是想给人家当傻子！”

千层锦讪笑道：“也是。”

“那个警察你打算怎么办？”

“怎么办……反正更不能打钉子。”

薛宾九叹了口气，说：“干咱们这行的都是人精，一肚子转轴儿，满脑袋弯弯绕儿，有时候太过聪明就把自己绕住了。你想想，两件事其实是不是一件事？”

一句话犹如醍醐灌顶，千层锦虽没彻底领悟却已是激动不已：“九爷，您老看得比我远，想得比我透，肯定有了绝妙好计！”

薛宾九一抬眼皮一阵冷笑：“绝妙好计？嘿嘿！这次不同以往，只能看一眼画一个圈儿，走一步下一个套儿，死计活使，随机应变，千万不能眼热心急，乱了阵脚。咱们就来个‘两门三子一枝花’！”

千层锦双眼放光，语音微颤，问道：“九爷，怎么讲？”

“你在明我在暗，算是两门。忠厚的、毛愣的、强梁的，是三子，聪明伶俐一枝花，花开门外香！”薛宾九猛地站起身来，“四大金刚加上你我，六个人大有可为，未始不能胜过他们千军万马！走，去祥从区！”

等千层锦三人欢天喜地将薛宾九宝贝一样接到酒店，安排了房间休息，小妖儿悄声问包小严：“师父是怎么搬动咱们这位老祖的？”

包小严一撇嘴角：“搬来又能怎样？你觉得能赢？”

小妖儿摇一摇头：“不知道。”

包小严阴阳怪气地说：“卤水点豆腐，一物降一物呀。”

小妖儿皱了皱眉，问道：“什么意思？”

“长见识了！”包小严眼望着天花板哼了一声，“咱们听师父的，师父被九爷降住了，九爷的师妹又降住九爷！唉，这叫什么玩意儿！就这样还想着赢人家？”

小妖儿不想跟他争论就岔开话题：“师父怎么知道那个老太太能帮咱们？”

“九连环这样厉害的人物跟师妹住在一起又不结婚，你猜什么缘故？”

小妖儿脸色忽然变得忧郁，说：“落花有意流水无情，除了这个还能是什么……”

包小严颇感诧异，说：“正是这样！偏偏流水对落花又怕得厉害，师父只一句话就说动老太太当了说客。”

“一句什么话？”

“只要她劝得动九连环，师父就给他们补办婚礼，张罗成亲……”

小妖儿不无伤感地说：“真可怜！”

包小严嘲笑她说：“一厢情愿怨得了谁！又不是你，你可怜什么？”

小妖儿不去理他，自顾自回到房间。也就过了一个来小时，包老严一通电话将她喊到千层锦的套房，原来薛宾九要跟大家谈话。

“你们想没想过，”薛宾九小睡之后神采奕奕，眼光扫视着众人，笑着问，“他们为什么要跟你们签合同，定日子，比高低？”

千层锦见他腰杆挺直端坐在椅子上，也不敢懈怠，正襟危坐陪笑说：“姓贾的要吃熟焖饭，咱们一脚踏进来，他肯定不让咱们轻巧走了。”

薛宾九哈哈一笑：“两条狗偷骨头，人去追呜呜叫的那条，默不作声的那条可就得手了。都是老江湖，换了你，是不是也这么干？”

包老严跟着笑起来：“咱们无所谓，他也太不把警察当回事了吧！”

包小严懒洋洋躺在沙发里举着手机发呆，这时插嘴说：“警察怎么了，警察也是人。”

包老严慌忙呵斥他：“不说话没人拿你当哑巴，起来坐好！”

“他的话也不算不对……”千层锦一拍桌子，“不管什么人，也不管是算计咱们还是防着咱们，既然来了就没什么可怕的。我跟九爷商量好了，买卖还是照做，咱们各司其职，各尽人事，能不能成就看运气了。九爷，你分工吧。”

薛宾九笑眯眯地从众人脸上看过去，慢条斯理地说：“人家都上了高科技了，咱们要还是死守着老玩意儿指定不能成事儿。挑大梁的活儿就让孩子们上吧，小严你们几个年轻人见识新，大胆冲大胆干，我们这些老东西在后面给你们把关。”

包老严见儿子无动于衷就教训说：“听着点儿！”

包小严瞪了一眼：“听得见！”继续对着手机出神。

千层锦恨铁不成钢，哼了一声，说：“又想那女人呢吧！”

包小严揣起手机，气呼呼翻身起来，躺在沙发背上，双手枕着脑袋不理不睬。

千层锦看得心中火起，怒道：“那个狗屁‘撸死小姐’有什么稀罕，瘦得跟烧鸡似的，哪有咱们小妖儿好看！你喜欢她，也不想想她瞧不瞧得上你！”

包小严一下坐起来，大声说："我就喜欢她，瞧不起我我也喜欢，你管不着！"

薛宾九斜眼瞧着他们，冷笑说："谁是师父，谁是徒弟？"

千层锦怒不可遏："好！我管不着，谁管得着找谁去！"

包小严拔腿就走，包老严冲过去一把抱住他："你小子混蛋劲儿上来了是不是！给我老实回去！"

包小严又气又急，一下甩开包老严的手臂，说："到现在你还看不出来？咱们这一派完了！"

包老严顿时来气，呵斥他说："混账！是你师父完了，还是你爹完了！"

"都完了！坐井观天还自以为不错。看看人家，一张卡就能挣来十几万，一台电脑一个电话，抬抬手动动嘴儿钱就来了，你们行吗？！"

"哈哈！"薛宾九添油加醋地讽刺说，"人心变了，家里草棚再好也不如外边金丝楠的狗窝！"

千层锦气急败坏地吼道："滚！让他滚！"

包小严闻声就走。

包老严下不来台，指着他背影大叫："你走！走了就再也别回来！"

小妖儿见包小严看都不看她，头也不回地摔门走了，眼泪再也控制不住，扑簌簌地垂下来。

包老严心慌意乱，安慰她说："小妖儿，你别不高兴……"

小妖儿放声痛哭："他从来不把我当回事，我不高兴又有什么用！"

包老严不知所措，转向薛宾九，无助地解释说："孩子打小就倔，过不了两顿饭自己就回来了……"

薛宾九哈哈一笑："这次可不一样。"

"小牛犊子，牙没长齐心先野了！"千层锦余怒未息，骂到一半突然心中一动，干笑道，"九爷，你拱火拱得真是时候，你让我撵他走是要用苦肉计吗？"

薛宾九冷笑一声："苦个屁！你跟着你那混蛋师父几十年都学了什么！连你都瞒不了我会拿来骗别人？他什么德行你不清楚！"

"清楚，清楚……就不是那听使唤的人。"

"狗屁！魏延怎么样，还不是被诸葛亮使得团团转。倔驴犟牛认强梁，谁能耐大，手段高，他就听谁的使唤。"

千层锦一时无语，走过来摸着小妖儿的头发，安慰她说："风骚的女人不能长久，他早晚还会回来找你。丫头，咱们长志气，就算他回来也别再理他。好男人有的是，师父给你找个更好的。"

薛宾九对他们师徒之情毫不在意，说："他走他的，管他干吗。闺女，这样的人靠不住，你冰雪聪明自然看得比我还清楚。好了，擦把脸，收拾收拾，去大学边上租个房子住，你还有你的任务哪。"

千层锦也回过神来，跟小妖儿交代了一番，又给住在别处的徒弟打电话："三路，车租好了没？好，开过来路口等我，带上人，咱们去跟梢。"

过了十来分钟，千层锦穿衣下楼，会合了沙三路和三个尚未拜师的记名弟子，分乘两辆车前后来到笪醉大厦。沙三路五大三粗，孔武有力，卡在驾驶座里就像玩具车塞了个大号公仔熊，车子一颠簸，肩膀脑袋随时都要从车里顶出去。

千层锦看着他，心情好了许多，嘱咐说："这趟咱们是守株待兔，这个出口是大厦里车辆离开的必经之路。我要是认出了驰遍十方的人，你们要记住长相和车牌，马上跟过去，明白吗？"

沙三路摸出一架望远镜，笑呵呵地说："师父，我还带了这个，省劲儿。"

千层锦并不去接："我不用。"眼睛直直盯着车辆出口。一直耗到太阳快从楼缝里完全落下去，几个人眼睛都快看出重影来，才有个弟子欢叫一声："来了！车牌号对！"

千层锦也已经看清车里那张叫他牙痒痒的面孔，是贾庭西，正和副驾驶坐着的露丝鲍有说有笑地开出来。“你，去后面车跟着他！”千层锦干净利落地吩咐着，随即又叮嘱说，“跟丢了不要紧，不要露马脚！”

那个弟子开车门跑到后面去了，千层锦长舒了一口气，心里总算有了点儿着落。他知道，贾庭西这么狡猾的人，一般是不会有多少破绽的，想从他身上找把柄很难，但是了解一下终归是好的。

时间一分一分地过去，大厦里的车辆似乎永远也出不完。沙三路忍不住问道：“师父，没了？”

“耐心点儿。”千层锦使劲闭了下眼睛，外面的天色已从昏黄变成了灰黑，行驶的车灯格外刺眼，已经不容易分辨车里人的容貌。他忽然意识到自己可能犯了一个严重的错误，驰遍十方六个人，在自助餐厅见过五个，除去已经盯上的贾庭西和露丝鲍，还有三个人会从大楼里出来。要是他们加着小心，不像姓贾的那么狂妄，很可能车就不停在这儿，或者压根儿就不开车！

“快，绕到大厦主出口，走人的那个！”千层锦急迫地命令着一脸茫然的沙三路，同时心里暗自懊悔。自己早该想到这一点的，对手和自己一样，都是前来行骗的过客，谁会不嫌麻烦又冒风险地留下过多痕迹呢？除了贾庭西！如果车辆出口和行人出口能同时监视就不会有这个问题了，可惜五个人的面貌只有自己记得，要想都看过来除非把他劈成两半。

城市的夜晚没有星星，本该属于天空的璀璨光芒都倾洒在林立的高楼和纵横的马路上，逼得夜色向高处退却，把那里的视野遮掩得混沌一片。

“师父，还会有人吗？”一个小时过去了，沙三路已经饿得肚子乱叫，他看着不知疲倦的千层锦，疑惑地发问。

“望远镜给我。”千层锦气定神闲，上下看了一通，反问道，“你觉得呢？”

"该走的早走了吧，刚才那边白等了半天，从这个口出去的都到家吃完晚饭了。"

"动动脑子，再不用，吃进去的肥肉就全淤在里头了！"

"我动了！"沙三路指着夜色里灯光斑驳的大厦，说，"师父你看，刚才还亮成一片，这会儿工夫得灭了一多半，再等下去就全黑了。"

"三路啊三路，你离变成聪明人就差脑袋里一层纸了，怎么就钻不透呢！"千层锦既恨又怜，开导他说，"望远镜给你，往上数十八层。"

沙三路一层一层地数上去，说："全黑的。"

"再往上一层。"

"也黑了。"

"妈的，看仔细了！"

"有一扇窗户亮着……师父，有一间屋子亮着！"

千层锦叹了一口气："说明什么？"

"说明屋里有人。"

"谁？"

"不知道。"

千层锦无奈地闭上眼睛："盯住了，灭灯了叫我。"

休息了不到五分钟，千层锦又被沙三路亢奋的声音吵醒："我明白了，那是驰遍十方的办公室！"

"如果我没记错方位，应该差不了。"

"我知道了我知道了。他妈的一伙儿骗子还有人加班，他妈的！"沙三路高兴地边骂边笑，举着望远镜死死盯住那个孤独的窗口，一动也不动。

不知过了多久，那个高处的小小亮块忽地熄灭了，跟周围黑成了完整的一片。沙三路兴奋地大叫："师父，灭了！"

千层锦猛然一惊，两人不约而同坐直了身子，一起向出口紧张地张望。在等待的时间里，沙三路脑筋像是开了窍，问道："师父，要是他不走这儿，走了地下停车场从刚才那个口出去，怎么办？”

千层锦皱了下眉：“不会！”至于为什么不会却不再说。

“出来了，就是他！”千层锦激动起来，把望远镜往沙三路手里一塞，抓着他的粗壮胳膊不厌其烦地吩咐说，“看到低着头走路，背着包的那个人了吗？粗眉大眼，离得近了还能看到白头发。他是要骑共享单车走，快！你也扫一辆，跟上他！”

沙三路慌不迭地扔了望远镜推车门撞了出去，千层锦又在后面低声叮嘱说：“不要怕暴露，盯住了他！”也不知道沙三路着急忙慌听进去没有。

千层锦在副驾驶座里歇了良久，虽然不知道被自己耐心等来的是驰遍十方哪个副总，但他心里却觉得比掌握了贾庭西的动静还要踏实、满足。

他忽然灵感迸发，想到一个计策，赶紧掏手机给沙三路发了一条语音：“这几天你不用干别的，就当他的影子，跟着他，耗着他，什么都不做也什么都别说，让他自己猜。”

包小严从酒店赌气出来就漫无目的四处乱走，网吧不想去，酒吧还没开门，球厅、歌房一个人也没意思。一直到黄昏时分，他才猛地想起一件事来。他还没满师，没有买卖分红，只有每个月的零花钱，前几天就已经花得差不多了，接下来的吃饭睡觉该怎么办呢？

没想到自己意气用事，首先遇到的竟是经济问题，而且还迫在眉睫。他看着手机里可怜的余额苦笑一下，第一反应就是去找小妖儿要。对话界面都点开了，看着小妖儿的头像，他脑袋里突然闪出露丝鲍娇俏的身影。一股豪气油然而生，让他放弃了先前的念头。大丈夫自立于天地，何必乞怜于他人！

他边走边看，一家咖啡馆前，有个衣着朴素的女孩左右张望，又不时隔着玻璃向屋内窥探，像是在等人。片刻之后，她下定决心，背着一个大琴盒推门走了进去。包小严知道，自己的问题解决了。

他不着急跟进去，而是左右各走出几十步把周围的环境看了个仔细。随后回来，一眼就看见那个女孩坐在临街靠窗的位置，仍是孤身一个人。包小严不动声色地进去，找了个不远不近的位置坐下等着。

女孩年轻漂亮，捧着咖啡杯侧向窗外，清纯的模样很是令人动心。没一会儿就有男子过来搭讪："你好，一个人吗？"

女孩客气地微笑说："在等人。"

男子还是毫不客气地在对面坐下了，又问："男朋友啊？可惜了……"

女孩眼里闪过一丝惆怅："不是。"

"呵呵，闺密？"

"也不是。"

女孩不冷不热地回应着，男子见她并没有反感排斥的意思，心里倍感快意，说话也渐渐放肆起来。正在这时，门一开闯进三个人来，膀大腰圆，三尊凶神一样朝屋里环视一遍，恶狠狠向女孩这边直扑过来。

女孩脸上顿时变色，男子心中一慌就要起身逃开，却被三个壮汉堵在座位里。

"别以为这里人多我们就不敢对你怎么样！"壮汉气势汹汹，向女孩面前伸出手去，"拿出来吧。"

女孩从随身小包里掏出一沓现金，小声说："刚取的，数数吧。"

壮汉乜斜着眼不满地问："多少？"

"七千，我只凑够这么多，剩下的过两天再给……"

"那不行！"壮汉将钱揣起来，眼睛瞪得像鸡蛋那么大，"已经给了你时间了，你一遍一遍地耍我们，拿人当傻子呢！不还钱今天你走不了。"

女孩快要急哭了："我只有这么多。过两天一定给，钱我肯定会还的。"

"上次你也这么说！不行，现在就借，给亲戚朋友打电话，叫他们送来。还不上别怪我们不客气！”壮汉这才看见一边默不作声的男子，问道，“他是谁，你男朋友？”

“不是不是。”女孩连忙否认。男子也急切地解释说：“我们不认识，刚聊几句，连名字都还没问。”

壮汉们倒也不十分计较，又威逼女孩说：“想办法吧，早点儿筹齐了我们也好下班。”

“真没有了。”

“那是什么？”壮汉指着女孩竖在身边的大琴盒，“值不值钱？”

女孩慌忙用手护住：“这是我姥爷留给我的念想，不能卖。”

壮汉不由分说夺过琴盒在桌上打开，里面果然只是一把旧吉他，但被擦得一尘不染，光滑透亮。“这玩意儿值几个钱？”壮汉们面面相觑，一副鄙夷神色。

女孩说：“这是我姥爷年轻时从国外带回来的，就是把旧吉他，不值什么钱。再说了，我教课还得用呢。你们放心，欠的钱我一定会还的，再给我两天时间。”

“不行啊！说破了大天也是不行。欠债还钱天经地义，不是没给你活路，你不听啊。怎么样，现在跟我们走？钱还上你还能捞一笔，多好的事！”

女孩一听惊恐地叫了一声，呜呜咽咽哭了起来。咖啡馆经理闻声带了店员走过来，说道：“先生，那边还有座位，请那边坐吧。”

壮汉们见状竟也痛快，恶狠狠瞪了女孩一眼，威胁了一句：“跑不了你的！”出门扬长而去了。

男子松了一口气，问道：“你没事吧？”

女孩抽泣着说：“去年我姥爷病重，为了给他买药我不得已借了高利贷。结果他没救过来，我却欠了利滚利一大堆债，还都还不清。我一天打十几个小时的工，教孩子学吉他，可是挣的赶不上欠的，还得交房租……”

男子看着她梨花带雨的模样又怜又爱，也不住地叹息。

“……后来拖得久了，他们就威胁我、恐吓我，还说像我这样年轻长得好的，可以转成佳丽贷，来钱快，还完还有富余。可是我连男朋友都没谈过，怎么可能去干那个……”

男子好奇地问：“佳丽贷是什么？”

“就是去卖淫，捐卵，我要是答应了，这辈子就完了。”女孩说完又啜泣几声，强作欢笑，恳求说，“对不起，跟你说了这么多。我想去趟洗手间，你能帮我看着点东西吗？”边说边指了指桌上的吉他。

男子痛快答应了，女孩问清道路起身去了咖啡馆里面。

包小严心中暗笑，走到男子身边，低声说：“一千换一万，换不换？”

男子一愣：“什么？”

“我有一句话，一千块听一次，想听吗？”

“脑子有病！”

包小严挨了骂也不多说，微微一笑退回到自己的座位，悠然自得地等着。

咖啡馆门一开，有个中年人走进来寻找座位，从男子身旁经过，不经意搭了一眼，立刻又退了回来，也不作声，只是盯着吉他凝神细看，随即摇摇头走开了。没过几秒，中年人又满脸狐疑地折回来，俯着身子仔细研究，老太太挑鸡蛋一样，眼光几乎要钉进木头里。

“干吗的？”男子心生厌恶，皱眉问道。

中年人抬起头，脸上都是激动神色，眼睛还是舍不得从吉他上挪开。“好琴啊！一开始我还以为是假的。”他指着琴盒问男子，“先生，您这把琴能让给我吗？”

“什么？”

“卖给我，我买。”

“不是我的。”男子不耐烦地回答，眼睛却不由自主向琴盒里多瞄了几下。就是普普通通一把旧吉他，不知道这人有什么好兴奋的。

“是以为我开玩笑吗？哈哈，不瞒您说，我开了家博物馆，收的吉他有几十把，就差制琴大师索莫吉先生早年的作品。这样，您要是肯割爱，我愿意出这个数，怎么样？”

男子看着中年人比画的双手，不屑地问：“多少，一千五？”

“您别开玩笑。”

“一万五？”

中年人摇摇头收起双手，笑道：“十五万，不，我出十八万！只要您点头，我马上去取钱。”

男子惊疑地来回看着吉他和中年人，半天回不过神来：“这琴能卖十八万？”

“这是稀世好琴啊！跟您透个底，我这也有得赚。索莫吉老了，他一去世，琴价就得翻番儿！不过，现在可还不是那个价，哈哈。”

男子怅然说道：“你说得再热闹，这琴也不是我的。”

中年人无奈地叹了口气，说：“这样吧，我给您留个电话，您的也好，朋友的也好，想转让了就联系我。我临时有点事，得先走了，我是诚心想收它，只要您给我个信儿，我马上带钱来找您。再会，再会。”边说边叹息，一步一回头恋恋不舍地走了。

他一走，女孩也从洗手间回来。男子试探地问：“这把吉他是你家里人留下来的？你怎么不卖了救急呢？”

女孩说：“我姥爷最疼我，这是他送我的生日礼物。要不是这个原因我就把它卖了，卖个一万两万的，讨债的也不至于这么追我。”

“其实你姥爷在天之灵也不愿意看你受罪。不如这样……”男子略一迟疑，眼珠转了转，接着说，“你卖给我，就当押我这儿了，等你周转过来随时可以拿回去，怎么样？”

女孩看着吉他犹豫不决。男子心中主张更加坚定，循循善诱地开导说：“从现在起咱俩就是朋友了，算我借你的，你也不用磨不开，不好意思。”

“也行……”女孩终于点了点头，“我加你联系方式，等我攒够了钱就还你。”

男子大喜过望：“没问题！你这月差多少？一万三啊，我给你转一万你先用着。这玩意儿每天有限额，三千明天一早给你吧。起码这个月你不用发愁了，呵呵。”

女孩千恩万谢，说改日请他吃饭，琴一定保管好了，又以上课为由匆匆告辞走了。男子欣喜若狂，要不是大庭广众都能抖着腿唱出来。他翻出中年人留的纸条，照着上面的数字拨了出去，没一会儿电话就接通了，中年人高兴地回应：“太好了，我这就过去！取钱加路上的时间，大约需要半个来小时，不见不散。”

包小严冷眼旁观，知道别人的戏唱完了，该自己上场了。他走过去劈头盖脸地说：“不会有人来的，你被人骗了。”

男子一愣，恶狠狠地问：“你是干吗的？”

“刚才我说一千换一万，你不信，这下一万没了吧。你再打遍电话，看还有人接吗？”

男子不由得慌张起来，又重新呼叫那个号码，提示音传出来：“对不起，您拨的用户已关机或不在服务区。”他又连试了几遍，得到的都是同样的无情回应。他脸上顿时变色，又去联系女孩，消息被拒绝，显然是被她拉黑了。

“怎么样？这都是做局骗人的，有人不听劝非要去上当……”包小严话没说完就被男子揪住。

“好哇，男的女的，三个流氓，还有你，你们是一伙儿的吧！”

包小严冷笑一声，说：“这种人给我提鞋都不配。松手！我还有句话，或许能挽回损失，听不听在你。”

男子觉得又心痛又丢脸，想到一万块钱就这么被人坑了，恨不得自己能像外国电影里那样，变身成一只大怪物，把那几个骗子活活吃了才解气。“什么话，你说！”

“松手……这句话可不像先前那么便宜，得值两千块。”

男子充满敌意地瞪着眼睛：“我看你们就是一伙儿的，你等着，我现在就报警！”

“随便你，警察来了我也只是个见证人，可是那句话我就再也不说了。反正警察什么都知道，你就等着他们帮你要回来吧。”

男子又急又怒偏又无计可施，包小严继续摧毁他的自主意志：“刚才你要是这么谨慎就好了，也不至于被骗。时间拖得越久找回来的可能越小，还是那句话，听不听完全在你。”

男子终于崩溃了，气呼呼地说：“两千太贵了，一千！”

“不划价，我设置好了，你扫我。”

男子不情愿地支出了两千块钱，催促道：“快说，什么话？”

包小严用手一指门外：“顺着我手指的方向，出门右拐走五十步，抬头看，你的钱就找回来了。”

男子将信将疑：“你跟着，找不回钱你赔我。”

包小严呵呵一笑：“我就在这等着，你再不快去，骗子可就跑没影了。”

男子心中一慌，冲出门去，数着步数来到路口，抬头找了一圈，哪有可疑的人影！他正要怒骂，忽然看到对面的墙上装着一台摄像机，不知道是交通的还是治安的还是底下店铺自己装的，总之，一个小红灯闪着，说明在正常工作。他恍然大悟，原来刚才那小子是告诉自己，这有个摄像头，如果录像没问题，警察一定能查到一男一女那伙儿骗子的模样。

“这也不值两千块啊！”他恼羞成怒，觉得受了欺骗，一边报警一边跑回咖啡馆。正和他预感的一样，包小严早就从另一个方向离开，找也找不着了。

晚上吃饭睡觉的钱有了，以后怎么办呢？包小严人生第一次遇到如此严峻、接连不休又无比现实的问题，他不愿多想，因为心里早就有了一个念头，指引着他无所畏惧、不达目的誓不罢休。

第二天，他来到了笪醉大厦。

进了门才发现，上楼找人比他预想的困难多了。电梯是刷卡的，五层开始，楼梯防火门也都装着电磁锁，出得来进不去。没有出入卡，只能在底下几层溜达，还得时刻迎接门口保安森然戒备的眼神。

他在电梯里跟着上上下下了好几趟，却始终遇不到刷十九层的，当有人突然按亮了十八层时，他顿时遇到救星似的激动起来，仿佛看到了黎明。

他笑着招呼眼前这个长相憨厚的小伙子："你是驰遍十方的？"

那人面无表情地看看他，木然说："干啥？"

包小严感到一阵尴尬："没事儿……同路。"

"你也是？"

"嗐，甭提了。"

"也加钱办进来的？"

包小严不懂他说的什么，就问："还要花钱？"

那人看怪物似的瞅着他："你真走运！"

包小严怀疑自己是不是说错了话，随即问了另一个问题："你在那儿干什么？"一出口就后悔，觉得实在愚不可及。

"上网，打电话。还能干啥！"

"你愿意干这个？"

"干啥来的？不干这干啥！"

包小严附和地一笑："就是。"

那人又说："钱都花了，干啥不是干！"

聊天进入死胡同，两人再也无话可说，沉默着直到电梯门打开。

从电梯厅出来，步行爬到十九层，防火门不出意料地锁着。隔着门上的窄条玻璃，能看见走廊亮着灯。包小严拍门叫了快半个小时也没有任何回应，终于还是爬回一楼，蹲在门外发愣，不知该不该继续等。

灰心丧气之际突然电话铃响，小妖儿柔声细语地劝他："小严哥，你回来吧，师父他们原谅你了。"

包小严笑了一下，拾起地上一粒石子，随手画了个叉，漫不经心地说："你不用操心了，我回不去了。"

小妖儿不跟他辩理，扑哧一声笑起来："昨天晚上，老严叔偷偷联系我，说话绕来绕去，你猜他要干什么？"

"干什么？逼着我回去？"

"不是！呵呵，他担心你，又不好意思给你打电话，怕师父见着了数落他'慈父出败儿'，就偷着跟我联系，说你一个人没钱了怎么办啊，让我帮着转点儿。我拒绝了。我说，小严哥又不是小孩子，不用你每样事都惦记。"

包小严心里闪过一丝不安："谁用他瞎操心……我不缺钱。"

电话那边沉默了一会儿，小心翼翼地问："你真要去找那个露茜小姐？"

包小严气不打一处来："我可得见得着啊！小妖儿，咱们这一派没前途了，你瞅瞅人家，再瞧瞧咱们，差太多了，没意思！"

小妖儿说："师父也与时俱进啊，你误会他了……"

"误会什么？请个九爷叫与时俱进？与老头子俱糟还差不多。本来就落伍了，还去土里刨个老古董回来供着，彻底没治！他会什么？你也不傻，你觉得有戏？"

"我不知道，九爷只是让我好好学习现代企业财务管理，给他当顾问。"

包小严冷笑起来："哈哈，搞笑！他是打算直接从别人账上划拉钱走吗？"

正说着，小妖儿那边忽然传出语音广播的声音："请 B091 到 34

号窗口办理业务。”

包小严问：“你在哪儿？”

小妖儿故作神秘：“先不告诉你。”

包小严将石子一扔，说：“师父嘱咐你什么都要瞒着我，是不是？”

“你还真猜错了。”小妖儿一笑，“师父忙起来根本就顾不上，我也马上去另一个地方……”她停了一下，语带忧伤地说，“小严哥，有句话我想跟你说，他们千好万好毕竟是外人，你想回了……”

包小严心不在焉地听着，眼睛四处乱看，猛然瞥见一个人影儿大模大样从便利店出来往这边走。他赶紧站起身，边拍打裤子边说：“好了，不说了！”匆匆挂断了电话，小妖儿说的什么也瞬间忘了个干净。

来人三十多岁，个子不高，还戴着眼镜，正是贾庭西。

包小严快步迎上去，贾庭西却连正眼都不瞧他，昂然而过进了大厅。包小严话到嘴边又咽了回去，默不作声一路跟着。直到十九层出了电梯，贾庭西才猛然转身，一脸惊愕地质问：“你是干什么的！”

包小严心里一阵难过，原来这人早将自己忘了。他自卑之余傲气激发，说道：“我是包小严，咱们见过！”

贾庭西沉下脸转身就走，进了总裁办公室，一屁股坐进宽大厚实的大班椅。“今天穿得倒有点儿人样儿……”他摁了几下座机按键，冲里面喊，“露茜小姐，有人找你。”

电话免提传出咯咯一阵娇笑：“找我？呵呵呵呵，谁呀？”声音甜得叫人血压上升，寒毛都竖起来。片刻之后就是清脆的高跟鞋响，露丝鲍光彩四射地推门进来，包小严心脏怦怦直跳，觉得口干舌燥有些不大自在。

“你呀！”露丝鲍笑起来，眼睛直盯着包小严，“来卧底的吧？”她单刀直入毫不留情，包小严脸上顿时一红，说：“我是来学习的。”

贾庭西乜斜着眼睛，说：“都说了是找你的，看不出来？”

包小严看了一眼露丝鲍又转向贾庭西，脸颊因为亢奋而变得潮红：

"自从那天听你们说完，我眼前就开了一扇窗，新鲜、光亮！从没见过，也从不敢想。我不知道竟然还有这样的痛快活法儿！这才是我真正喜欢的，是我最想要的，是我的未来！我要学你们现代欺诈派，要跟你们一样出人头地！"

贾庭西转过身子，正色说："有出息！年轻人就该喜新厌旧，弃暗投明！不过，我怎么信你？"

"我把知道的都告诉你！"

"不用你说我们也赢定了！"

"这次不一样，他们也要开公司。"

贾庭西来了兴趣："有意思！说说，你们要开什么公司？"

包小严摇一摇头："不知道具体干什么，刚才小妖儿——就是那天来的我师妹——好像就在工商局，应该就是注册公司。"

"不值一提。"

"他们还请了个帮手，是个六七十岁的老头子，叫薛宾九，外号'九连环'。"包小严本来还想说"他们打算从你这骗钱"，话到嘴边又咽下去了。他多了个心眼，觉得这种话到了关键时候抛出来才最有效力。

"还有什么？"

"没了。"包小严觉得自己的决定是对的，倒空了的葫芦就没用了，会被人瞧轻的。

贾庭西一双不大的眼睛刀片一样上下翻飞，刮在包小严脸上、身上，包小严有些不自在起来，以为他在判断自己是不是撒谎、隐瞒。实际上那是贾庭西在不停运转着脑子，一个新主意就在闪烁的眼光中诞生了，他微笑着点点头："你真心实意来投奔，我就疑人不用用人不疑。你跟着露茜干吧，联系方式留一下。"

包小严喜出望外，眼睛都要冒出光来，连声答应着凑到露丝鲍身边互加了好友，留了电话。

贾庭西哈哈一笑，忽然问道：“你知道林冲上梁山的时候，干的第一件事是什么吗？”

包小严一愣，不知道他什么意思，想了想回答说：“火并王伦。”

“NO，NO，NO！”贾庭西摆着一根手指纠正他，“是交投名状。”

“什么意思？”

“你说呢？”贾庭西笑着，眼中却尽是无情的残忍神色，“你回去监视你师父，一举一动都汇报给露茜。”

包小严像是挨了当头棒喝：“我跟他们闹翻了，回不去了。”

“那就无话可说！”贾庭西瞬间变脸，毫不过渡就从满面含春变成怒气冲冲，“我这儿可不缺学徒，送客！”

包小严看着露丝鲍，说：“我真是来……”

贾庭西挥手打断他，大声呵斥：“不需要，出去！”

包小严见他翻脸无情，顿时怒火上涌，狠狠瞪了一眼，摔门而去。

等外面没了动静，露丝鲍疑惑不解地问：“怎么把他赶跑了？留下来说不定有用。”

贾庭西向她凑过脑袋，鼻子几乎擦到她耳边头发，故意深吸了一通香气，笑道：“你心疼了？”

露丝鲍白了他一眼，冷笑说：“毛躁之中透着一股野劲儿，我还真有点儿舍不得。”

“他一来就答应，心里就不会懂得敬畏。杀杀他的锐气，熬一熬再说，这里可不是由着他撒野的地方！”

露丝鲍嘴角轻蔑地一撇：“小心熬脱了钩。”

贾庭西呵呵一笑：“有你在，只会越熬越有味，越熬越上瘾！你没看出来吗，他对你是动了真心了。”

“干吗，你吃醋了？”

“他是贪恋你容貌的毛头小子，我是欣赏你价值的成熟男人。他有资格跟我比吗？”

第三章 栽赃嫁祸投名状

包小严神情沮丧地在路上乱走，不知不觉进了一处地下通道，忽然有人在身旁喊："骗子！"

他吓了一跳，不由自主转头去看，见是两个年轻人揪在一起互不相让，一个不算太高，一个戴着眼镜。包小严顿时来气，走近了问："你们干什么？"

不太高的涨红了脸，说："买东西不给钱！"戴眼镜的怒不可遏："胡说！你明明收款了！"

包小严没心思听故事，说："动嘴有什么用！不给钱怎么不揍他？"

"我……""不太高"一惊，说不出话来。

包小严又问另一个："拿了钱不承认还不动手，憋着当王八？"

"他、他比我壮……"

"你呢？"

"我没他高。"

包小严气得一笑："就你们这样怎么解决问题？要么打要么走，利索点儿，不要耽误大家时间，都等着呢！”

两人看看围观的人群，进退两难，怎么都不甘心。“不太高”忽然想起来，说：“我们找了人了！”

“戴眼镜”愤愤不平：“不错，解警官来了看你怎么抵赖！”

包小严暗暗心惊，问：“你们不打幺幺零，找刑侦队干吗？”

两人不约而同指着对方：“是他指名道姓要找解知略解决。”

忽然有个似曾相识的声音说：“是你们找我吗？”

包小严看见有过一面之缘的警察走过来，头皮不由得一阵发紧。贾庭西特意把他拉到两派竞争里来，不是他蠢得出奇就是聪明过人，看他的样子可不像前者。包小严不敢留恋，捂着肚子嘀咕一声：“饿了，难受。”钻出人群头也不回地走了。

纠缠的两个人没心思理会，一起向来人说：“您就是解警官？”

“你们不认识我为什么指名道姓找我啊？”

“戴眼镜”掏出手机，划了几下，说：“我在学校看过你们宣传，现场照片能拼出你的联系方式。我说有你电话，就是为了吓一吓他，谁知道他还跟我杠上了，非找你不可。”

“拼出联系方式？你主要为了拍什么？”

“戴眼镜”脸上飞红，觉得眼前这个警察不好对付，说错一个字就漏了底，嗫嚅半天才说：“姓赵的师姐……”

“一猜就是。”解知略一笑，又问，“到底什么情况？从头说说。”

“戴眼镜”一边点头一边切着手机界面：“您看这个……”

解知略问：“这是什么？”

“‘美弃’的聊天界面。”

“‘美弃’是什么？”

“就是我买他蕾莉娅的二手闲置交易平台。”

“蕾莉娅又是什么？”

“是和风古罗马女战士手办，限量版，两千多。”

“和什么什么又是什……算了，我不问了。”解知略看了看“戴眼镜”举着的树脂人偶模型，又说，“你在电话里说有人诈骗，就因为这个？质量有问题？”

“不是，是他非说没收到钱，我明明已经付了。”

解知略又问另一个人：“是这样吗？你也说说。”

“不太高”说：“要说诈骗也是他，收了东西不给钱。”

“戴眼镜”不肯相让：“我看啊，就是他反悔了，嫌我划价太厉害，收了钱不想认！”

“反悔了东西还会在你手里？我不知道他怎么弄的，反正我账户里没收到货款。”

解知略指了指两人手机，说：“能给我看看吗？”

正在这时，有个年轻女子的声音说：“知了哥，你还挺快。”一个青春洋溢的女大学生笑盈盈地走过来，正是志愿者赵倚梦。

“我在群里说的时候就已经在路上了。”解知略见她身后还跟着一男一女，就问，“你的同学？”

“不是一个专业。他们也想当志愿者，今天正好带着出来。他叫殷棠离——你是哪个学院来着？对对对，计算机学院的！电脑高手。”赵倚梦边说边挽过一旁女大学生的手臂，显得很是亲热，“这是小攀，攀红药，经管学院对吧——都是我在学校社团招新招来的。”

小攀容光焕发，头上扎着高马尾，上身白衬衣下身牛仔裤，白色的运动鞋一尘不染，显得格外干练清纯。她微笑着向解知略打招呼：“解哥好！”

解知略冲他们点一点头，说：“来得正好，这个案子很怪，你们也来想一想。”一指“戴眼镜”，笑着说，“这也是你们学校的。”

赵倚梦说：“我们学校离这个地铁站最近，遇到校友很正常。他们怎么了？”

“戴眼镜”脸上再次飞红，不好意思开口。

解知略晃了晃两人的手机，一边比画一边说："这位同学在这个二手交易平台从那位朋友那儿买了个那个。两人在平台里问价还价，谈妥之后约定网上下单，在这儿见面交易。我想，之所以这样，是一个害怕被人放鸽子白跑一趟，一个觉得平台支付更安全。他们见了面验看无误就确认收货，结果怪事出现，一个付了款，另一个却收不到钱，因此起了争执，这才叫了我来……是不是？"

"不太高"一脸惊诧，说："不是。""戴眼镜"也连连摇头。

"你们没争执？"

"争了。"

"那什么不是？"

"不太高"说："好东西不愁卖，我不怕他放鸽子，是平台收钱更方便，还安全。"

"戴眼镜"说："我也不是考虑资金安全，是怕他后悔了不卖给我，放我鸽子，让我白跑一趟。"

解知略哭笑不得，说："是我猜错了。"

赵倚梦问："这种情况就是软件问题，你们打客服电话呀！"

解知略说："如果没打过，也就打不起来了。"

"不太高"点点头，气呼呼地说："客服屁也不懂，翻来覆去就一句话，后台没问题，没漏洞没异常！"

"那就是手机中病毒，账户被人盗了。殷棠离，你懂，你给看看。"

殷棠离来回看了看，说："这种平台都很成熟，一般不会有问题。他俩的手机也没有人为侵入的痕迹，奇怪……"

解知略点点头："平台手机都没错的话，那你们还真可能被骗了。"

赵倚梦想不通，问道："这就很奇怪了！知了哥，他们一个买一个卖，总共就俩人，怎么会被骗呢，不可能吧？"

"感觉是。当面交易钱却不翼而飞，如果平台账户没问题，就只剩这一种可能。"

小攀忽然举手说："能让我看看吗？"

解知略将信将疑看着这个满面青涩的年轻姑娘，递过手机，问："你知道了？"

"如果猜得不错，这是有人使了移天换日，一鬼二影的诡计。"小攀来回对照着两个手机上的聊天记录，问他们，"你们见了面确认过身份吗？"

两人异口同声："我们一路聊过来的，还要怎么确认？"

小攀对解知略说："解哥你看，他们两个人有问有答，聊得天衣无缝，其实这里面却是三个人。"

"不太高"和"戴眼镜"都"啊"的一声惊呼，紧接着又矢口否认："怎么可能！那个人在哪儿？给我们种了木马？"

小攀说："木马什么的我不懂，不过，你们都以为在跟对方聊天，其实根本不是他本人，而是他的'影儿'。有个人，像鬼一样夹在你们中间，跟你冒充他，跟他冒充你，把你的话转给他，又把他的话转给你。表面看是你们俩在聊天，实际却是他跟你们分别对话。两边都是你们的原话，他不动声色，你们自然觉不出他的存在。"

赵倚梦看着小攀点开的个人信息界面，惊叹道："对，就是这样！你们看，骗子用了两个账号，一个跟你头像一样，一个跟他一样，如果不当面对照永远也发现不了。果然不是你们俩在聊！"

"戴眼镜"不敢相信："太玄了！他怎么知道我要跟他买东西，怎么插到我俩中间来的？"

殷棠离插话进来："骗子一定是复制了商品转让页面，然后等人上钩。有人来问就假冒买家骗卖家，再假冒卖家骗买家。"

"不太高"恍然大悟："我懂了！他是空手套白狼，你老老实实地下单，我辛辛苦苦地送货，最后一点确认，钱却进了他账户！真有脑子！多亏我仔细，不然白丢一个蕾莉娅。"

"戴眼镜"不肯相信，愣愣地看了半天才痛心疾首地问："这怎么办？我攒了半年，连食堂的菜都挑着买，我……”眼望着众人，泪水止不住地流下来。

“不太高”拍拍他的肩膀，一脸同情：“兄弟，你让人骗了！不好意思，再见。”拿过手办转身要走。

“你不要走，被骗的不是他一个。”解知略一把拉住他，又转向“戴眼镜”说，“你也不要哭，知道被骗没用，赶紧报案！”

等警察到了带着两人去做笔录，时间已经快到中午。解知略说：“好了，到饭点了。中午迎新，我请客！”

赵倚梦笑起来：“好啊！这回可要狠狠宰你一顿。小攀，你是今天的大功臣，你想吃什么？”

小攀说：“我听师姐的。”

一边吃饭，解知略一边随口问：“小攀，你是怎么一眼看出那骗局的？”

小攀轻轻一笑：“家里老人买过几本书，有古代的，有解放前的，讲的都是江湖骗人的手段，我觉得好玩儿就看过几遍。今天那俩人一说我就觉得有人夹在中间使障眼法，没想到瞎猫碰上死耗子，还真蒙对了。”

赵倚梦说：“说到底还是小攀心细！其实软件里多点几下就一目了然，只是一般人想不到，也不会往那方面想。现在的骗子，真是无孔不入啊，无所不用其极！”

“这才显出咱们防欺诈宣传的重要性啊。”解知略想了想，又说，“只要工作做得全面细致，就不会给骗子留空子。”

“如果咱们有孙悟空的本事就好了，沿着祥从区画一个圈儿，骗子就干瞪眼进不来了。”

小攀笑道：“师姐，要是骗子已经混进来了呢？”

赵倚梦拍着解知略的胳膊，说：“那就只能靠大师兄的火眼金睛了。”

“大师兄不是探照灯！要照你说的，还得会分身术才行。”解知略脑筋一转，借机给自己的助手打气，“要是人人都有火眼金睛，骗子是不是就无所遁形了？咱们工作的意义就在这儿。”

赵倚梦一脸苦涩，叹了口气，说：“道理谁都懂，问题是光咱们积极，大家却不当回事。到哪儿宣讲都是看见的不来听，来听的也是走马观花，一点儿用都没有！”

解知略微微一笑：“说明咱们区治安太好了，骗子不常来，大家无所用心。”

“宣传没啥效果，打击倒是不少。”赵倚梦眼中忽然闪出光彩，“知了哥，我们心灵受了挫折，一顿饭可抚平不了！”

“不是点汤了吗？”

小攀扑哧一声笑出来。解知略又说：“见着小季我得好好问问，太不懂怜香惜玉了，怎么能让我们的小赵心灵受挫折呢！欸，那小子去哪儿了？”

“不要转移话题……”赵倚梦忽然想起一件事来，说，“知了哥，你怎么样？”

“什么我怎么样？”

“我上次教你的力挽狂澜大法管用吗？”

“不管用。”

“为什么？”

“我在太平洋里再努力，也挽不了大西洋的狂澜。”

小攀听得稀里糊涂，赵倚梦却颇为惊讶：“她出国了？”

“你怎么知道？”

“我不知道，不是你说她在大西洋吗？”

“我是比喻！我就没打电话。我们俩不合适，既然分开了还是不再打扰的好……”

小攀忽然微笑着小心地问："解哥，你喜欢什么样的啊？"

解知略苦笑一下："我哪有资格挑别人，得看什么样的姑娘看得上我！我是人穷心粗运气差，还不负责任，自己过挺好。"

赵倚梦取笑他说："哦？看不出来啊！知了哥，你对人家做了什么'不负责任'的事了？"

"小小年纪别乱打听！"解知略瞪了她一眼，沉默了一会儿终于又忍不住说，"是我不求上进，不知道为将来打算。其实，不是我不打算，我是除了当警察啥都不会。"

"可以传视频当网红啊？把你破的案子讲一讲，保准有人爱听，流量一上去，钱就哗哗地来了。"

"饶了我吧，有讲故事的工夫还不如多抓几个坏蛋呢。"

"你对赚钱太不敏感了，怪不得人家不要你。"赵倚梦心直口快，毫不顾忌。

小攀赶紧打圆场，说："其实，并不是每个人都对赚钱太在行……"

解知略称赞她说："小攀说的对。其实，她也不是那种势利爱财的人，主要还是沟通有问题。就跟咱们宣传一样，居民们不来听有错吗？还是咱们来讲错了？都不是，对不对？"

"问题在哪儿呢？"

"万事开头难，也不用灰心，一会儿咱们就到社区调查调查，看看问题究竟出在哪儿。今天安排的哪个小区来着？"

"那个社区临时有领导视察，去不了了。离这儿最近的是巴马科公馆。"一说到这儿，赵倚梦就皱起眉头，"一提起它就头疼，我是真怕了那位万鼓真万大爷。"

解知略笑起来："骨头就找最硬的啃，咱们就去'巴马科'！"

中午刚过，巴马科公馆的小区花园还没有什么人，偶尔有路过的居民问一句："你们是卖什么的？"赵倚梦就指着展板，回答说："我们不是卖东西的，是宣传防欺诈的。您看，现在社会上……”

不等她说完，问者已经三两眼瞧完，悠然地走了。赵倚梦自嘲说：“咱们真卖点东西，说不定还有人看。”

小攀说：“大家都在午休吧。师姐，你跟解哥在这儿，我跟殷棠离拿资料到小区门口发一发。”

“还是我去吧，上次就是在门口遇上的万大爷，你刚来我怕你抵挡不住。”

赵倚梦和小殷刚走，就有一伙儿大爷大妈三五成群地过来，有的还拎着小板凳。小攀赶紧笑脸相迎：“叔叔阿姨好！”

人群的注意力聚拢过来，几个声音杂七杂八地说：“这有家近的。”“看着不像啊。”“你们是讲什么的？”

小攀说：“我们是宣传防欺诈的。”

“哦，治什么？”

“预防被坏人骗。”

“哦，预防，治未病的。有礼品赠品吗？”

小攀回头看看解知略，摇了摇头：“大爷大妈，赠品再好，终归不如咱们自己的钱包重要，对不对？”

围观的众人纷纷点头：“欸，小姑娘说的挺在理。”“那就走吧，别耽搁人家做生意。”

这时，忽然有人脚步腾腾边走边叫：“到点了，走啊，等离体按摩治疗床免费体验送米送油啊。”

马上有人回应：“还有一家量子疗法健康讲座，免费体检送鸡蛋，哪个更划算啊？”

嘈杂声中，人群轰然而散，浩浩荡荡出门去了，过了一个多小时就人人喜气洋洋地回来，米面油蛋满载而归，手里还举着塑料扇子、小花旗之类广告材料。

解知略说：“咱们过去问问。”拦住他们问道，“大爷大妈，今天收获不少啊。”

有个老太太笑得合不拢嘴：“是啊，可好了！都是送的，不要钱。你家里人想去，明天赶早哇，呵呵呵呵。”

小攀问：“阿姨，让交押金了吗？”

“没有啊。”

“要是再去让交押金，或者扫二维码，卖保健品，您可得长个心眼儿。”小攀不厌其烦挨个凑过去嘱咐，也不知道那些老人听进去没有。

等人少了，小攀说：“解哥，咱们也可以跟那些讲座学学，弄点儿小礼品。”

“不错！咱们要跟骗子抢人，也该学学他们的手段。”

正在这时，有个洪亮的声音说：“一猜就是你们！嘿嘿，好哇，正等着你们来呢！我来听听，这次有什么新鲜玩意儿！”一个花白头发的健壮老头儿大踏步走过来，正是万鼓真，来势汹汹，脸上却是笑吟吟的，尽是得意神色。

解知略笑着迎上去打招呼：“万大爷，您好，您也去听讲座了？”

“骗子，全是骗子！小儿科的玩意儿，鬼迷了心窍才上赶着去听狗放屁。我要是听了，哪还有脸来见你！”万鼓真不屑地一挥手，又说，“那帮抠门老太太，你以为米面鸡蛋都是白给的！真是越老越心贪，越贪越混蛋，去了就是上当，到那儿只剩受骗！”

他扯开嗓门一顿批判引来不少人注目，有认识的就凑过来笑嘻嘻地调侃：“呦，万大爷，你受骗了？”

“你才受骗了！”万鼓真眼一瞪，忽然又笑逐颜开，眼角眉梢放出傲然神色，“也不看看我是谁！嘿嘿，实话告诉你，从来只有你大爷骗人，还没有人骗得了你大爷！”他脑袋摇晃画了个圆，又道，“有些事不足为外人道罢了……”

人一围成圈子，就格外使人好奇，看热闹的纷纷聚拢，不一会儿就有了一二十人。

解知略问："您老法眼看破，怎么不劝着点儿啊？我看这些体验讲座，去的人还不少呢。"

"我管他们干什么！自己蠢自己笨怨得了别人？"万鼓真见身边一下多了许多人，更为兴奋，"有骗人的就有治骗人的！哎，有本事就去骗骗子，没本事只能让骗子骗，还能怎么办！呵呵。"

有人开玩笑说："哟！万大爷自然是那有本事的，您老说说，该怎么治骗子啊？"

万鼓真哼了一声，斜着眼说："怎么治骗子，咱们不要多嘴，这不有专业的吗？咱们只管来听，看有什么高明的理论，好给百姓消灾除难，排忧解闷。"

解知略说："万大爷，我们不是观音菩萨，也不是说相声的，这两样都干不了。理论也不见得多高明，只是总结了一些常见的例子，提醒大家少上当。"

有人说："欸，这倒有点儿意思，最近骗子多起来了，还真得多留神。"

"好啊，今天正好有这么多老哥哥老姐姐，老弟弟老妹妹，你们就给大伙儿说说！"他找了张花园长椅悠然坐下，卖起了关子，"我给引来这么些人，你们是不是先得谢谢我啊？"

解知略笑着说："自然要谢谢您老！难得您今天这么有兴致，是儿子们又来孝敬您了？"

"不提他们，小兔崽子来得还没你勤！"

解知略笑了笑，指着小攀给大家分发的宣传材料说："大家看，目前这几种电信诈骗非常猖獗，已经有不少人上了当，还不少是咱们中老年朋友。"

有人拿着念出来："当您接到电话说是警察或者法院要以涉嫌洗钱拘捕您，不要惊慌不要害怕，这是骗子的圈套。他们还会让您上网查看逮捕证，或者将电话转拨至公检法机关对您核实，请不要相信，那都是骗子在恐吓，在要挟，都是虚假的。如果您按照电话里的指示将您的钱转到他们提供的所谓‘安全账户’，您就上当了，他们会迅速把钱转走，很难追要回来……”

有人随口骂了一句：“狗骗子！”又继续听那人念道：“……这种诈骗手法有多种面目，比如冒充社保人员说您社保卡欠费，冒充邮政人员说您包裹藏毒，冒充银行说您信用卡盗刷，等等。总之，不管是何种名义，只要是让您将资金转移到他们提供的账户，就都是诈骗，无一例外，请勿上当！”

万鼓真等了一阵儿不见那人再念，就问：“这就完了？”

解知略笑着问：“万大爷，您有什么高见？”

万鼓真不答反问：“我问你，为啥上当受骗的都是老年人？”

“也不全是。”

“为啥他们年轻时候不受骗，到老了就不行了呢？”

有人说：“咱们年轻的时候哪有这些乱七八糟的事。”又有人说：“那时主要是没钱，拿什么被骗，哈哈！”还有人说：“人一老了脑子就不够使了，胆子还越来越小。”

万鼓真不耐烦，打手势让他们静下来：“你们这结论下得也太偷懒了！俗话说，‘人老奸马老滑’，人一上了岁数，又多疑又贪财，平时一块钱都算计半天，为什么接个电话就十几万几十万地转走，眼都不眨，人都不问，为什么？”

解知略说：“万大爷，这个问题您问得深刻，我得好好琢磨琢磨，还得请您指教。”

万鼓真指着宣传单说：“你光教育老头儿老太太了，骗子呢，就这么完了？不是我说你，就这样宣传，软不拉几，劲儿都没有，有人听才怪！看电影还盼着好人打坏人呢，你这可好，啥也没有，干巴巴一点儿都不解气，谁看！”

解知略见他神采飞扬，一副欲擒故纵的模样，就说：“就知道您肯定有经验，要不我们怎么就爱来咱们‘巴马科’呢！请您老说说吧。”

万鼓真扭头斜望着天空，说：“我没有经验，我说什么？没什么可说的……”

解知略笑着说：“也对，骗子都是人精，不被他害就不错了，又有谁斗得了他。您老精明强干，遇上了会怎样，还真不好说。”

“怎么着？你说我会受骗？哈哈……”万鼓真果然中了激将法，他脸泛红潮，向周围看了一圈，忽又慢条斯理起来，“别说，一开始，我还真差点儿上套儿！”

众人一听顿时亢奋，纷纷问他：“哟！后来怎么着？”“万大爷，到底怎么回事？”“有骗子盯上咱们小区了？”

解知略心里一动，急忙说：“万大爷，您仔细说说。”

万鼓真满面含笑：“怎么，你怕我跟你宣传单上一样，把钱都转到骗子账户上？”

解知略点了点头：“您既然这么说，我就放心了。”

“哈哈！不错，我转了……”

“啊?！”众人不约而同叫了一声，既惋惜又兴奋还带了那么点儿幸灾乐祸。

“……转是转了，不过，我却赚了骗子十万块钱，哈哈哈哈！”

“啊?！”众人又是一声惊呼，“怎么回事？”“我就说万大爷是那有本事的！”“不太可能吧？”

万鼓真抑制不住地扬扬自得：“开头跟你们这上面写的一模一样，有电话打过来，说我涉嫌洗黑钱，要逮捕我。他妈的骗子，横得很！演得似模似样。我当时就多了个心眼儿，问他，‘你怎么知道我洗钱？’骗子说，‘我们是反洗钱中心的警官，现在调查清楚了，知道你的涉案账户和手机号，快去网上看看吧，逮捕证已经批下来了，请你马上配合我们做资金调查。’他妈的！呵呵呵呵……”

众人听得津津有味又心痒难耐，问他：“那你到底怎么骗到的十万块钱？”

“急什么！我要跟他们说仔细了，写到宣传册里，效果马上打着滚儿翻上好几十倍，人山人海抢着来听来看，你说是不是！”

解知略郑重其事地说：“对，您仔细想想，不要漏下细节。”他脸色凝重，看得万鼓真心里一慌，转瞬又信心充溢，骄傲不已。

“我质问骗子，‘你有什么证据说我洗钱？’那人说，‘我们刚截获的消息，有一大笔资金正打进你账里。’各位，这可骗不了我，我刚跟小儿子学会的用网银，上去一查，你猜怎么着？还真有十万块转进来了。我当时就蒙了，心想，这是哪个糊涂蛋手残弄错了？我就说，‘这是打错了，我不相信你。’那人说，‘帮人洗钱可是犯罪！我们监视的这个资金源就是地下洗钱公司，他们利用你的账户做洗白通道，你不要执迷不悟！你看，我们又截获了一条转账信息，还是到了你那儿！如果你拒绝配合，我们将冻结你的账户。’我一看，果真又有一笔钱到了账上，这次足足有五十万。”

围观者中发出几声惊呼和窃窃私语：“这么多！”“不少啊。”“这是什么套路？”“哪有这种好事，绝对是被人利用了！”

万鼓真笑眯眯地等议论声平息才慢条斯理地开口：“骗子的心是真黑啊，居然让我把账上所有存款都转出去。说实话，当时要说不心慌是假的，好在我不是那糊涂透顶的一般人儿。我给他来个打死不认账，就说这钱来路不明，黑不黑的谁也说不清，退一万步说，就算是黑的，黑成老鸹钻锅底，那也跟我没关系，我只是个受害者，还是被动的，对不对？”

有人问道：“万大爷，你是跟他们泡蘑菇呀？”另一个人恍然大悟地拍手大叫：“对呀！泡得好，这下骗子算是折在小聪明里了，哈哈哈！”

万鼓真指点着那个人，笑道：“你老小子聪明！你们猜我蘑菇啥？我蘑菇的就是比谁耐性大。最后，骗子认输了，说只要转出最后一笔就不冻结账户。我转了五十万，自己的钱原封不动还净赚十万。知了警官，这不算违法吧？哈哈！”

有人啧啧称赞，有人深感遗憾：“老万，你还是心慈了点儿，要是我，我一分都不转，六十万都给狗娘养的扣下！可惜，可惜了。”又有人批驳他说：“算了吧，你当骗子吃素的，也就万大爷临危不乱，换了另一个早连棺材本都倒腾出去了。”

万鼓真做了个力压群雄的手势，说：“这话对。骗子上来一通狂轰滥炸先把你侃晕了，逮捕证，通缉令，法条刑律……连口气儿都不待让你缓的。换了你，害不害怕？这么多被骗的，可有过把骗子耍了的，别说十万块，一万，一千，一百，有没有？谁说说，有没有？”

解知略挠了挠脑袋，说：“总觉得哪儿不对劲呢？”

万鼓真冷下脸来：“知了，你不会说我还要负法律责任吧？骗骗子不犯法对不对？你说哪不对劲？”

“骗子不会这么轻易放血……”

解知略正要解释，万鼓真却抢先否定了他。“哈哈！你能想到的你万大爷早就想到了，所以，不等他再耍新花样，我已经去银行把所有钱都取出来了。现在卡里一分都没有，他还能拿我怎么样？哼哼，大不了老子卡不要了！”

人群中立刻发出一阵叫好声，随后，一个并不响亮却足够清晰的声音穿透纷乱传进所有人的耳朵：“万大爷，您可能还是上当了。”

“你是谁？”万鼓真眼一瞪，看向一直倾听不曾开口的陌生少女，随即又转向解知略，“也是跟你一伙儿的？”不等回答又转回来毫不留情地争辩说，“我、我怎么上当了？我钱都到手了！”

小攀笑了：“万大爷，先别急，我只是猜测。要是错了，排除这种可能你不就更放心了吗？”

“肯定是你错了，没有这种可能！”

有相熟的看不过眼，劝道：“老万，人家孩子一片好心，别不识好歹。”

万鼓真瞪着眼想了想，语气缓和下来：“好闺女，你说得有理！你教教我们这些老家伙，让我们也开开眼，长长见识。”

小攀说：“如果要骗人钱，你会拿五六十万真金白银当诱饵吗？”

“舍不得孩子套不着狼……”他说得理直气壮，心脏却骤然一紧，像被人伸手狠攥了一把。是啊，这样冒险的傻事，是个有基本智商的骗子都不会干的。

“那……这钱是怎么来的？”万鼓真涨红了脸，环顾众人心有不甘地问。

“是啊，钱从哪儿来，又想怎么骗钱呢？”所有人面面相觑，抓破头皮也没有想出答案来。

小攀不再卖关子，说道：“如果，我是说如果，骗子盗取了你的账户信息，他是能申请贷款的，不是太大额的会很快到你账上，造成有人给你打钱转账的假象。但是，这个钱他转不出去，因为需要各种验证，你一收到提示消息他就露馅了，白忙一场。如果这个时候他以洗钱之类各种借口诈唬你，你一不留神听信了他的，把钱转移到安全账户，你就上当了。”

万鼓真脸色顿时变得铁青，他和围观众人一样听得头昏脑涨似懂非懂，心里却着实慌了，语音颤抖着说：“你、你再说一遍。”

小攀又仔细讲解了一遍，众人才如梦方醒般慨叹道：“啊，这可真是……啊？”“就是，你说这……”

万鼓真猛地一挥大手，说：“不可能，这不可能！你开玩笑呢吧……你、你骗我是不是！你是警察，你不能帮着坏人，你骗我……”

众人安慰道：“万大爷，他们都是好人。”“小姑娘也是推测，您老回去查查，说不定虚惊一场。”

万鼓真咧了咧嘴，脸上挂着僵硬的微笑，对众人说：“她说错了，我怎么可能被骗呢，钱都取出来了……”又对小攀说，“你错了，贷款的事……我的卡我能不清楚吗，没有，没有的事。”说完转身就走，步子却明显踉跄了一下，背影也枯树似的显得格外孤单。

有人忍不住喊了一句：“万大爷，你没事儿吧？”

万鼓真左手猛地向后一摆，一下挺直了腰杆，大声说“我没事”，大步流星地走开。刚一转过路口，他就再也控制不住，号啕大哭起来，响声震耳，令人心酸，直到许久才听不到。

剩下的人七嘴八舌议论纷纷，小攀见缝插针普及着防骗知识。有人开玩笑说：“小姑娘，年纪轻轻不简单啊，估计骗子都没你懂得多，警校的吧？”

小攀含笑不语，等人陆续散了才松一口气，意犹未尽地说：“解哥，我找着窍门了……你头又疼了？”她见解知略神情落寞正扶着额头沉思问道。

解知略回过神来，说：“你说什么？”他眼中锋芒一闪，像夜空突然迸发的寒星。小攀不禁心里一跳，说：“我，我说你，又头疼了？”

解知略笑起来：“你也知道我脑袋的事了？”

“听赵师姐说的，你执行任务的时候被烟灰缸误伤了。”

“哦，没事。我在琢磨万大爷刚才问的问题，为什么现在的人更容易受骗呢？”

“你想出来了？”

“看着他离开时的背影，听着他的哭声，我就像挨了当头棒喝。又想到成群结队体验高科技养生的老人，突然有了一种感觉。”

“是什么？”

“羊群被驱散了，失了主心骨，孤零零地各自为政，不能守望相助，只能自求多福。”

小攀没听懂，追问说：“什么意思？”

“一盘散沙。骗子组织起来了，我们却是一盘散沙，只能任人围猎，不是一个一个被单独吃掉就是一群一群被圈起来一起吃掉，这就是问题的答案。”

小攀若有所思，没再答话。解知略问她：“你刚才说什么来着，你找到窍门了？”

“对，讲故事总比讲道理有意思，咱们要是多搜集一些身边的真实骗局，可能效果会好一些，大家容易懂，也吸引人。要是能有受害者现身说法就更好了，不过很难。”

“难咱们才来干，我就信那句话，叫‘世上无难事，只要肯登攀’，我，你，小赵他们，有人有干劲有脑子，再发动起更多居民百姓，我就不信还有什么干不成的。”

小攀“嗯”了一声，若有所思。解知略见她瞧着自己欲言又止的样子，就问：“怎么了，有哪儿不对劲吗？”

小攀说：“解哥，是你们警察都这样，还是你有特别之处？”

“我有什么特别？换谁都一样。我在家闲着，还是个党员，不是理所应当吗？你们这些志愿者才了不起，不为名不为利，还少不了碰钉子挨骂受气。”

“也没什么。”小攀微微一笑，“就不知道万大爷那儿，我猜得对不对？”

没过多久，她的推论就得到了肯定的答复。万鼓真红着双颊又找到他们，说账户里真是多了两笔贷款。

解知略关切地问：“万大爷，您的脸是怎么了？这么红，都肿了。”

万鼓真哑着嗓子，咬牙切齿地说：“一万块一巴掌，我左右开弓打了自己五十个嘴巴子，这样我还好受点儿。”

赵倚梦正带了殷棠离发完宣传材料回来，她见状大吃一惊：“啊？万大爷，咱们该报警报警，你这么作践自己，怎么跟儿子们交代啊？”

“哼，他们不会在乎的。”

“他们收入高，五十万不在乎很正常，可咱自己的身体要紧啊。”

“他们更不会在乎我。”万鼓真脸上像蒙了一层严霜，“要是让俩兔崽子知道，更嫌我老不中用了。我也不报警，老混蛋整天人五人六，七个不服八个不忿，让人骗了是他活该！知了警官，大爷只信你，钱我不要了，只要你能抓住骗子，让我也抽他五十个嘴巴子，我管你叫声大爷都成！”

解知略哭笑不得：“万大爷，言重了，咱们该报警还是得报，我该查也查，两不耽误。您放心，我肯定竭尽全力。”

万鼓真离开去报案了。赵倚梦说：“这是有人盯上咱们这儿了。”

殷棠离不解地问：“骗子还分地域吗？不是乱撒网，逮上谁算谁？”

解知略摇摇头：“骗子是不分地域的，但也不是盲目的。上午二手交易的案子我还没在意，从万大爷被骗可以看出来，是咱们这儿发生个人信息泄露了。骗子买了去就有针对性地诈骗，有的放矢，危害极高。”

小攀心里暗暗佩服，刑侦队出来的果然思路清晰，直指要害。若没有人贩卖个人信息，电信诈骗怎么会如此泛滥成灾呢？

解知略掏出手机拨出一个电话：“分儿……滚！说正事。最近有没有个人信息泄露的案子？有线索吗？哦，巴马科公馆有个万大爷被诈骗五十万，已经报警了。对，一泄露肯定一大片，估计接下来就是电信诈骗高发期了。你跟队里知会一声……欸，对了，去年那个吴秋蓬还记得吗？是不是又干回老本行了？查查他，回头告诉我一声。”

电话里传出隐约的回答：“知道了，就你事儿多，歇着你的吧！”

解知略笑着挂断了，对众人解释说：“吴秋蓬是个有前科的，干快递倒卖过客户数据，应聘网店客服又偷过买家资料。这次要还有他，微积分他们就可以顺藤摸瓜揪出后面的菜商、金主来。”

小攀问：“微积分是谁？怎么还有卖菜的？”

赵倚梦替解知略回答说：“微积分是知了哥同事，大名‘卫济风’，挺帅的，可惜都快结婚了，不然可以让知了哥介绍给你。”

殷棠离笑道：“师姐，这里就有俩现成的，你要介绍，也得先记着

‘近水楼台’啊。”

赵倚梦说：“就我们小攀的条件，怎么也得找个又高又帅又有钱，不闷不娘不花心的，你们俩综合条件还差点儿。”

解知略又气又笑：“照你这么一说，我俩快成癞蛤蟆了。小攀你自己说，我们是那么不堪吗？”他看了看殷棠离又看了看自己，嘟囔着，“黑是黑了点儿，那是太阳晒的，劳动的色彩。”

小攀笑着说：“师姐开玩笑的，你们白得发亮，是我配不上……”

“哈哈，这才是正常的态度，起码听起来不伤人。”解知略又接着“科普”说，“刚才说的‘菜商’不是真的卖菜的，而是指倒卖个人信息的不法分子，是电信诈骗行里的黑话。其他的还有，负责打电话的马仔叫‘话务员’，得手后洗钱叫‘跑分’，跑分离不了大量银行卡，给他们提供卡的就叫‘卡农’，等等。”

赵倚梦恨恨地说：“都干成产业链了，你说这帮人多可恨吧！”

解知略也不由得感叹道：“是啊，反诈事业任重道远啊……”

包小严正睡得昏天黑地，突然被一阵铃声吵醒了。他睡眼惺忪接通了语音通话，刚“喂”了一声那边就挂断了。接着就收到露丝鲍发来的信息：“四点半到慈善大厦。”他脑袋一阵发蒙，接着心里便是一阵狂跳。思绪刚要插上想入非非的翅膀，又被另一条消息迎头拍落在地：“这是唯一的机会，想清楚了再来吧。”

包小严一激灵坐起来，霎时困意全无。这是贾庭西发的！意思再明显不过，他格外开恩给了一次加入现代欺诈派的机会，条件就是按要求的时间到达指定地点。到了以后呢，他打算干什么？

包小严来回看了十几遍时间，想了无数种可能的遭遇，都觉得没什么了不起。无非是接受些考验，最不济挨顿揍轰出来，还能怎样？骗钱？绑架了要挟师父？不用想都知道不可能。那还有什么可怕的呢？去了至少还能再看几眼露丝鲍，就冲这一点别的也全算不了什么了。

他决心已定，顿时高兴起来，在网上查了一番，心里更有了底。慈善大厦离着不太远，虽已不属繁华街区却也并不偏僻，全名叫慈深继善大厦，是一个明星基金会筹资修建的，可惜资金没跟上，主体封顶之后就停工了，直到现在也没再有动静。

查好路线，整理好着装，时间也差不多了，他出门叫了辆车，跟司机说的目的地是家饭馆，离着慈善大厦还有约莫两站地。之所以提前下车，是因为该有的谨慎还是得有的，师父和父亲不知教诲过多少遍，这点可不能忘。

他溜溜达达踱进一家小卖部，买了瓶饮料，若无其事地跟店主聊着天，顺便问了慈善大厦在哪儿。“看到没？往前走，就在路边。”店主指着鹤立鸡群般耸立着的一幢烂尾楼说，结完账还不忘调侃一句，“你是外地的吧？本地人没有不知道的。要饭的竖旗杆，丢脸就在这根棍上，呵呵。”

包小严遮掩着说：“我一直在这儿上学，也算半个本地的。谁不知道它啊，就是没亲眼瞧见过，这回开了眼了。再见！”

他若无其事地出来，信马由缰地往前走，拐到慈善大厦旁的小路上，找了个施工围墙的破洞钻了进去。站在耸入云霄的烂尾楼下极目仰望，包小严禁不住咽了下口水。钢筋混凝土的框架一层一层地堆上去，一眼望不到头，像搭到天空的巨大积木。密密匝匝排列整齐的长方形空洞从白亮过渡成黑暗，让人莫名觉得发冷。

他看了下时间，还差几分到四点半。大厦笼罩的偌大范围，看着根本不像有人，他当即给露丝鲍发了条语音：“我到了，然后呢？”

没多久回复的消息就到了：“上十一层。”

包小严抬头看了看，心里有些发怵，犹豫了一下，又问：“到底干什么？”

回答干脆利落：“上去就知道，有人等着。”

收起手机，包小严响亮地骂了一句“他妈的”，无可奈何迈进了无情矗立的高大空间。光亮从四面八方透进来，淹没在上百根方形承重柱组成的丛林里，到处都是一片灰色，越往深处越是晦暗。他找到楼梯一层一层地爬上去，嘴里数着楼层数。越接近要到达的数字，空旷楼体里回荡的他的脚步声和喘息声就越沉重。终于爬到十层时，他停住了，休息喘息了足有五分钟。等身体、精神都恢复成充足状态，才不紧不慢昂首踏进十一层。

没想到，这里仍是空荡荡的不见人影。相同的粗壮而森立的柱子，相同的晦暗的颜色，还有相同的分割成一块一块的光亮。包小严有些恼怒，大声问道：“有人吗？”一阵阵凉风吹着哨子从耳边飞过，算是对他的回应。他怕远处听不真切，就边走边转着身子四处寻找，提高嗓音又喊了一遍：“有人吗？”

一根立柱后面突然传出轻微的响动，像是有人踩碎了土块或者水泥渣子。包小严吓了一跳，赶紧转身去看，就见一个黑影慌不择路地跑开，脚步声响着朝上一层去了。

“什么毛病！”包小严恼羞成怒，方才心里涌起的一丝惧意全化成了怒气，追着那人也爬上了楼梯。

那人见他追得凶猛，知道自己再逃也无济于事，干脆扑在一根立柱上猛然刹住脚步，转过身喝道：“你别过来！”声音慌张恐惧，掺杂着怯懦的愤怒，听得出是个中年女人。

借着微弱的天光，包小严看清了那人的面目。她弓着身子呼呼直喘，四五十岁，脸上仓皇恐惑，既不是露丝鲍也不是其他什么人，根本就完全不认识。

“你在这干吗？”包小严越来越想不通贾庭西葫芦里究竟卖的是什么药。

“是包小严包法官吗？”女子突然莫名其妙问了这么一句。

包小严一下愣住了，名字没错，可是自己怎么成了什么“包法官”？他以为自己听错了，走过去问道：“你把话说清楚。”

“不要抓我！”女子声嘶力竭地喊出来，“不要再过来了！不是我故意挪用公款，是董事长联系我，让我把钱转到客户账上的，我没有贪污……”她边说边退，惊恐万分。

包小严立刻明白，她是被人骗了。“你是会计或者出纳，对吗？哈哈，有人冒充你们董事长联系你，让你给客户打钱，是不是？你被人骗了！”

女子更加慌张：“不是的，就是董事长本人说的！”说完又喃喃自语，“如果是被人骗，罪行会更重的……”像是在复述不肯否弃的执念。

包小严心生厌恶，不想再去管她。突然，一个严重的问题霹雳一般在他脑中击落，令他浑身一颤。

“你是怎么知道我名字的？”他恶狠狠地发问，接着马上意识到自己可能中了别人的算计。

他踏上两步，再次逼问：“你是怎么知道的？”

“我不知道……”女子一惊，退缩到柱子外面，“是法院派你来的……可我、我女儿才上初中，老公又丢了工作，整天就知道喝酒、打孩子……”说到最后，她身子摇晃，仿佛失去了灵魂。

包小严这才注意到，她耳朵里塞着一副耳机，像是从见面就不曾摘过。他愕然醒悟，怪不得这人说话莫名其妙，六神无主，原来毛病都在这上头。

“有人在手机里远程控制你，是不是！不要相信，那是个骗子！”包小严大声喝道。半空中一股回风卷过来，令他不寒而栗。

女子眼神恍惚，包小严知道她已经完全没有了主见。

“他们骗了你的钱，又拿法院吓唬你，对不对？都是假的！”

“那你是不是包小严，是不是包法官？”

“我是包小严，不是包法官！”包小严气急败坏，冲上去想扯掉那该死的耳机。

女子大叫一声躲开了，用绝望的语调哭诉道："别抓我，我不想坐牢，我不能坐牢……"

"蠢货！"包小严声色俱厉，又纵身追上去。

女子不知听到了什么蛊惑人心的指令，竟转过身狂奔起来。楼外填塞而来的大片光亮令人眼花，就跟空虚的渴望和沉重的现实让人难辨一样。烂尾楼毫无遮拦，不等她有所察觉，整个身子就脱离了短暂禁锢她的灰色牢笼，径直跌了下去。

"小心！"包小严大叫一声收住脚步，只觉得毛骨悚然，霎时出了一身冷汗。突如其来的变故让他目瞪口呆，僵立在那儿一动也不能动了。

短暂的惨呼和沉闷的坠地声接连传来，包小严心脏狂跳，腿软脚软几乎站立不住。他颤抖着蹲下蹭到楼边，手扒边沿向外张望，只见那女人衣服头发摊成扭曲的一团，迟迟不见动弹，不知道还能不能活。

他深吸了几口气，让神志清醒起来，不停在心里提醒自己：这人的死活跟我有什么关系！我本来就不是为她来的。他一边向里面退缩一边向外面觇窥，是非之地不宜久留，自己不能稀里糊涂卷进这意外的麻烦里，要是被人看见可就有口说不清了。

一阵恐惧感袭来，心里有个声音在问：要是她并没有死，日后警察问起来，自己却是脱不了干系，这可怎么办？

包小严咽了下唾沫，又凑到楼边向下张望，那女人仍是刚才的模样，姿势似乎没有变，应该不可能活了。他吐出一口气，心里暗暗庆幸。就在这时，一声手机提示音从口袋里传出来。他毫无防备，吓得一个激灵差点儿跳起来。

他使劲打了自己一个耳光，让自己冷静镇定，寻着道路向楼下走。随便的风吹草动都让他心惊不已，怀疑是人在挣扎的声音，逼得他每下一层都忍不住再一次探身去确认。越接近楼底看得越真切，另一种恐惧升上来，他反倒不敢再去查验了。

他心一横一口气冲出大厦，走出施工围墙才定了神摸出手机去看。消息还是露丝鲍发来的：“这是你的投名状，来吧。”

包小严无名火起，恐惧瞬间全化作愤怒：姓贾的狗东西，弄这么一出就为了恶心人，真是该死！他怒气冲冲要去跟贾庭西理论理论，没有这么耍弄人的，起码要羞辱他一顿才算完。

当解知略的手机铃声响起的时候，他还以为是微积分打过来的，结果来电显示是未知号码。他略一迟疑，还是选择了接听。

一个陌生中年男人的声音传过来：“解警官吗？你好，我要报案。”

解知略一愣，问道：“什么案？”

那个声音平静沉稳，努力让自己不表露出任何情感，但解知略还是能感觉到他语调里隐隐透出的炫耀意味。“慈善大厦有人正实施诈骗，如果去得及时的话或许还有救。”

“能不能说明白些？有救，救什么？”

“救命。说明白和及时去，你要选第一个吗，解警官？”

“你是谁？”解知略警惕起来，跟赵倚梦他们打了个手势就往巴马科公馆门口跑。小攀一见也交代了一声，紧追过去。

殷棠离嘟囔着：“小攀是不是看上解哥了？头一天认识就形影不离。”

赵倚梦笑道：“你吃醋了？”

“我吃啥醋……小攀这样的不适合当女朋友。”

“为啥？”赵倚梦没料到他还有这么一说。

“太聪明了不好对付。”

“好哇，你说他们坏话，明天我就转告他俩！”

殷棠离赶紧告饶：“别别，我说着玩儿的，哈哈。”

他们的说笑，解知略一句都没听到，直到小攀拦住一辆出租车，他木然坐进座位里，仍在回味刚才手机里最后一句答话：“这不重要，解警官，再见。”

小攀已经察觉出事态紧急，连连催着司机风驰电掣来到慈善大厦。两个人钻进施工围墙隔出的巨大院落，烂尾楼像凿满洞窟的险峰一样立刻显出它的威压来。解知略扫视一圈，匆匆问道：“你体育怎么样？”

小攀领会他的用意，笑道：“小时候练过武术，大了荒废了，不过底子还在。”

“好，你单我双！”解知略说完就冲进楼内，找到楼梯向二层爬去。事态紧急，报案人又语焉不详，只能用笨办法，一层一层去搜寻诈骗可能发生的地方。也许这次只是别有用心的恶作剧，有人故意要捉弄他，但是万一是真的呢？他牺牲的只不过是体力，拯救的可能就会是一个人的生命。

“那个神秘报案人怎么知道会危及生命呢？”解知略的心里画了个大大的问号。就在他借着手机照明巡视楼层的时候，楼下传来了小攀充满惊骇的尖叫声。

“解哥，快来！”小攀努力控制着心里的惶恐，大声呼唤。

解知略冲下楼梯，奔到大厦侧面，一眼就看到血泊之中有个极度扭曲的人形。他挡在瑟瑟发抖的小攀身前，先后打了急救和报警电话，最后翻出那个未知号码回拨过去，语音提示传出来，已经无法接通了。

前来的办案人员之中有个相识的警察，勘查完现场之后找到解知略说：“不用内疚，人死了有一会儿了。你说有人在这之前找你报过案，还能想起别的细节吗？”

解知略说：“不用想，我们总共没说几句话。他在刻意隐瞒一些东西，不像一般的报案人。至于动机，现在还没法说。”

“好吧，如果知道什么线索了，随时给我们打电话。”

“嗯，你们调查完能也告诉我一声吗？”

警察笑了笑，爽快答应了。

解知略和小攀从案发现场离开，来到马路上。小攀看着陷在沉思中的解知略，问道："解哥，咱们是回巴马科吗？"

解知略见她脸上苍白犹未尽褪，不免心生愧疚，指着正暗淡下去的天色，说："他们应该也下班了……让你赶上这种事实在是抱歉，我请你吃晚饭你不会拒绝吧？"

小攀笑道："当然不会……就是有点儿吃不下。"一想到方才目睹的画面，她还是心有余悸，觉得毛孔收缩，肠胃翻滚。

解知略看了一眼手机，卫济风正给他发来一条消息。他想了想，领着小攀来到一处偏远破旧的社区。巷子里开着几家简单的小吃店，他们选了一家进去坐下。小攀随便点了几样小菜主食，默默喝着水等着。

解知略问道："当时你为什么要跟着我啊？"

小攀冲他笑了笑："我是好奇你这种人平常都是什么样的。"

"就是普通人那样，上班下班吃饭睡觉。现在上不了班了，就出来当当志愿者。你们不也差不多？"

小攀说："有点儿不一样，你有责任有负担，我们没有，哈哈。"

解知略一愣，随即苦笑说："那今天你可被我连累了。知道为什么来这儿吗？"他指着外面一栋老迹斑斑的矮楼，低声问。

小攀略一沉思，随即答道："应该能猜到。"

解知略微感诧异地看着她，说："微积分发来调查结果，吴秋蓬就住在这儿。"

"他会跟刚才的案子有关系吗？"

"很可能没什么直接关系，但是或许会有间接帮助。"解知略深有感触地说，"发生了案子报警很简单，要查出真相却有许多繁复细致的工作去做。捉拿真凶还社会以正义，听着痛快解恨，背后可是无数辛勤刻苦的心血，许多最后证明还是白费力气的无用功，但是谁能未卜先知呢？只要有一分可能就要下十分功夫。这也是我为什么看重志愿者活动的原因之一，预防一起诈骗案和诈骗发生了再追查，性质截然不同，难度也差若天渊。”

小攀若有所思地说：“我以前还从没想过，被骗的人会有这么、这种……”她说不下去了，今天的遭遇触目惊心，不敢再去回想。

包小严一见到贾庭西就破口大骂：“姓贾的你不是人！”

贾庭西倚在沙发里转头对露丝鲍笑道：“这小子，比咱们想的还要愣！哈哈哈。怎么了？”他歪过头看着包小严，笑容里是掩饰不住的得意。

“你杀人了，怎么了！还让我眼睁睁看着！你有良心吗？我这就举报你！”

“你有证据吗？”贾庭西不慌不忙，看着包小严像在看一个笑话。

包小严瞪着眼睛，找了把椅子一屁股坐下，气呼呼地说：“我这双眼睛就是证据！”

贾庭西摇头笑道：“然后呢，你能得到什么？警察叔叔给你送块匾，上书四个大字，‘浪子回头’，还是‘大义灭亲’？”

露丝鲍哧哧哧地笑起来，包小严觉得脸上有点儿发烧，哼了一声没说话，眼睛却舍不得从露丝鲍脸上移开。

贾庭西抄起手机点了两下，说：“我这有份证据，不知道能不能帮到你。”

包小严一愣，接着就听到一段令他毛骨悚然的录音，从“你别过来！”“是包小严包法官吗？”开始，到“那你是不是包小严，是不是包法官？”“别抓我，我不想坐牢，我不能坐牢……”截止，全是慈善大厦里坠楼女子当时说的话，中间夹杂着停顿、脚步声、隐约的对话和各种窸窣的噪声。显然，这是通过女子耳机上的麦克风录的。

“你……你的人跟那个女的通话时录了音？”包小严觉得后脑勺飕飕直冒凉气。他终于明白贾庭西肚子里的坏水是什么了，录音不容置疑地表明，自己跟女子坠楼有着摆脱不掉的干系，她就是被假冒法官的包小严逼死的，自己就算浑身是嘴一时半会儿也辩白不清了。

显然，他落入了贾庭西早就设好的圈套。包小严狠狠盯着贾庭西，眼中的熊熊火焰恨不得将他吞噬，可是一碰到对方浑身散发出的令人憎恨和恐惧的气息就瞬间没了威势。

贾庭西晃了晃手机，又说："他们非要发给我，其实，这有什么用？什么都说明不了。况且，谁会知道它的存在呢？人死了就是死了，不就是被骗了想不开嘛，心情可以理解，对不对？世上哪天不死人……再说了，小严又不是傻子，怎么可能上赶着去蹚浑水？"他冲露丝鲍使了个眼色。露丝鲍冷傲一笑，在手机上操作了一阵，包小严的手机紧接着就传出一声提示音。

"干什么？"包小严看着手机里大大的到账提示，心里竟生出一丝鄙夷，"花个三五千，收买我？"

露丝鲍撇了下嘴角，轻蔑的冷笑让包小严有些后悔，自己说话不走脑子，倒像个没见过世面的，岂不是叫别人小瞧了。贾庭西大度地笑起来："点开看看。"

"七万！"包小严眼睛顿时睁圆了，心脏瞬间跳得厉害。

"你交了投名状就是自己人，这是你应得的。"贾庭西满意地微笑着。他知道，到此为止，给包小严设计的圈套才算完整。有录音，有赃款，这个愣头青才算彻底绑在自己的绳索上了。

"贾总……"包小严从没一次得到过这么多钱，超出想象的醒目数字不停撞击着他的神经，意外之财的突然降临让他感受到了前所未有的震惊与亢奋，什么慈善大厦，什么女子坠楼，统统被吹到九霄云外去了，脑袋里一丝都不留。他激动得语无伦次，最后说，"你真是个好人！我没看错，我包小严，这辈子就跟着你混了！"

贾庭西呵呵呵地大笑，脑子却一如既往地清澈。他知道，不论是良久筹谋还是临时起意，自己的计划就没有不成功的。俯瞰众人智商的征服感更点燃了他睥睨天下的机心、摆弄世间圈套的欲望。"你就给露茜当助理吧，以后公司跟有良那块的往来就由你联系了。”

吃完饭，解知略和小攀顺着堆满杂物的逼仄楼梯爬到四层。一路上像是钻进了小广告的万花筒里，红绿蓝黑，触目皆是，或贴或印，布满了墙壁、屋顶、楼梯、扶手。开锁的、修空调的、通下水的、卖房子的……不一而足，层叠并列互相交叉，密密麻麻同时向眼前涌来，叫人压抑憋闷，躲又躲不开。

小攀不禁笑道：“越是不好挣钱的地方，广告越多。”

吴秋蓬租住的那间小屋上着锁，解知略说：“看来咱们得守株待兔了……卫济风说他干着外卖配送，要是拉晚就奔着两三点去了，要不你先回去休息吧。”

小攀不置可否，反问说：“为什么不直接去找他？没有他电话吗？”

“我追过他两次，他躲着我跟避瘟神似的，一听声音就得溜了，一晚上都别想再见他。”

“要不我试试？”

“行啊，这是他电话。”

小攀照着号码拨过去，好半天才有一个青年男子不耐烦地喂了一声。

“师傅，你到哪儿了？”小攀开门见山直接问他。

“马上到了，马上到了。”吴秋蓬的语气变得客气起来。

小攀脑筋一转，说：“我不是催餐的，我是饭馆。我想知道你大概什么时候到店取餐，我别出早了变凉，也别耽误你时间。”

“哦，送完这份就去你那儿，十五分钟准到。”

“你知道我们家地址吗？”

“知道，我去过。”

小攀心里暗暗苦笑，对方虽不是起了戒心故意搪塞，却完美绕开了自己话里的陷阱，接下来他要去的地方，自己一点儿有用信息都没套出来。她长叹了一声，又说：“我们家旁边刚出了一起事故，快堵死了，你来的时候躲开那个路口。”

“哪边？”吴秋蓬紧接着说出了一个店名，“他们家那个路口？”

小攀心中一喜，连连称是。解知略打开地图软件，快速搜索到那个位置。

只知道一个路口，目标还是太宽泛了，小攀看见地图上有一家炸鸡店，就说：“你从别的路绕过来吧，炸鸡凉得快，软了就不好吃了。”

吴秋蓬疑惑地问：“你们不是米线吗？你是不是打错电话了？”

小攀趁机问他：“你接的单子是哪家？”

“‘单思不成线’，不是你们吗？”

小攀知道自己大功告成了，匆匆客气几句：“打错了，对不起对不起。”就挂断了电话。解知略冲她跷起大拇指，说：“咱们去那堵他。”小攀喜滋滋地随着他下楼，打了个车来到“单思不成线”米线店。

过了也就八九分钟，解知略就认出了曾经熟悉的身影。一个全身显眼外卖员装束的黑瘦青年，骑着电动自行车风驰电掣地赶来。他急匆匆钻进店里，直冲堆满餐盒的柜台而去。

解知略堵住门口喊了一声：“吴秋蓬！”

吴秋蓬茫然转过脸来，看见解知略明显紧张了一瞬，接着就变换成了无所谓的神情，懒洋洋地说：“解警官，我早不干那个了，你不用堵我。”说完跟店主报了单号，拎了装好的餐品就往外走。

解知略笑道：“我不是来堵你的，是请你帮忙的……”

吴秋蓬冲他龇牙一笑：“都是解警官你教导有方，我弃暗投明了，那些菜商早被我拉黑删掉，没了没了。”他侧着身子从解知略身边挤了过去。小攀在一旁不知道该不该帮着拦住他。

解知略向小攀低声嘱咐了一句：“你在这儿等我。”紧随吴秋蓬走了出去。

吴秋蓬无奈地回头说：“解警官，我这真没有。不是不想帮你，是我赶时间，实在来不及了。”说着装好快餐箱，扣下头盔一拧车把推车就走。

解知略问道：“今天慈善大厦有人跳楼你听说了吗？”

吴秋蓬说：“我一天到晚，餐都送不过来，哪有空看新闻啊。也不关心，爱干啥干啥，关我屁事！”

“有人卖信息就会有人被骗，有人被骗就意味着钱没了，甚至连人都没了，人财两空还怎么点餐啊。”

吴秋蓬被这强词夺理的逻辑逗笑了：“我管不了那些，我反正不干那个了，你不信也没办法。”他电动车骑得飞快，街景走马灯似的向身后滑去。他突然意识到一个问题，怎么始终甩不掉这个烦人警察，始终稳稳听到说话声？他这才觉得身后挤得慌，两侧衣服也被紧紧揪着。原来这一路解知略就跨坐在车座后面，自己居然糊里糊涂没有察觉。

“哎，这可不行，我这车带不了人！”吴秋蓬哭笑不得，急得大叫。

“放心，我没那么沉。”

“电动车载人，你还不戴头盔，被警察逮住……我就完了！”

“我有证件，你属于协助办案。要是不行，我给你赎车、交罚款。”

吴秋蓬抱怨道：“我这着急送餐，带着你算怎么回事啊？”

解知略笑道：“耽误不了你，还能陪你聊聊天。”

“唉——”吴秋蓬重重长叹一声，无奈地沉默了。

解知略提醒他：“你骑慢点儿！超速了，哎，别闯红灯啊！”

“我倒是想！超时了算谁的？”吴秋蓬冷笑一声，不无怨恨地说，他像是憋闷了许久，如今打开了话匣子，一边在街巷间穿梭一边大声说，“有人工智能、大数据管着你，从哪到哪最短用时是多少都定死了，它可不管你是不是堵车，是不是修路，是不是管制、禁行。都说科技是服务老百姓的，我看啊，他妈的纯粹是把我们当奴隶！我不超速，不逆行，不闯红灯，就会超时，一个差评下来五六单就白干了。

他妈的……”

他恶狠狠地咒骂着，仿佛胸中的怨气永远都出不完。“区政府边上有个行之公寓你知道吗？前一阵有骑手发现它有个隐蔽的侧门，从那进去至少能省出五分钟时间。一来二去别的骑手也陆续知道了，都从那个侧门进出，大家心里都高兴，以为可以稍微缓口气，起码送这个小区不用再玩命。谁知道没几天，系统就根据后台数据做了调整，配送时间直接砍掉了五分钟！捷径成了标准。所有人一块儿骂娘，可是骂有什么用呢，连个挨骂的活人都找不到。每个人身后都像有个无形的恶棍跟着，榨干你身上每一分力气，夺走你每一秒空闲。”

解知略静静地听着，不知道该怎么回应他。吴秋蓬的牢骚从头盔里飘出来，吹散在夜风里，就像树上掉落一片枯叶一样，对这个世界来说，微不足道，无关痛痒，也没人在乎。

或许是情绪释放了就会变轻松，吴秋蓬忽然解脱似的高兴起来：“别的骑手兄弟们以后怎么样我不知道，反正我快要解脱了，再不受这份鸟气。知道我为什么起早贪黑，折腾到半夜一两点，玩儿命地干吗？我是在攒钱！”

“你要回老家结婚了？”

“不是。”吴秋蓬卖弄似的停顿了一会儿，又说，“出国！”

“出国打工啊？”

“对，当话务员。”

解知略差点儿从后座蹦起来，没等他说话，吴秋蓬就感受到了他的情绪变化，玩世不恭地说：“你不用劝我，你肯拿我当朋友，我才没瞒着你的。别人听了我发牢骚，不是灌几句毒鸡汤，就是随声附和骂几句更狠的，都是放屁！你不一样。”

“是谁撺掇你出国干那个的？”

“没人。”吴秋蓬似乎意识到自己说错了话，立刻闭了嘴只是默默骑车。

“他自己说干这个挣着钱了？”解知略想诈一诈他，故作高深地问，“你自己算过成本没有？”

吴秋蓬果然上当：“算过，一个月保底九千，提成十二个点。哪有什么成本？无非就是偷渡过去给蛇头的钱，外地人万把块，本地人才两千。不过，那边活儿不行了，现在都往格鲁吉亚跑，无非多一张机票钱。表弟说……”他突然意识到说漏了嘴，急忙假装咳嗽闭口不谈了。

解知略也不追问，只是语重心长地提醒他：“有风险成本你没算啊！保底九千，提成十二个点，你想想你得给人家挣到多少人家才肯给你这么多？你一个月能骗来那么多吗？骗不来怎么办？被软禁被打被杀的后果你计算了吗？”

吴秋蓬没吱声，解知略知道没这么容易就劝得他回心转意，又说：“网络这么发达，你查查相关的报道，不要只信一面之词。国外最近什么情况，还有你们当地政府什么对策，多问问家里人。别到时候家里刷上诈骗人员之家的标识，户口被注销了再后悔。你凑合一辈子就算了，却连累父母和你将来的孩子都抬不起头，你说他们是感激你挣来一些昧心钱，还是怨恨你玷污了他们的清白。”

两个人都沉默了，默默听着风声一直到目的地。吴秋蓬一边锁车取餐一边凄然笑道：“解警官，谢谢你。你看现在是晚上了，还跟白天一样繁华、热闹。不同的是，白天的阳光更亮一些，热一些。然而景色再好，我也只有奔波。阳光那么亮，那么热，却没有一丝光线是属于我的。”

解知略心里像被压上了一块大石头，身上充满深深的无力感。他看着吴秋蓬一路小跑上楼去了，一时竟不知该想什么，说什么。

他给卫济风发了几条消息，随即默默回到米线店，远远就看见小攀孤单伫立的身影。解知略心里涌上一股暖流，看着她笑容灿烂地迎过来，自己却有些愣住了。

小攀陪他在路上走着，仿佛读懂了他的心事似的，叹了口气，说：“解哥，就你离开的工夫，我就一直在那家小店门口看着，课堂上学的一句话从没像现在这样透彻领会过。”

“哪句？”

“哀民生之多艰。”

解知略点点头：“劳动者最辛苦又最普通，隐在灯红酒绿后面，居高临下看不见，置身其中又浑然不觉，群体最广大却又是最容易被遗忘的。”

小攀回头一笑，眼中忽然闪出兴奋的光芒，说：“我一直以为像你这样当警察的，什么时候都是威风凛凛，人人见了都得害怕，原来并不如此啊。”

解知略苦笑说：“就刚才，吴秋蓬那样的，还嫌弃我挤他电动车，埋怨我误他事呢！不过，应该也有点儿怕我，哈哈。”

“他这样对你，你还管他？”

“其实，就是千千万万有着这样那样缺点的普通人支撑着大家的生活，只有每个人都过好了，社会才会好。就算他不理解我，误会我，我也得尽自己所能去帮助他，不能叫他误入歧途。”解知略指着胸前一枚徽章，又说，“看见这上面的五个字了吗？反正我是这么理解的。”

小攀学着他的口气笑道：“我们跟你不一样！他轻信别人吃亏上当是他自己的事，反正我是不会去管那种人的。”

说完这句话，两人不约而同又想起白天的坠楼案。解知略心中疑云密布，不禁问道：“一栋无人在意的烂尾楼里，有危及生命的诈骗案发生，那个神秘报案人是怎么知道的？”

小攀顺着他的思路说下去：“说明他是知情者……”她忽然想到了什么，犹豫了一下，没再往下说。

“你觉得他会是什么来头？”

小攀思索片刻，回答：“还不好说，但我预感他还会找你的。”

酒店内，千层锦说完自己的圈套，颇有些沾沾自喜，说：“怎么样？这个连环计一出，我不信他不蒙！只要脑子一乱，嘴巴就会少个把门的。哪怕他只说错一句话，咱们就可以顺藤摸瓜，多一个可乘之机。”

薛宾九微蹙着眉头想了一会儿，慢慢说：“不够。”

“什么不够？”千层锦下意识问了一句，随即笑道，“一句话自然不够，我只是个比喻。”

“你的连环计不够！你对付的是谁？”薛宾九斜着眼睛问千层锦，不等他回答又说，“不要思维定式，以为搞科研的都是一根筋，坏心眼多的是！他用假话骗你怎么办，你分得清吗？他就是骗子公司的人，你拿对付一般人的那套还行吗！看没看过动物世界？豹子捕食的时候，哪怕对付的只是个兔子，它也会拼尽全力，懂不懂？”

“懂了懂了。”千层锦连连点头，“我这就给三路他们打电话，您老亲自指示。”

“不用了，我跟你说，你怎么排兵布阵就别来烦我了。”薛宾九将自己的计策说出来，千层锦听得心花怒放，敬佩不已。最后，薛宾九又总结式地叮嘱说：“记住两点，一是不要贪功，以免被人将计就计；二是要给自己留后路，万一失策撞上警察，要知道怎么干净利落地脱身。”

千层锦一边思索一边回应说：“我知道，我这就跟他们嘱咐清楚，一定不能在这方面出错。”

第四章 假死人，真砍人

施博士觉得自己被人盯上了，这两天一直有个人高马大的壮汉若即若离地跟着他。无论是早晨出门上班，还是晚上回租住的小区，或者去商店、饭馆、菜市场……总能瞥见那个晃荡荡的身影，跟个刚闯入文明世界的野蛮人似的，也不知道躲避别人充满怒气的质疑眼神，反倒理直气壮直勾勾回望着，几乎连眼睛都不眨。

施博士取出手机开始搜索“怎么判断是否被跟踪”，接着又搜“被人跟踪怎么办”。出来的结果绳索一样横陈在眼前，冷冰冰地排队等着挑选。他一条一条地看过去，结果一无所得。老生常谈的主意太平庸没有针对性，标新立异的又太偏激了不能生搬硬套，剩下的自相矛盾信口开河，看了纯粹是浪费时间。他头晕眼花无所适从，终于忍无可忍，把手机往包里一丢，脚下加速骑了一阵，在小区门口猛地转弯，共享单车刷地调过头来，迎面拦在壮汉身前。

“你要干吗？”施博士瞪大了眼睛，怒冲冲地质问。

“用你管我！”沙三路没料到他会有这么一手，一个急刹车停住了。单车发出一声刺耳的厉响，两个人都微微吃了一惊。

施博士忍着脾气，又呵斥道："你是干吗的？"

"你管我！"

"老是跟着我，你究竟是谁？"

沙三路想起师父的叮嘱，突然咧嘴笑起来，吓了施博士一跳，以为他要咬人。"你别管我是谁，也别打听是谁派我来的。反正我得跟着你，问了也没用。"

"为什么？你想干吗？"

"我看你脚步不正，得提醒你时刻注意，别走歪喽。"

施博士觉得这话听着刺耳，心里有点儿扎得慌。他沉声威胁道："你再跟着，我就报警！"

"哈哈！你告我什么？"沙三路毫不在乎，他指着小区门口硕大的石刻题字问道，"谁规定只有你能住这儿的？"

施博士笑起来，上下打量着眼前的莽汉："你也住这种小区？一个月多少租金打听过吗？你住哪一栋，倒是说出来啊！"

沙三路被问住了，憋了半天狡辩说："住哪儿可不能告诉你，万一你去我们家串门，我留不留你吃饭？跟你又不熟！"

施博士冷笑一声，指着小区铁门旁的刷脸门禁，嘲讽说："有本事刷开了进去啊！"

沙三路瞪大了眼说不出话来，最后冲着施博士嚷道："姓茅的你记住一句话，躲得了初一躲不了十五……"

施博士心里顿时一宽，原来是这傻小子找错了人，说道："等会儿！你到底找谁？"

"找你！"

"我不姓茅。"

"不可能，就是你！"

"有病吧！我姓施，你找错人了！"

“哪个师，老师的师？”

施博士没好气地说：“施密特的施！”

沙三路摇摇头：“不知道。”

“施特劳斯那个施！”施博士看着一脸茫然的沙三路，心里叹了一口气，“愚昧！施瓦格知道不知道？施维茨，施耐德……”最后灵光一闪，喊道，“施耐庵！”

沙三路不耐烦地大声抱怨：“你直接说西施那个施不就完了，绕这么大圈子！不管你是哪个施，姓施的你记住一句话，若想人不知除非己莫为！”

施博士愣住了，琢磨不准说话颠三倒四、漏洞百出的这个人，是信口雌黄还是含沙射影。

“你什么意思？”

“自己干了什么自己心里知道！”

“有话就说明白，不要藏着掖着。”

沙三路笑起来：“话挑明了，大家脸上都不好看。有人说了，要给彼此留个见面的台阶。”

最后这句话鲇鱼一样钻进施博士心缝里，使他不由自主地紧张，控制不住地乱想。他长久凝视着壮汉的眼睛，暗忖：“这是放空炮诈唬人还是旁敲侧击？他说是有人派他来的，那个人是谁？”

施博士思来想去觉得有三种可能：一是贾庭西，自己和汤姆王密谋被他察觉了，这是在敲打提醒自己；二是警察，贾总的计划不周密，被他们看出了眉目，故意派个线人来探虚实；三就是老贾多事招来的那帮骗子，不知怎么摸到了自己的行踪，想诈点儿便宜出来，可笑！

第二第三都好说，要是第一种可能，可就可怕多了。他习惯性地拿起手机，开始检索“被人识破的征兆有哪些？”只觉得情绪烦躁，心里始终惴惴不安。贾庭西怀疑一切的眼神和看穿一切的笑脸浮现在脑海，令他不寒而栗。

忽然这眼神和笑脸鲜活起来，还传出一声声冷笑，真真切切就响在耳边。施博士一激灵回过神来，只见壮汉正居高临下注视着自己，脸上挂着故作高深的神秘微笑。

“到底是谁叫你来的？”

“你应该猜得到……”壮汉不屑地说着，脚下稍一用力，自行车顿时滑出去好几米，“跟我来，有人要见你。”

施博士犹豫不决，莫非真是贾庭西兴师问罪来了？他想给汤姆王打电话商量一下，可是来不及了，眼见着壮汉在路口拐弯，头也不回地扎进了人和车的洪流。施博士心一横跟了上去，暗想：是啊，若想人不知除非己莫为，既然做了也就没什么好怕的！彼此摊牌也许并不尽是坏事，叫来汤姆王，几个人推心置腹，说不定反倒能有个圆满结局，至少总比彼此算计强。

想到这儿，他觉得身子轻快了许多，脑筋也格外转得顺畅。“如果不是贾庭西呢？”他思索着另外两种可能，随即就有了对策：不管是警察还是骗子，都给他来个无可奉告，反正光天化日之下，谁也不敢把他一个大活人怎么样。

他抬头看了看天边，太阳被楼群挡住了，算不上光天化日。不过今天回来得早，离着晚上还有不少时间，也算不上夜黑风高。只要自己小心应对，就没什么大不了的，起码总不至于闹出人命。

沙三路在一间贴着招租广告的门面房前停下了，回头看了一眼，拉开玻璃门大步走进去。施博士心里顿时忐忑起来，这里虽然临街，周围却十分冷清，只有门前站着两个懒散的闲人。

等待自己的到底是不是贾庭西，他为什么选这么个地方会面？施博士还没想明白，身子已经站在了“旺铺转让”前面。红纸皱皱巴巴，贴得一点儿都不工整，四个黑字还不是打印的。他皱着眉拉门而入，里面没开灯，到处都死气沉沉的，格外压抑。壮汉倚在一张桌子边，除了他屋里再没别的人。

“到底谁要见我？”施博士一路建立的心理预设落了空，不禁有些恼怒。

“我。”沙三路指着自己的鼻子，嘿嘿笑了两声。

施博士感觉受到了莫大的羞辱，怒斥道：“你究竟是干什么的？”

“我是FBI的。”

“哪儿？”施博士直接气笑了，看着壮汉一本正经板着的脸，觉得他既可恨又可悲。

“中央情报局，中央，懂不懂？”

施博士忍不住大笑：“骗人也要有点儿常识好不好？没事多翻翻资料！”

“不用翻了，已经一清二楚——你杀人了！”

施博士还从没听过如此荒诞的笑话，他哼了一声转身就走，连脏话都懒得骂一句。

“我有证据。”沙三路也不着急，翻着口袋摸出一副白手套戴在手上。手套明显小了，勉强才能拽上，一看就是临时凑合的。

施博士冷眼瞧着他，倒要看看这个愚蠢的骗子还会有什么拙劣的表演。

沙三路不慌不忙，又从衣服内袋捏出一个透明密封袋，里面白光闪烁像是一把匕首。他打开封口向外一抖，匕首撞在桌上发出当啷一声。

施博士心里一跳，下意识向玻璃门张望一眼，问道：“你想干什么！”

沙三路抄起匕首，“笃”的一声戳在桌上，摊开手掌做了个讲解的手势，一板一眼地说：“你杀人了，这上面有你的指纹。”

“荒唐！”施博士忍无可忍，不想再配合这场闹剧，觉得多说一句话对自己都是一种羞辱。他伸手在桌上重重一拍，怒气冲冲就想离开。谁知道沙三路看着粗笨，手脚却很麻利，一把抓住了施博士的手腕，嘴里说着："杀了人还想走，哪那么容易！"

施博士怒不可遏，抬脚向他小腹蹬过去，心里发着狠："小子，一下就叫你直不了腰！就算你有同伙儿，等他们反应过来，我也早就脱身了。"

可惜他事先盘算好的绝妙应对，一落在实处就成了一厢情愿的空想。他高估了自己的身手，也低估了对方的实力。沙三路只是稍一侧身就躲开了要害，这一脚正踹在大腿上。一声闷响，他纹丝未动，施博士倒被震得向后一个趔趄。施博士一只手腕还被抓在沙三路手里，后仰的身子被拉扯的力道猛然一带，立刻又划着弧线旋转回来。沙三路另一只大手伸过去，一把卡住了施博士的脖子。

"你……你想杀人……"施博士颈部发胀，感到一阵窒息，恐惧被剧烈的心跳泵入血液，顷刻布满全身。他伸手向沙三路脸上胳膊上乱抓，却毫无用处，这个壮汉就像铜浇铁铸一般难以撼动。一股不可抗拒的大力控制着那条被钳住的手臂，手腕几乎要被拉断，指头都勒得没了知觉。突然，施博士掌心一凉，像是触碰到了一截木柄。他眼睛看不到，心里却马上意识到是那把匕首，脑袋还没反应过来，手掌已不由自主地握紧。一阵剧烈的拉扯之下，施博士身不由己，猛然向前一冲，连人带刀扑进沙三路怀里。

"啊"的一声惨呼传出来，震得施博士耳膜欲裂，魂飞天外。他圆睁双目，不敢相信眼前的剧变。沙三路双手捂着腹部摔倒在地上，匕首没柄，鲜血顺着指缝汩汩而出，染红了衣服、地面和那双白手套。

"是你在……杀人！"先前还咄咄逼人的壮汉强忍着说完这句话，脑袋一歪死过去了。施博士傻在原地，脑袋要炸开似的一下一下地发蒙。他不知道眼前的一切是怎么发生的，也不相信自己杀了人，可现在明明有个大活人从耀武扬威变成了横尸当地，自己是现场唯一的活人！他浑身发冷，觉得血液都要流不动了。

就在这时，门一开闯进两个年轻人来，一个扑到壮汉身边大叫：

“三哥，三哥，你怎么死了！”一个拦腰抱住施博士，喊道：“杀人啦，快报警啊！”

施博士被这句话惊醒了，理智压制住了恐惧，他开始有点儿咂摸过味儿来。这两个人怎么来得这么是时候，不会其中有什么猫腻吧？他耳濡目染的骗局里虽然没见过这一种，但不能不做这方面的怀疑。莫非三个人在做局骗人，壮汉之死是假的？可是，匕首明明能插进木头，这么长的刀刃捅进去又怎么解释？

第一个年轻人又嚷道：“啊，真没气了！三哥你死不瞑目啊！”另一个也帮腔作势，叫道：“报警！放心，他跑不了！”

施博士看着他们表演，心里倒冷静下来，决定不管是不是骗人，先诈一诈他们再说。他故意冷笑几声，让自己颤抖的手臂稳定下来，掏出手机说道：“不错，我要报警，让警察看看他到底死没死！”

“拿来吧你，磨叽什么！”先闯进来的年轻人一巴掌打在他脸上，把手机抢了过去，一边在耳边接听一边用手点指着骂道，“警察来了看你怎么死！”

施博士被打蒙了，没想到对方会是这样的反应。

“警察同志，有人杀了人了，快来吧……有凶器，不过放心，人已经控制住了……出事地点就在立交桥往前有个对外招租的小门脸儿。”电话接通了，年轻人理直气壮地说，打完电话，他还不忘给施博士展示，“看好了，是不是你拨的号，是不是幺幺零！”随后把手机丢在桌上，嘴里仍骂骂咧咧说个不停，“妈的，看你一脸凶相，不是逃犯就是骗子！老实待着，不要打鬼主意！别想着给别人报信儿，没门儿！”

施博士心乱如麻，狐疑不定。既不相信自己杀了壮汉，也不相信他们真敢叫警察。他想再仔细看看壮汉是不是假死，视线却被警惕的年轻人挡住了，只能瞅见地上横着的两条长腿，一动不动毫无生气。

三个人都不再说话，心里有着各自的盘算，等待着同样的人。屋里的时空仿佛凝固了，一分钟倒有十分那么久。警察赶到了，一个满脸正气的年轻人走进来，一边掏证件一边说：“是你们报的警吗？受害人在哪里？”

两个年轻人站起来抢先说道：“在这儿！警察同志，人是他杀的，就躺在地下。”

警察翻开证件向三人展示了一遍，说：“我是负责本案调查的警察，我姓方。”

两个年轻人说：“方警官你好，你得给我们主持公道。”

警察看了看他们没加理睬，对施博士说：“人是你杀的？怎么回事，说说。”

两个年轻人又抢话说：“是他是他，我们亲眼得见！”

警察有些不高兴，问道：“你们是死者什么人？”

“死者叫沙三路，是我们三哥，我们是好朋友。”

警察点点头，又问：“他死的时候你们在哪儿？”

“门口闲遛。”

警察冷笑一声，指着门口说：“你们现在就到门口去，不叫你们别进来。”

两个年轻人不明所以，一步三回头地撤到门外，扒着玻璃门问道：“警官，法治社会可不能徇私啊。我们是干系人，凶手说的话我们有权利听见。”

警察呵呵一笑，举起一只手来：“好啊，看看我手里拿的什么？”

两个年轻人努着眼睛用力去看，支支吾吾地说：“警官证嘛，上面的字看不真，是什么还能分得清。”

“哈哈，放屁！我手里根本什么都没有。从头到尾你们就没说实话，外面亮里头黑，怎么杀的人你们是如何看见的！”

两个年轻人狡辩说：“屋里就俩人，难不成还是我们三哥自杀的？”

警察不再理他们，掏出一个录音笔，对施博士说：“我要做个笔录，你叫什么名字？”

施博士说："我姓施，他们都叫我施博士。"

"你是个博士？"

"大家叫着玩儿的，我对高科技的东西有点儿研究，所以……"

警察"哦"了一声，又问："在哪儿工作？"

施博士犹豫了一下，偷眼去看壮汉的死尸，总觉得他的肚子在隐隐起伏，怀疑他又活过来了或者根本就没完全死。他迟疑一瞬，含糊回答说："我在给一个朋友帮忙，做点儿技术性工作。"

"什么朋友，具体做什么？"

面对步步深入的追问，施博士起了戒心，脑中闪过一个疑问："这个警察进门之后不先检验死者，也不勘查现场，不太正常吧？"

他不想轻易质疑眼前的警察，决定用半真半假地回答应付他："胡东行，我们早就认识。他开了一家艺术品公司，在罗安达皇家首府那里，请我做技术支持，管管网络、软件什么的。"这句话里没什么要紧的信息，而且不怕查不怕问，就算是真警察，事后追问起来也能自圆其说。

警察礼貌性地"嗯"了一声，像是对这些也不怎么在意，指着沙三路又问："你俩到底怎么回事？"

施博士说："是他把我骗到这里，一上来就说我杀了人。"

"那你杀了没有？"

"我……"施博士情不自禁地热血上涌，辩解说，"是他拿住了我的手，匕首也是他自带的，还说上面有我的指纹。"

"那么，上面有没有你的指纹？"

施博士愣住了，他恍然大悟，原来这是个事先设计好的圈套，该死的沙三路一开始就是冲着栽赃他来的。如今，杀人和指纹都从预言变成了事实，自己却有口难辩了。不过，他们图什么呢？借刀杀人，让警察斩断贾总的羽翼，破坏他的计划？还是说，这本就是贾庭西安排的，开始兔死狗烹了？

施博士自以为浸淫骗局多年，见多识广，就算骗不了别人也不会被人蒙了眼，谁知今天这个局面竟一时猜想不透。或许是杀人见血的冲击太大，大脑承受不了突然的刺激罢工了？他心中懊恼，开始埋怨当下的科技太不够先进，不能发明一种照见本性，直指人心的智能算法，设置好参数，一输入事实数据，就能判断哪个是好人。

“不对呀！”施博士心中灵光乍现，忽然想到一个绝妙推论，“他的死是安排好的，那么，他的死就百分之九十是假的！不，百分之九十五！”

他正要对警察提出自己的质疑，警察却已率先叫了出来：“嗯？不对呀！”

施博士激动地盯着他，像看到了自由的黎明。只见警察把手放在沙三路的胸口上，冲着门外喊道：“外头那俩小子，这人还没死呀！”

两个年轻人闻声跑进来，嘴里嚷着：“不可能，刚才明明死过了！”也不多加解释，一个抱头一个抱腿就要往外搭。沙三路身重体长，两人试了几次都没抬动，只好一左一右架着胳膊拖出去了。

施博士气不打一处来，怒道：“干什么，冤枉了人要跑吗？”

两个人头也不回地说：“抢救！想要死的再给你送来。”

“施博士，你被骗了，好在没什么损失，剩下的事你就甭管了。”警察拦住施博士劝道，然后追着三个人向外跑去，嘴里喊着，“站住！笔录还没做呢……”

施博士哭笑不得，回想刚才的遭遇，自己应该是没说错什么，办错什么。他松了口气，正要收了桌上的手机离开，就听门外一阵大乱，刚出去的几个人突然撒腿就跑，甚至连刚才“死”了的壮汉都开始健步如飞。有个中年人从另一边追过来，大叫道：“站住！跑什么，是你们报的警吗？”

杂乱的脚步声一路响下去了，门外也没了人影。施博士心中的疑惑瞬间得到了证实，刚才的警察果然是假的，四个人合起伙来骗自己。

另一个疑惑也随之产生，他们费尽心机折腾这一出究竟是什么目的呢？来自心底的冷静和畏惧不容他多想，确认了一下没有遗落，就匆匆向门口走去，心想，真警察来了，得赶紧离开是非之地，免得多生枝节。

他神经紧张，步伐慌乱，听力却格外敏锐，当门外重又响起跑步声的时候，一颗悬着的心一下有了失重的感觉，暗自叹息道："完了，还是慢了一步……"

玻璃门被猛地推开了，一个四五十岁的中年人扶着把手大口喘气，身子微弯下去，手臂却直直地伸出来，正颜厉色说："你别走！"

施博士心里有准备还是吃了一惊，慌忙解释说："我……跟我没关系。"

中年人走进门来，自顾自地骂道："这帮兔崽子！差点儿中了他们的调虎离山计，好在我反应快。"

施博士急道："我不是他们一伙儿的，我是受害者。"

"知道你是受害者，被骗了吧？呵呵，他妈的！"中年人笑起来，他在屋里走了一圈，四处查看，最后停在沙三路留下的那摊血迹前，转头盯着施博士，问道，"知道怎么被骗的吗？"

施博士被眼前其貌不扬的中年人看得心里发虚，这个人不亮证件，举止粗率，还骂脏话，但是老练精干的眼神却让人肃然起敬，不敢轻慢，觉得这才是历练多年的老警察该有的样子。

"那个警察来了，既不在乎人的死活，也不关心人怎么被杀的，让人起疑。不过他有证件，也没有别的破绽，所以我只是怀疑，不敢确认。"

"嗐！"中年人喟叹一声，露出怒其不争的神情，说，"哪用分析那些没用的，我问你，报警之后他多久到的？"

施博士努力回想着，突然明白了他的意思："当时觉得挺久的，现在想来，可能也就一分钟。"

"对呀！我接到任务即刻动身，紧赶慢赶还用了五分钟，他是从哪儿来的？只有事先等好了才这么神速！单凭这一点就可以戳穿他。你们哪，都一个毛病，只想着高深的推理却不注意最简单的逻辑。"

施博士暗自佩服，同时觉得一阵欣喜。真相大白了，那几个人不是贾庭西派来的，那么也就意味着，他们是千层锦一伙儿的。他不由得在心里感叹：贾总啊，你大意了，轻敌了，以为对手不过是随意玩弄于股掌的胆小鬼，无能者。大错特错！他们比咱们所有人想象的可狡诈胆大多了。

中年警察从口袋摸出一截细绳，用手量出一拃长度打了个结，接着又量又打，一直把整条绳子都做了标记才折成直角摆在血迹边缘。他一边用手机换着角度拍照一边不停地说："来不及取专业家伙，凑合凑合吧……你是中了人家的连环计了，一次不成还要骗你两次。说说吧，来龙去脉，前因后果，到底怎么回事？"

施博士不厌其烦地看着他操作，听着他唠叨，心里越来越紧张。面对这种人精一样的执法者，他唯恐自己回答盘问时露了马脚，惹出无法收拾的麻烦。"今天我下班早，路上碰到一个壮汉跟踪我，就是流血的这个，名叫沙三路……"施博士小心翼翼选择着措辞，把刚才的经过说了一遍。

中年警察沉思片刻，大笑了一阵摇头叹息说："雕虫小技！你看他匕首能插在桌上，其实是有机关的。血也不是人血，提前灌好了藏在衣服里。他拉着你的手故意往匕首上领，扎上他肚子的时候，匕首其实会缩进去一大半，就留个尖儿刺破血袋钉在保护垫上。这种下三烂的招数看着挺吓人，其实经不起推敲。装死的这个，别看他咋呼，却不是主角，骗人全在后面来的假警察身上。"

施博士问："他能骗到什么？我一没给他钱，二没泄露银行信息。"

"你傻啊，套话呀。"中年警察一副深切痛惜的着急模样，问道，"你跟他说过父母、亲戚朋友或者工作单位的情况吗？"

“说了，不多。就说有个朋友叫胡东行，我在给他的艺术品公司帮忙。”

“真实情况吗？哎呀，完全可以编假话糊弄过去啊，你不是已经怀疑他了吗？哎呀！”

施博士被他埋怨得既紧张又有些不太服气：“半真半假，我朋友开公司千真万确，我却不在他那帮忙。”

“那就好，起码他们想骗人了说出来的就不会天衣无缝……不对！”中年警察突然意识到了另一种风险，脱口大叫一声，吓得施博士心跳加速，似乎有厄运不久就要降落在自己身上。

“他们惯于声东击西，只怕不会对你说的那个胡东行下手，而是你别的朋友，尤其是关系近的，关心你的。”

施博士立刻想到了汤姆王：“不会吧？”

“你要是方便说，我就帮你分析分析，如果不方便就算了。现在的骗子狡诈多端，防不胜防，多么离奇古怪的手段都使得出，我是见得惯了。”

施博士默默衡量着风险和收益，刚才那伙儿骗子果然行事透着邪性，连杀人都能拿来当障眼法，真跟自己熟悉的电信诈骗不是一个门路。若是能从老警察嘴里知道些不宣之秘，日后跟千层锦的古法派较量起来或者不无裨益。

他略一沉吟，顷刻拿定了主意，说：“我的一个同事，跟我一块儿开发软件，最近走得密。”

“叫什么，有什么爱好习惯没有？人要有弱点，别人就容易下手。”

“汤姆王基本没什么弱点，人很精明强干，搞商务出身，见的人多，比我有阅历……”

中年警察打断他提醒说：“孔圣人可说过，君子有三戒，壮年血气方刚，戒之在斗。如果他和你岁数差不多，又是搞商务的，争强好胜就是他的弱点。”

施博士听得频频点头，深以为是。中年警察问道："没听说这附近有知名的软件公司啊？"

"我们公司不大，更没什么名，属于自产自用。"

"叫啥？"

"卡慕玛旎……"施博士说完有些后悔，不过说出去的话也收不回来了，只能自欺欺人，寄希望于对方过耳即忘。他掩饰着内心的尴尬，问道："你不需要做笔录吗？"

"做那个干什么？用不着。"中年警察哈哈一笑，"用脑子就行了。"

施博士心中一动，觉得有些不对劲。

"今天就这样吧，咱俩互留个联系方式。你想起什么要补充或者咨询的可以找我，今天的案子后续如果要你配合，我也可以找到你。这是我号码，我姓拖，铁木真的儿子拖雷那个拖，算是外姓。"

施博士记了他的电话，看着他不慌不忙地离开，心里始终觉得别扭。中年警察说出"用脑子就行"时的眼神和笑容让他从心往外生出寒意，有种被人狠扎了一下的感觉，仿佛刚才的搏斗，匕首刺中的不是沙三路而是他自己。

他重新打开手机，点进通话记录，只见拨给幺幺零的那一项，赫然显示着通话时间只有一秒！屏幕上方状态栏也有些异样，仔细一看才发现，手机已被设置成了飞行模式。

"糟了！"施博士瞬间被愤懑、惭恚交织的巨浪吞没，挫败感与耻辱感打得他失魂落魄，即使屋里空无旁人，也令他无地自容，羞愧至极。报警电话就是装装样子，一接通就挂断了，根本不可能有人接警，中年警察也是假的！愤怒与仇恨席卷了他的全身，他在心里大声咒骂，"他妈的，又上当了！"

这间屋里四壁空空，除了桌子一样别的摆设都没有，连个发泄的对象都找不到。施博士气急败坏地踹了几脚桌子之后，怒意丝毫不减，反倒因无趣而徒增悲愤。

天黑下来了，他觉得外面不论哪一处光亮都像在跟自己作对。等走到街上，又觉得这个黑洞洞的房间是万恶之源。它无情见证了自己出丑被骗的全过程，简直罪大恶极。

他心事重重向住处走去，心中的烦闷指引他半路改变主意，走进了往常根本不会光顾的陌生小酒馆。菜和酒都上来了，施博士盯着面前的酒杯，想起了汤姆王。

他踌躇片刻一饮而尽，按下了拨号键："汤姆，咱们被人盯上了。"

汤姆王沉默了一瞬，镇定说道："别慌……你人在哪儿，我马上到。"

一见面，汤姆王就急匆匆地发问："是老贾吗？"他压低了声音，一双细眉微蹙着，同时向四周张望，仿佛这个不起眼的小地方也会埋伏着贾庭西的耳目似的。

施博士见了他觉得心里得到些安慰，就像漂泊的小舟撞在近海的浮标上。他说："不是，好像是他招惹的那伙儿骗子。"

"哦？"汤姆王皱紧眉头，眼珠转了几转，霍然挺直了身子，笑容在胖脸上快速绽放出来，"哈哈，你想喝酒了何必来这种地方……"他傲然环顾一圈，伸筷子夹了一口菜，"酒没味道，菜也不好吃。走走走，咱俩换个地方。"

"去哪儿？"施博士想起了那家私人餐厅，"别墅那家？"

汤姆王摇摇头："那里来不及了，没提前预约。外边那么多好的，哪家不比这里强，走吧。"不由分说，结完账拉了施博士就走。

施博士没心思计较，浑浑噩噩任由他带着，选了一家称意的高档餐厅，在私密精致的雅间坐下。

"怎么了，至于郁闷到这种程度？"汤姆王笑呵呵地问，彰显身份的消费氛围给了他底气，让他恢复了智珠在握的自信，丝毫没了先前急切的神态。

"我被他们耍了。"施博士长长呼出一口不平气，又说，"那伙儿人野蛮刁钻，老贾这次大意了，只怕要吃亏。”

“是吗？”汤姆王不以为意，笑盈盈地给他斟了一杯酒，“骗了你的钱，还是有把柄落在他们手里了？”

“都没有。”施博士拿起酒杯抿了一口，掩饰着心里的慌张，“我自然不会泄露什么，更骗不了我的钱，就是觉得生气。”他简要说了经过，就是略去了自己吐露信息的部分。

“一个姓方，一个姓拖，合起来不就是你那个‘施’吗？哈哈，有意思！”汤姆王不由得大笑起来，过了一会儿又问，“你对他们说了咱们这边的事情没有？”

“没有。”

“一点儿都没提？”

“我提这个干吗？”施博士被他问得脸上发烧，不敢跟他对视。

“怎么不故意透露一些呢？”汤姆王竟有些遗憾神色，捏着酒杯的手伸出一根指头，一边比画一边说，“这样，咱们的文章就更好做了。”

“为什么？”施博士大惑不解。

汤姆王没回答，反倒问起了工作情况：“公司的项目，你感觉咋样？”

施博士一愣，不明白他问这话的意思：“咱俩负责的，你又不是不知道。老贾催得急，紧赶慢赶总算完事了，顺利部署到服务器。你提的修改我加班做的，你也确认过了，就是现在的版本。源代码也处理完了，就算重新打包也运行不了，主动权都在咱们这儿。”

“我没问你进度，我问你感觉。”

施博士更加迷惑，他回想了片刻，说：“就感觉卡得很，应该是租用的服务器有问题。还有就是累，你新招的那两个工程师什么忙都帮不上。”

“哈哈！”汤姆王得意地喝完了一杯酒才慢条斯理地说，“原来的两个人被我找借口开了，代码是他们写的，留下去岂不坏事！这事贾庭西知道，我主动说的，他也挑不出毛病来。”

施博士想了想，用醒悟过后的惊讶眼神盯着汤姆王，问道：“服务器呢，也是你弄的？”

“香港那边的供应商不难打交道，让他们多做几次限速、满载测试就行了。”

“为什么？”

汤姆王仍是不直接回答，循循善诱地问：“咱们的计划是什么？”

“名正言顺，安全又有收益地离开。”

“对呀！”汤姆王凑近了身子，贴着桌面与施博士碰了一下酒杯，眼中闪着自信的光彩，“一切都是为了这个目标在努力……古法派的骗子来捣乱，未尝不是一件好事。”

施博士心里忽地一荡，胸中惆怅顿时消解了大半：“怎么说？”

汤姆王转着酒杯，眼中渐渐放出亢奋与果决的光芒，神秘莫测又戒备森严地说：“我有了一个更好的主意，有他们煽风点火，咱们离成功就只差一个苦肉计。”

施博士被他的眼神吓了一跳，忽然想到了那把白光闪烁的匕首：“你想干什么？”

汤姆王呵呵笑起来：“别的事不用你操心，都由我安排。你只要把被骗的事告诉贾庭西就可以了。”

施博士犹豫再三，问道：“我一直没想通，咱们要离开，找个借口名正言顺地跟他说不行吗？”

汤姆王苦笑着叹了口气：“我的施博士哎，不要心存幻想了好吗？咱们只有一次机会，要么人钱两得，要么人财两空！你非要先试一次吗？”

“好吧。”施博士死了心，掏出手机，问道，“怎么说？”

“不是现在！”汤姆王刚夹的一口菜差点儿喷出来，“别着急，沉住气，掌握主动，让别人跟随你的节奏……明天上班见了他再说不迟。”

施博士心领神会，慢慢点了点头：“都说什么？”

“就说公司被千层锦他们盯上了。卡慕玛旎我是总经理，你是总工，他们先对你下了手。”

“这么说行吗？”施博士苦着脸很是为难，他那颗惯于搞研究的脑袋实在不善于钩心斗角的分析算计，“我现在一见着贾总就觉得心慌，总怕不小心说错话，让他发现咱们的秘密。也始终觉得对不起他……”

汤姆王笑眯眯地听着，眼神却变得冷峻凌厉。他哼了一声，意味深长地安慰说：“施博士，再辛苦你一次，坚持完这两天，大家就都解脱了。”

施博士喝了一口闷酒，垂着脑袋点点头。汤姆王又叮嘱他：“贾庭西要是问起来，你被骗的事都有谁知道，你可得注意，不要犹豫，就说只想着跟他汇报，别人一概没说过……”

施博士机械地答应着，汤姆王不放心，忍不住再次强调：“切记！千万不能节外生枝……还有，收拾好护照行李，咱们随时会出发。随时！明白吗？”

第二天上午，贾庭西一言不发听着施博士的叙述，鹰隼一样的目光在施博士脸上、身上，身边的空气中来回扫荡，仿佛能从中捕捉到意料之外的线索。

“你怎么断定他们是古法派一伙儿？”贾庭西没有追问更多的细节，而是问出了一个施博士没有深入思索过的问题。

“我猜的……”施博士冷汗直冒，在贾庭西的注视下倍受煎熬。虽然有汤姆王事先出谋划策，他仍然觉得心虚，唯恐一言不慎牵连出两人的筹谋。他走过去推开窗户，让外面的凉风透进来使自己冷静下来，不要乱了阵脚。“他们对咱们的情况了如指掌，居然连卡慕玛旎都查出来了，说明事先下了一番功夫。除了千层锦他们，还有谁有这份心思，有这种能耐？”

贾庭西长时间不说话，施博士浑身不自在，绞尽脑汁要让自己的推断更合理，更有说服力：“他们肯这么花功夫，舍得下力气，却不骗我个人的钱财，说明是奔着公司来的……”

“你的工作内容他们知道了吗？”贾庭西打断了施博士的解释。

“应该不知道。”

“有良那边的事呢？”

施博士愣了一下，觉得自己说得越少越不容易出纰漏：“不知道吧？他们没说，也没主动问。”

“费事！”贾庭西拍了下桌子，齿缝里挤出两个字，语气之中颇有些不满和遗憾，好像恼恨古法派的骗子选错了对象似的。施博士不明白他话里的意思，也忍住了没有去问。

贾庭西露出惯有的笑脸，走过来抚着施博士的后背，安慰说：“北方有句歇后语怎么说来，‘癞蛤蟆爬脚面，不咬人膈应人。’哈哈，一群宵小之徒，犯不上跟他们计较，你就当被一群狗吓了一回。”

施博士连连答应，心里热乎乎的，要不是有汤姆王先前的嘱咐，就要将所有实情和盘托出了。

贾庭西笑得更灿烂，忽然随口问道：“这事汤姆怎么看？”

施博士吓了一跳，不禁从心底佩服汤姆王的先见之明，慌忙说：“事一出我别扭了一晚上，琢磨有没有破绽露出来，脑袋一团乱，什么都没顾上。今天醒了就想着早点儿跟你汇报，别人还没来得及告诉。要问问汤姆的意见吗？”

“先不用。”

正在这时，门一开，汤姆王笑容满面地走进来，问道：“什么事要问我的意见？”

贾庭西脸色一变，紧接着就呵呵笑起来：“咱们的施博士被人骗了，哈哈！你是卡慕玛旎的总经理，理应最先知道，我正问他跟没跟你说过。”

“这可新鲜！咱们就是专业干这个的，怎么，遇上同行砸场子来了？不会是老贾你招来的那几个骗子吧？”

“施博士也这么认为。”

汤姆王倒吸了口凉气：“那可不好对付，施博士被人盯上，只怕对公司不利啊！万一业务被他们搅了，可就坏了大事了！”

贾庭西冷冷一笑：“谅他们也没那么大能耐！”

汤姆王沉思片刻抬起胖脸来，问施博士：“保险起见，施博士你还是多加小心，避一避的好，你觉得呢？”

“怎么避？”

“出去躲两天。正好香港那边服务器总出问题，你顺便过去看看……就怕骗子今天只是试探，后面还有更龌龊的手段。”

施博士不知该怎么应答，转脸看着贾庭西。贾庭西背着手在屋里走了两趟，心中计议已定，斩钉截铁地说：“不必！”

施博士心中顿感失落，隐隐的恐惧随之而来，贾庭西果然不肯轻易放他们离开。他望着汤姆王，不知道接下来他还有什么对策。只见汤姆王波澜不惊，面带微笑等着贾庭西接下来的解释。

“你说最后的警察给你留了电话，是吧？”贾庭西用手点指着施博士，“你确定没拆穿他，也没让他起疑心？”

施博士忍不住瞟了汤姆王一眼，坚定地说：“直到离开，他仍以为我蒙在鼓里。”

贾庭西满脸冷峻之色，说：“好了，我考虑一下，一会儿定下来，你就给他打电话。”

施博士不知道他在想什么对策，也不想去知道，只觉得在这里的每一秒都是煎熬。他解脱似的答应一声，告辞要回自己办公室。汤姆王小跑过去搂住他肩膀，大声开着玩笑：“今天下班我开车护送你吧！以前就叫你别骑单车了，你不听。健身先停几天，安全第一呀！”

薛宾九一直等包老严讲完才缓慢说出一句话："最后留联系方式画蛇添足了。"

包老严笑道："九爷，话赶话赶到那儿了，而且，我也想留个口子，万一施博士没醒攒儿，说不定还有意外收获呢。"

"贪心不足反受其害，你们死鬼师父没教过吗！"薛宾九白了他一眼，接着又冲千层锦骂道："我怎么教你的来，叫他们不要贪功，是你听不懂还是不会说！"

"虚虚实实，真真假假，老严这么做也算不上错。"千层脸一红，想了想，掩饰说。他举起一份打印的表格，脸上兴奋难抑，"九爷，这是几天以来咱们摸到的对方的情况。小妖儿帮我梳理了一下，您老看看？"

薛宾九摆摆手："我不看，直接说你的打算。"

"好嘞！"千层锦在薛宾九对面的沙发上坐下，又招呼包老严也凑过来，说道，"大的策略还是群蜂乱蜇人，让姓贾的首尾难顾，真伪莫辨。他还没看懂咱的路数，弄清咱的目标，咱们已经手到擒来，跟他沙扬娜拉了！"

包老严听得眉飞色舞，笑道："就像麻雀啄食，一有风吹草动，翅子一扑棱，飞走了！再一扑棱，又马上飞回来。人见了去拿网，不等撒出去，地上的谷子已经颗粒不剩，麻雀影子都看不见了。"

"知易行难，谁都不是傻子，叫别人在你画的圈里打转谈何容易。现代欺诈派在这儿经营了这么久，他们真正谋财的道儿，咱们不也一点儿摸不着门吗？这次咱们虎口夺食，有很大运气成分在里面，行不行的只能试着来。"千层锦伸指弹了下手里的打印纸，又说，"目前看，他们开了三处窑儿。一处是咱们去过的驰遍十方，一处是汤姆王和施博士负责的卡慕玛旎，还有一处艺术品公司。"

包老严插了一句："这三家公司风马牛不相及，不知道贾庭西在搞什么鬼。"

千层锦说：“这不是咱们需要关心的！他三家公司也好，四家五家也好，咱们一个都不放过，搅它个眼花缭乱，头昏脑涨，只要试得出钱的道儿就算是咱们的本事。”

包老严跃跃欲试，忍不住问道：“具体怎么干？”

千层锦看了一眼薛宾九，见他脸色平和，并没有鄙夷或者愤怒的神色，心里更为踏实，说道：“贾庭西狂傲不逊，咄咄逼人。据孩子们报上来的消息，他开豪车，出入高档会所，在酒店包了套房住，不像其他几个租别墅租公寓。他狂是有理由的，他的狡诈多端咱们领教过了，确实非同一般，最难对付。其次是露丝鲍，那个女的。她最受贾庭西信任，可能替他管着财务大权。”

“那找她下手岂不是最对症，不用再费别的事了？”

千层锦连连摆手，否定了包老严：“她跟贾庭西形影不离却不是情人关系，能让贾庭西信任有加，必然有她独特的长处。这样的女人往往极其冷静坚定，可不像看上去那样放浪随性。”

包老严若有所悟地点点头。薛宾九也赞许地“嗯”了一声。千层锦见了心花怒放。

“这个是施博士，老严刚打过交道，相对容易下手些，可惜技术出身，公司的事他说了不算。他上面还有个汤姆王，卡慕玛旎总经理。”千层锦一边说一边在照片上点指着，“这个人胖脸含笑，一看就是有城府的。一般来说，这种人多疑心狠不容易对付，但是，只要找到他身上的弱点，也不是不能降伏。”

包老严问道：“现在咱们知道的五个副总，对得上的有三个。少两个，熊野牛和鲜有良，多出来一个胡东行，不知道是不是他们一伙儿的？”

千层锦翻到最后一张照片，端详了一阵，说：“这个胡东行，那天吃饭我见过，就是他们的人！估计是用了化名，不知道是熊野牛和鲜有良之中哪一个。这个人十分谨慎低调，得去会一会才知道怎么对付。”

包老严笑道：“总公司子公司，两处任职，名字也用两个，果然谨慎得可以。”

“这几个人各有特点，咱们就要用不同的圈套对付他们，同时也要小心规避咱们自己的软肋，不要反中了别人的算计……”

千层锦还没说完，包老严的手机突然响起来，还伴着震动。

“谁呀？”包老严第一反应是儿子，摸起手机一看却大失所望，等看清了来电备注，又烫着似的紧张得结巴起来，“是、是……施博士！”

“啊？”千层锦霍地站起身，凑过去看。

包老严看着他，紧张地问：“要不要接？”

千层锦当机立断：“接！”

“好……”包老严走开几步，稳了下心神，说道，“喂。”

电话那头果然是分别不久的施博士，他用略显迟疑的冷静声音说：“拖警官吗？我有新问题想要咨询，不知道你方不方便下午两点，到犹怜小筑来一趟？那儿附近有个水边凉亭，咱们不见不散。”

“好，下午见。”包老严挂了电话，仍捂着听筒一端，唯恐自己的声音会传到那边去，“怎么办，他约我见面，见不见？”

“不去！”千层锦仍是十分果断，“你想想，一晚上了，他能琢磨不出你是假警察吗？就算他当局者迷，他身边的人可一个个都是人精！这是直钩钓鱼，摆明了要报复咱们。”

包老严琢磨了一会儿，却有自己的想法：“我倒觉得去一趟未尝不可，他既然跟咱们揣着明白装糊涂，我就给他来个将计就计。那个施博士根本不是我的对手，只会让我骗走更多信息，他从我这得到的却只有圈套。”

千层锦皱着眉摇摇头：“就怕人家根本不跟你废话，上来就要胳膊根。”

包老严笑道：“就他们有人吗？咱们也不是吃素的！叫三路暗中保

护我，给他来个黄雀在后，杀杀姓贾的威风！”

千层锦低着头盘算半晌，脸上露出一抹喜色：“也是个办法……从他们出什么招，能掂出施博士和他那个公司的分量。如果是小打小闹，说明这一处无关紧要，贾庭西不在乎或者都没让他知道。如果急了眼拼命，就说明这是他们的心口肉，不想别人打它的主意，要吓走咱们。”

包老严连连点头：“是这个理儿！”

千层锦向薛宾九跟前凑了凑，问道：“九爷，您老觉得呢？”

薛宾九哼了一声，说：“我还是那句话，贪心不足反受其害。你们要是有自己的主意，就不用问我的意见。”

千层锦笑道：“九爷，事在人为，只要咱们想得周全，就不怕别人耍心眼儿。”

包老严也在一旁劝道：“不入虎穴焉得虎子，为了知己知彼，冒一冒险值得！”

薛宾九瞪起眼睛，问他们：“你们想过没有，如果是贾庭西在后面坐镇，他肯让你得了便宜去吗？以他的为人，他会使什么样的手段？”

千层锦豁然醒悟：“借刀杀人！”他猛地站起身来，在屋里来回溜达。

薛宾九皱起眉头，用手指着他，不紧不慢地说：“叫你徒弟去找条狗……”

包老严大惑不解：“找狗干吗？”

薛宾九笑了笑：“对付打手有沙三路他们，应付警察就得指着狗。”

包老严问道：“你是说他们会陷害我，让我被警察抓？”

千层锦飞速转动着脑筋，说道：“嗯，不能不防着贾庭西使这种阴损的招数。”边说边拨打手机。

电话接通了，薛宾九不耐烦地听了几句，点手接了过来，吩咐沙三路说：“找条狗，理解起来这么费劲吗？……不是土狗，宠物狗！干什么就别问了……再查一查犹怜小筑在哪儿，两点之前，到附近的小区门口，马路边上贴寻狗启事，就找你找的那条。”

千层锦瞬间明白了他的用意，凑过去向手机里喊道：“然后把狗交给老严，你多带几个人跟着，暗中保护不能叫他吃了亏，明白吗？”

解知略接到未知号码来电的时候，他正跟着志愿者在卢萨卡小镇做宣传。

志愿者队伍又壮大了，新加入的大学生加上季曾诗、殷棠离、小攀他们足有七八个人。赵倚梦意气风发，领着大家布置场地。她能说爱笑，天生的领导天分，事情安排得井井有条，每个人都心悦诚服。季曾诗体格壮健又练过散打，有的是力气，性子却内向得很，在女朋友的指挥下忙得团团转，搬东挪西任劳任怨。两个人性格反差犹如磁石两极，凑在一起格外有喜感，让人看在眼里总忍不住想笑。

场面布置完了，情况比预想的要好，因为没有倔强的老头捣乱。也比预想的要差，因为没有倔强的老头捣乱，仅此而已。

解知略却很知足，他总结说：“不错，咱们用身边的案子举例，生动活泼多了！就算来听讲的是走马观花，总比转头就走强。”

这时，他的手机响了，“未知号码”四个字一下刺中了他的神经。果然，还是那个中年男子的声音：“解警官吗？我要报案。”语调之中揶揄之情表露无遗，让人听了心生反感。

解知略说：“在哪儿？什么案？”

那个声音调侃说：“不要着急，还不到时间。今天下午两点，犹怜小筑可能会有凶案发生，不知解警官有没有兴趣和空暇来确认一下？”

解知略设想过许多回再次接到这个未知来电时的情景，却从没想到会是这种形式的杀人预告。

“河边新建的石舫那里？”

“我对地理不太熟，没有可补充说明的。”

解知略呵呵一笑，忽然话题一转，问道：“上次你报的案子也没有要补充的吗？”

手机那边出现了短暂的沉默，能想象得出，他被这个猝不及防的提问惊到了，片刻之后才悠然说道：“解警官一定有了不起的发现。”

解知略的心里早就反复推敲过那个案子的细节和逻辑，自己的亲身见闻，卫济风的协助调查以及办案民警的侦办反馈结合起来，足以生成对“报案人”的初步推断，他要在本人那里得到进一步的确认。

“那天你打来电话的时候，案件已经发生了，这一点可以从法医给出的死亡时间上得到证明，所以，无论我以多快的速度赶过去结果都是一样的。”

那个声音嘲笑说：“真是不幸。”

解知略不理会他的阴阳怪气，继续说：“死者的手机摔坏了，但是从电信运营商那里可以查到她的通话记录。在她出事前，有人一直在给她打电话，最后一次直到她坠楼才中断。”

那边继续传来讥讽的笑声：“真有意思。”

“死者是个会计，被人在网上假冒公司领导骗走了公款。骗子得手之后并没有一走了之，而是丧尽天良，冒充公检法打电话恐吓她，直到把她逼死为止。这不免让人在痛骂骗子毫无人性之余心生疑问，何必非要多此一举？”

那个声音油腔滑调地说：“这是解警官你猜的吧！你听到通话内容了？”

“没人能再现当时的对话，不过拜大数据和人工智能所赐，在她家里的网络上出现了有关公检法的商品推荐。”

“这能说明什么？”

解知略心里发出一声苦笑，说道：“说明她生前曾搜索过公检法这几个字！这是她最后的怀疑和挣扎，只是最终没有战胜骗子的恶毒和狡诈。”

那边不由得赞叹一声：“真仔细啊！解警官，我们需要您这样业务精湛的警察。可是，对于一个热心报案人来说，并不需要知道这些。”

解知略哈哈一笑，说：“对于一个挑衅国家法律的幕后主使来说，他需要知道的还远远不够。”

那个声音同样哈哈一笑：“这话我听不太懂。”

“上面的证据能推理出一个事实，有人为了不可告人的目的，指使同伙害死了一个无辜的人，在确认她出事之后给我打了报案电话。这个人根本不是热心的报案人，恰恰相反，是这一切的主谋，诈骗和谋杀的元凶，这个人就是你！”

解知略的这番话有显而易见的推论也有尚不确定的猜测，他要等待对面的人给他一个答案。无论对方狡辩还是敷衍，他都能得到进一步的分析和判断。

那个声音长笑了一阵，傲慢而自负地坦承说：“解警官，我佩服你！不过，没有什么不可告人的，我的目标就是你！都说解警官出手如神，我却有些不服，想跟你小小打个赌。”

解知略没想到对方竟丝毫不加掩饰，如此狂妄实属少见：“赌什么？”

“赌你出手并不如神，半个月内我还是报案人，而你，要么仍是疲于奔命，要么低头服输，自愿放弃。”

解知略怒气上冲，胸中一团热火翻滚，脱口说道：“好，我跟你赌了！赌注是什么？”

“我输了，带着违法所得和一众帮凶找你自首。你要是输了，很简单，只要脱了那身警服，再不与我们行业为难就行了。”

解知略早料到反诈志愿者活动损害骗子的利益，会成为他们的眼中钉，没想到对手这么快就找上门来，还是如此猖狂的挑衅方式。

“一言为定，报上你的大名吧！”

“你会知道的……解警官，不要忘了下午的约定哦，再会。”

志愿者们听出了来电的不同寻常，纷纷围过来询问。解知略看着他们关切的眼神，不禁有了一丝隐忧：骗子们穷凶极恶，要是盯上志愿者暗中报复，自己该怎么保护他们？

“有骗子团伙儿来挑衅，别的先不管，咱们一定先保证人身安全。”解知略挨个看过去，又说，“小赵，我建议以后不管什么活动，咱们尽量共同出入，不要单独行动，你觉得呢？”

赵倚梦郑重地点点头，嘱咐说：“好，以后大家都在群里听我指挥，在学校里集合好了统一出发，回也结伴而行。有事脱队一定提前打招呼，大家都没意见吧？”她拉过男友季曾诗，又吩咐说，“接下来咱们尽量发展一些男同学进来，尤其是这种能打抗揍的，保护咱们志愿者队伍。”

众人听了都紧张起来，似乎危险已经潜藏在不远处，准备尾随窥探，随时发起偷袭。

解知略说了电话打赌和杀人预告的事，大家听了又气又笑，不敢相信居然有这么大胆的骗子。

“不会是骗人的吧？第一次，他是知道出事了才来报的案，顶多算有逼死人的能耐。这次呢，居然定好了时间骗人去死，他哪来那么大本事？只怕就是场恶作剧，故意捉弄解哥你的。”

解知略沉思过后说道：“他的目的是逼咱们知难而退，那种人为了暴利无恶不作，一条人命在他看来不过是恶作剧，问题是，咱们能同样看待吗？”

众人听了深有感触，季曾诗说：“解哥，我跟你去看看。”

解知略笑道：“有专业的，咱们何必冒险呢。犹怜小筑辖区派出所问问就知道了，他们不可能不管，我现在就打电话。”

不到二十分钟，解知略就联系完了，说那边会派几个便衣提前过去，以防万一，大家听了都松了一口气。

赵倚梦问：“知了哥，警察去了万无一失，你是不是也不用去了？”

解知略说：“既然打了赌，我哪能不去。那个神秘报案人如此有恃无恐，一定是觉得自己诡计多端不会留下捉住他的痕迹，我偏偏不信这个邪！”

小攀忽然笑着说：“解哥，你带上我吧？”

解知略不假思索地拒绝了：“不行不行！情况不明，危险未知，你们谁都不准去。”

下午一点左右，解知略就来到了神秘报案人所说的地点。一条宽河从望不见之处而来，又向望不见之处而去，一路蜿蜒穿城而过，直至注入大海。犹怜小筑就是临河修建的石舫，用一段曲折水廊连接到岸上，树木掩映之下飞檐翘脊隐约可见，别有一番风味。只是刚修建完工尚未内部装饰，因此既没有游客也没有工人，空荡荡的格外冷清。

不远处有个公交站候车亭，解知略走过去在长椅上坐下，若无其事地观察着周围的动静。时间一分一秒地过去，石舫岸边来往的行人渐渐多了起来。有四个在附近徘徊的男子引起了解知略的注意，他们形貌普通，年岁各异，看上去跟旁人没什么两样，但是解知略凭经验能判断出这是前来布防的警察。

一辆公交车行驶入站，卸下几个人又开走了。乘客们各自散去，一个明亮少女突然出现在解知略面前，得意扬扬地笑道：“解哥！”原来是小攀。

“你怎么来了？”解知略又惊又喜。

“先别骂人，我有说服你的理由。”小攀挨着他坐下，左右望了望，神秘兮兮地说，“解哥，你知道神秘报案人在哪儿吗？”

解知略有些惊疑地看着她：“你知道？”

“我记得你提过，咱们遇见的那几个诈骗案，网络和电话的线索都指向国外，上次的坠楼案也不例外。”

“是的，但是这个报案人精心选了本地的案子挑衅打赌，说明至少他对这里很熟悉，甚至就在本地坐镇指挥。”

“我想过了，上次的坠楼案加上这次的杀人预告，总共涉及两处地点。这两处可都是骗子们指定的，就算不是同一个人所选，也可以把他们当作一个整体来看待。”小攀会心一笑，掏出手机打开了地图软件，“一般来说，干坏事的人不会在自己老巢附近选犯罪地点，那是他的势力范围，安全区，不希望外人侵入，尤其对警察有抵触情绪。也不会选在完全陌生的地方，因为那里不熟悉，没有掌控感。所以……”

小攀在慈善大厦和犹怜小筑之间连了一条直线，解知略接下去说道：“所以，骗子团伙儿就在距离这两点不远不近的某个地方。”

“对！”小攀兴奋地笑起来，指着画线旁边的大片区域，“说不定就是祥从区某个意想不到的高楼大厦里。”

“想不到你对犯罪心理学还有研究。”

“我哪懂什么心理学，就是瞎琢磨。解哥你肯定早就想出来了，我不过是想跟你证明，有我跟着不是一无是处。”

解知略哈哈大笑：“反正来都来了，我也不能赶你走！不过，只许在这儿看着，不能往危险的地方冲。”

小攀喜出望外：“好，我答应你！”

一点四十了，路上依旧太平。一辆小型卡车缓缓驶来，停在路边的花池旁。车上跳下几个身穿劳保服的男人，皮肤黝黑，身体健壮，手上拎着铁锹，戴着白线手套。他们走到堤岸边坐下，打开一兜包子开始吃午饭，看着像是园林绿化的工人。

解知略这才注意到，他们坐的堤岸之下，临水立着一座八角凉亭，跟自己所在的候车亭隔着犹怜小筑相望。怪不得这个公交站也修成古典建筑模样，原来是设计者追求的和谐美学。

差十分两点了，报案人预告的凶杀案会准时到来吗？解知略心里隐隐觉得紧张。这时，他忽然发现，原本没人的八角凉亭走进去一个中年男人，肩上挂着圆筒形的运动包，正四处张望，像是在等人。

解知略心中一动，一个念头跃然而出：那个凉亭不会才是案发现场吧？神秘报案人故布疑阵，犹怜小筑不过是扰乱视线的烟幕弹？

“你在这儿等着，我过去看看。”他随即对小攀说。时间紧迫不容假设，必须当机立断，他快步向凉亭走去。有个年轻便衣见他可疑，快步跟了上来，解知略怕他误会，小声解释说：“刑侦队的，是我给你们所打的电话。”那个警察一愣之后马上会意，装作跑步躲开了。

解知略走过那群园林工人身边时，觉得他们在偷偷注视自己，眼中尽是警惕、犹疑神色。他回看了一眼，那几个人又都低下头继续啃包子了。

他们会不会是两点定时现身的凶手？解知略带着疑问信步走进凉亭，冲包老严点点头，微笑说：“等人啊？”

包老严慌忙笑道：“是啊，解警官，我在等人。”心中不免吃惊，暗想，贾庭西果然骗了警察来！不过这阴谋诡计未免太小儿科了，只是简单盘问能掀起什么风浪？

“你认识我？你是这附近的？”

“认识，见过你一面。”包老严加着小心，同时心里更加钦佩薛老祖料事如神，计谋过人，“我不是这附近的，我是跟人约了在这见面。”

“会朋友吗？”

“不是，是拾金不昧。”

解知略听得一头雾水：“什么？”

包老严从口袋里取出一张叠得皱皱巴巴的纸，展开之后在腿上擀平整了伸手递过来：“看，有人把狗丢了。”

解知略接过那张纸，看着上面诙谐的文字，差点儿笑出声。

只见那上面写着：“寻狗启事。今丢失爱犬一条，血统纯正，长相俊美，有未开美颜照为证，见下图。爱犬于我情若骨肉，须臾不见痛不欲生。如有拾到者请速归还，必有重谢。酬金五千现款已备，绝不食言。”

“写得挺有意思。”解知略点了点头。

“是是。”包老严心中暗笑，这指不定是沙三路从网上什么地方抄的，“就是看不太懂，不过酬金五千我明白，所以我就来了。”

“你来了有什么用？”

“我把狗带来了。”包老严说着拉开了运动包的拉链，里面果然露出一只小狗的脑袋。

“哦，原来你捡着了。”

“哪儿啊！一千八，不便宜呢！”

解知略一听就觉得有问题，他一边注意着周围的动静，一边问：“你是被人骗了吧？是不是有人主动把狗卖给你的？”

“不是，我看到启事之后也没当回事。遛弯的时候看见有人拖了这条狗在街上走，一眼就能看出来，狗不是他亲生的——嗐，不是亲喂的！特别认生，根本不跟他走。”包老严指着启事上狗的照片，又说，“我当时就想到了它！你看，特别好认，这有块明显的图案，天生的造不了假。”

解知略哭笑不得：“然后你就买下来了？”

“本来想说他偷我的，又怕他不认。只好说我喜欢，让他转让给了我。五千刨去一千八，能挣三千多，还落个助人为乐，拾金不昧，值得！”

“你是被人做局骗了！”解知略倍感失落，原来这人只是贪小便宜上了当的闲人，闯入这里不过是个巧合，“你和启事上的电话联系了？在这儿见面？”

包老严固执地点点头：“对，下午两点，不见不散，他说准来！”

解知略看了下时间，马上就要两点。难道自己判断错了，这里不是骗子选定的作案现场？他向犹怜小筑望了一眼，那边只是多了几个说笑的小年轻，这边仍是啃包子的园林工人，一切平静如常。

“你再打一遍电话，肯定接不通了，早点儿去派出所报案吧。”解知略心不在焉地劝着包老严，希望他能尽快离开这是非之地。

没想到这个憨厚得过分的中年人执拗得很，说道："他说了不见不散，这上面也写着绝不食言，怎么会有假？我再等等。"

就在这时，不知道谁的手机闹表响了，一串急促的铃声从犹怜小筑的方向传出来，紧张等待两点杀人预告的众人都瞬间一惊。紧接着在同一个方向爆发出一团呐喊，那几个刚才还在说笑的年轻人突然拔足向犹怜小筑狂奔，口中叫着："时间到了，杀呀！一个活口也别留！"

解知略脑袋"轰"的一声，心里暗叫不好，自己中了报案人的调虎离山计了！这间凉亭如此通透，随便一个可疑的举动都会让人把注意力集中过来。犹怜小筑这个真正的作案现场就有了防范真空，罪犯就可以乘虚而入了。

解知略看了一眼包老严，不由得怀疑他跟神秘报案人是一伙儿的了。他伪装出一副无知受骗的样子，不过是让人掉以轻心，洗脱他自己的嫌疑。

岸上四个便衣警察已经向犹怜小筑追过去，解知略来不及细想也冲出凉亭。刚踏上栈道就看见一个中年男子正迎面而来，那人脸色沉郁，手里抓着一个牛皮纸文件袋，鼓鼓囊囊，露出皱褶了的"证券"二字。

两人错身而过时，解知略问了一句："你是干什么的？"

男子回头淡淡说道："进去歇会儿，抽根烟。"

解知略不再理他，几步跑上岸边坡道，又一次接触到了园林工人躲闪的眼神。他忽然心中一震，暗想，那边有四个人就够了，自己若是也赶过去，谁能保证不是中了第二次调虎离山呢？

正思索间，就听凉亭之中新来的男子大声问道："你是铁木真的儿子，也姓拖吗？"

包老严一愣，说道："不错，是施博士叫你来……"

"来"字还没出口，男子已经变成凶神恶煞的模样，圆瞪着眼睛，从文件袋里抽出一把剁骨钢刀，恶狠狠向包老严头上劈去：“我叫你姓拖！”

包老严大惊失色，下意识举胳膊去挡。这一刀正中小臂，他惨叫一声摔倒在地上。

解知略瞬间明白了敌人的诡计，自己最初与最后的判断是对的，凶手就是要在这凉亭里杀人！被害人已经受了重创，只要凶手再趁势补上一刀，两点杀人预告就成真了！

他大喝一声疾冲过去，突然一阵剧烈的眩晕袭来，令他脚下不稳，差点儿扑倒在地上，这是情绪激动导致上次受伤的后遗症犯了。他心里清楚，就算没有这下趔趄，跨越这段距离所需的时间也足够凶手从容施暴，阻止显然来不及了。

没想到男子竟没像他想的那样狂性大发，而是张皇失措地站着，如同刚从梦游中惊醒一样。解知略大感意外，一脚将他踹翻，扭着胳膊压在地上。

“别动，警察！”解知略抽出随身装着的尼龙扎带，将他两个大拇指勒在一起，迅速站起身来。他偷眼去看包老严，见他虽是血流不止，却没伤及要害，应该没有性命之虞。他有预感，神秘报案人的诡计不会就此结束。果不其然，只听岸上高声咒骂，那几个园林工人擎着铁锹气势汹汹地扑过来。看架势，非要置人于死地才肯罢休。与此同时，远处人影晃动，是小攀听见了动静正向这边飞跑。

形势骤然变得紧张、混乱，解知略心中一片茫然，自己一个人该如何对付这么多持械的暴徒？若是伤及小攀，自己可是悔恨无地了。

就在他一愣神的工夫，令人意想不到的事情发生了。包老严突然不顾疼痛，挣扎着爬起身来，向亭外飞奔而去，和园林工人迎面相会。激烈交流了几个简短的字句之后，那几个工人向凉亭怒视了两眼，飞快架起他抬上卡车，一顿油门逃得影儿都看不见了。

小攀脸色煞白，气喘吁吁地跑过来，看见地上狼藉的血迹，神色更加难看。她问道："解哥，人……你人没事吧？"

解知略心里充满着各种谜团，他摇摇头，说："我没事，那个逃走的受害人也没大事。"

小攀脸现忸怩，勉强笑出来："没事就好……你不让我冒险，可我从那边看着你，心里照样觉得害怕。"

解知略心里涌上一股热流，正不知道该如何回应，先前说过一句话的年轻便衣急匆匆走进来，问道："有人伤亡吗？"

解知略指了指地上的血迹，笑道："受伤的跑了，杀人预告失算了。犹怜小筑那边什么情况？"

便衣一脸懊丧："别提了，咱们让人涮了一道。那几个小子说是约好了在犹怜小筑打手机游戏，结果他们队有个人迟迟不到，最后踩着点儿来了，为了抢时间才玩儿命跑的。明显是提前编好的说辞，肯定受了指使！已经带回去询问了。"

解知略开始有些佩服神秘报案人了，这个小把戏，就算明知是假的也不好彻底揭穿它。如果那几个小子一口咬定是打游戏，时间地点和杀人预告里一致纯属巧合，还真拿他们没办法，而且，很难找到神秘报案人幕后操纵的明证。

这个行凶男子又是什么情况呢，会不会是另一个抓不住把柄的诡计？

想到这儿，解知略竟莫名觉得亢奋，仿佛看到未曾谋面的对手在狡诈丛林中冷笑，自己只有穿过层层陷阱才能追捕到他。

"你是怎么回事，说说吧！"

男子自从被抓就木然枯坐，眼神凝在半空像失去了灵魂，对任何动静都漠不关心。这时听见有人询问，慢慢醒过神来，莫名的委屈瞬间击溃了他的精神，他来回看着亭里的三个人，突然肆无忌惮地号啕大哭起来。

第五章

苦肉计与野狗理论

“行了！”年轻的便衣警察捡起那把剁骨刀，重新装进文件袋里，随后嫌弃地把男子拉起来，“杀人还有理了！”

“他骗得我倾家荡产，杀了他就是天理！”男子突然止住悲声，眼中重又放出凶狠的光来。

便衣一愣，没想到男子会有这么激烈的反应，谨慎起见，他把装刀的纸袋悄然移到了身后。“不管他干了什么，你都没有杀人的资格！”他偶然向亭外一瞥，不禁皱了皱眉。

原先怕被殃及，远远躲着观望的路人，这时见事态稳定了都纷纷围拢过来，想一睹杀人犯的真容。一个个翘首企足，挤得栈道和水边密密匝匝，都是好奇的嘴巴和探求的眼睛。

年轻便衣不想再做无谓的争论，命令男子：“走，有什么事所里说去！”

解知略拦住了他：“能不能先在这儿简单问问？一走流程我就不方便干涉了。”

便衣明白他的苦衷，想了想点点头同意了。

解知略连声致谢，随即向男子问道："你炒的是股票、期货还是基金？"

小攀和便衣都是一愣，不明白他为什么不单刀直入，询问姓名、身份和杀人动机，而是绕个圈子问些并不紧要的问题。男子也用疑惑的眼神望着他，迟疑了一下，说道："股票。"

"网上被骗的是不是？"

男子更加惊讶："是。"

解知略紧追不舍地问他："刚才被你砍伤的那个人，跟你从没见过面，对吗？"

"对。"

"那你是怎么准确无误地找到他，分秒不差地行凶的？你就不怕杀错了人！"

男子被他凌厉的气势吓住了，支支吾吾一时说不出话来。解知略冷笑道："一定是有人告诉了你时间和地点，让你来作案，是不是？"

"是，是。"男子畏惧地向后缩了一小步，战战兢兢地自语着，"不可能错的……"

解知略乘胜追击，喝问道："那个幕后主使是谁？"

"什么？"男子迷惘地问。

"是谁指使你来杀人的？"

"就是他自己。"

这次该解知略惊诧莫名了："他跟你约定了时间和地点，让你用刀来砍他？"

男子点点头，又扭过身子："我口袋里有手机，不信你看。炒股群里有他的消息，定好了下午两点在犹怜小筑做个了断，还说大丈夫坐不改姓，就是铁木真的儿子那个'拖'。"

解知略瞬间领悟了神秘报案人的诡计，行凶的男子和逃走的伤者都是被他的骗局蛊惑，在同样的时机现身，只是一个受挑拨，成了凶手，一个被愚弄，做了待宰羔羊。

解知略觉得自己遇上了前所未有的劲敌，如果自己也跑去了犹怜小筑，男子又是个心狠的，那个跑了的受害人就不仅是伤一条胳膊了，杀人预告很可能就会成真！想到这儿，他不寒而栗。

旁听的便衣却彻底蒙了，这都是什么乱七八糟的，骗子约了受害人来报复自己？他忍不住说道："行了行了，从头说！你叫什么名字，是本地人吗？"

"我叫邵乐仁，是本地的。"男子从高度紧张中解脱出来，觉得疲惫不堪，垂头丧气地回答。他不情愿地在痛苦过往中回溯，寻找悲伤的起点，最后发出一声深深的叹息，"我早该发现那是个套儿的，我……唉！"

解知略没说话，等着他从懊悔的泥淖里慢慢挣扎出来。

"我让四条短信给骗了，从头到尾我就没说一句话，没回一个字，全部身家就全搭进去了……"说到这，邵乐仁自嘲地笑了笑，接着又是一声叹息。

围观的人们被他吸引了，都好奇地等待着，大气也不敢出，唯恐错过接下来的奇闻。小小凉亭仿佛被无形的屏障从都市喧嚣里隔绝了，静得只有大自然的风声水声。

"说什么？听不清！"离得远的看客不知底细，焦躁地喊着，却没人愿意理他。

邵乐仁自顾自回想，说："一个多月前，我收到了一条短信，是个陌生号码发来的。一上来就叫二哥，说他是峰进，那个事他问了，办不成。我一看是发错的就没有理会，短信也随手删了，结果紧接着又收到第二条，我一看就被吸引了。"

便衣掏出邵乐仁口袋里的手机，在他的指点下解开密码，翻出一条信息，递给解知略。只见上面写着："二哥，实在对不住，不是我舍不得，是人家有规定，不让随便加人。你想，他是余总舵主爱徒，每只股票都精心运作，至少要翻好几番，背景很复杂的，能不慎重吗！人多嘴杂，泄露天机怎么办？后果不堪设想啊，是要吃牢饭的，你明白吗！”

解知略问：“你是专职炒股的？”

邵乐仁说：“一开始是业余爱好，后来赶上一波行情挣了点儿钱就辞职在家专业炒。这几年有赔有赚，发财无望糊口勉强，也想过干点儿别的，都没有坐在电脑前面等开盘那种心跳加速的感觉，就放弃了。有人研究过，赌博对人体分泌多巴胺的刺激程度比毒品都强，而投资是赌博的最高境界，我想我就是患上依赖症了。”

便衣讽刺地笑了笑，说：“这条短信好像也没什么。”

“怎么没有？余总舵主的徒弟，内幕，庄股，内部交流群！”

“你就跟这个号联系了？”

“我也没那么傻，还有第三条，你往上翻。”

便衣笑道：“难为你这些东西都留着，这条是吧？”他一眼扫完又递给解知略。

短信内容仍是一长串文字：“二哥，你不回信是生气了吗？哎呀，算了算了，我死说活说终于求下一个名额，你加吧。切记，千万别再告诉别人，亲戚也不行。在群里也别乱说话，别催别问，要是让老师不高兴，把我连带踢出去就得不偿失了。这是群号，就说是我推荐的。”

解知略笑道：“这条不太高明。”

邵乐仁脸上一红，说道：“嗯，不过说实话，这个诱惑力实在太大了！我也想翻几番，也想自己买到的股票不停涨停，或者涨个不停。当时心里挺煎熬的，既想挣钱又怕上当，就在我犯嘀咕的时候，最后一条短信来了，直接扭转了我心理的平衡。嗯，就是这个。”

第四条内容很简单，是：“我去，发错了！哥们儿，拜托就当没看见，我是骗子，快删。”

解知略会心一笑，说：“有意思。”

邵乐仁强忍着懊悔带来的悲伤，继续说：“我终于没忍住，试着加了那个群。我给自己的理由是，如果被拒绝了，说明短信说的是真的，如果毫不费力通过了，那就说明是骗局，我退群顺便举报他们也就是了，结果……”

“被拒绝了？”

“没有，秒通过。”

“然后你就报警了？”

“没有，我存着侥幸，想看看再说。”

解知略忽然灵机一动，附在小攀耳边嘱咐了两句，小攀躲到一边打电话去了。

邵乐仁又说：“发短信的骗子也在群里，昵称就是‘峰进’。他在群里不说话，跟死人一样。我也没声张，就想潜水观望，反正钱又不在群里，不会有什么损失。而且，群里那么多人，我不显山不露水，有什么要紧？”

解知略舒了一口气：“后面的事就可想而知了，你买了群里的推荐股就此套牢，因为他们是托儿，骗群里人接盘，帮别人出货，对不对？”

邵乐仁长叹一声：“要是那样就好了，只要股票在总有回本的一天。现在的问题是，我的一百四十万全打了水漂，连个水花都没看着。”

“这么多！”“还是有钱！”“我去！”围观的众人感受不一，嬉笑怒骂各有不同。邵乐仁无动于衷，只是深深地叹气。

“群里大概有五六十个人，‘余总舵主爱徒’是讲课的老师，时不时讲解几个案例，传授一些技术。别说，听了之后还真受益匪浅。过了几天，老师开始讲‘干货’，讲‘一般人不告诉的’，说股市上蹿下跳不能保证百分之百赚钱，要懂‘对冲’，让风险最小化，收益最大化，而且，熊市牛市一样稳赚。”

解知略禁不住问：“还有稳赚不赔的好事？”

“你看，你也心动了不是？”

“哈哈，我的投资知识有限，觉得他说的也不无道理，有人不就是用股指期货对冲股票投资风险吗？”

邵乐仁神色黯然：“你跟我当时的想法一样。当别人说的符合你的认知，你就会信任他，也就离被骗不远了。”

“有道理！不怕满不懂，就怕假行家。一瓶子不满半瓶子晃荡，最容易被人忽悠。”

“我就是那半瓶子的！群里说国内股指期货门槛高，不方便，如果想炒可以开设国外账户，不受限制。老师推荐了一家国际认证的机构，说感兴趣的可以试试，还在群里发了客户端软件。当时就有人报名，我忍住了。那以后，群里就没人谈股票了，都是热火朝天地讨论期货，陆续有人发照片贴视频出来，汇报自己的战绩。不是说自己这一把赚了多少多少点，就是今天收获了多少多少万，如何感谢爱徒老师等等。我心痒难耐，看着他们十万二十万地进账，真是夜不能寐，终于一咬牙也参与进去，投了四十万块钱。”

“然后就在那个爱徒老师的指导下全赔了，是不是？”

“我就纳了闷了，同样是听课，为啥别人都挣钱，一到我这儿就倒霉！总踏不准节奏，不到两三天四十万就赔了个底儿掉。有时我就想，怎么我一个股市老手还比不过那些生瓜蛋子，是不是我时运不济，走背字儿啊？”

解知略问：“就你一个赔钱，别人都挣钱？”

“也有赔的，少，三两个，算上我。有赔了的在群里发牢骚，别的学员还劝他，说十万二十万的就当交学费了，技术学到手，挣钱还不是分分钟的事儿，群里挣钱的大佬都是这么一路摔打过来的。我一想也对，豁出去了，砸锅卖铁又续了一百万，心想，只要炒好一两把，别说回本，翻倍都有可能，到时我就收手不干了。结果不到一星期，就……唉！”邵乐仁重重叹了一口气，眼中的神采随着叹息消散了，就像寒风吹灭将尽的余火，整个人看着顿时苍老了十几岁，壮年沉稳之力荡然无存，只剩萧索萎靡。

“家底掏空了，老婆还不知道，孩子照样扑过来喊爸爸。每次面对他们，我心里就多扎了一把刀。我怎么这么傻，干吗什么事都听别人的啊！”他说不下去了，也没有眼泪，只有悲哀。

小攀忽然开口问道：“你就没怀疑过，这从头到尾就是个圈套？”

“怀疑过，不过群里好几十人，有挣钱的有赔钱的，气氛也算融洽，难道他们会合起伙来骗我一个人？”

小攀微微一笑：“恰如你所料，这就是他们的局，坑的就是你一个！或者你们两三个。几十个骗子围着你，用各种花招刺激你，引诱你，直到你上钩为止。什么峰进、讲课老师、赚钱的群员，统统都是骗子，一块儿演戏给你看。目的只有一个，就是让你掏钱。这种骗术古已有之，还有个名字，叫‘群蜂蜇人’。”

邵乐仁不敢相信，手足无措地反驳说：“软件数据可都是实时的，这个做不了假，他们还有国际认证！”

“哈哈，国际认证就是个屁！”围观者中有人笑起来，“只要肯花钱，你说你是外星人都能认证下来！”

解知略说：“想起来了，我好像见过几个案子，跟你差不多，只不过他们炒的是黄金、原油和虚拟货币。套路都一样，只要你掏了钱就注定会全部亏掉。他们给你的客户端都是用国外免费行情软件改的，数据是真的没错，但交易却是假的。就像手机游戏，真金白银进去换到的只是游戏币。你的钱早成了他们的，你的操作就是数字游戏，让你迅速亏掉只是让你服输认栽而已。”

邵乐仁沉默半晌什么都没说，只是深深吁了口气，像是绝望到彻悟后的解脱。“反正到今天这地步，我就恨一个人。我在群里质问该死的峰进，骂他不是人，坑了我的钱。他一直死了似的做缩头乌龟。今天上午却突然跳出来挑衅，说我愿赌不服输不是男人，有本事就两点到犹怜小筑，见面做个了断，还说他姓拖。我那时才反应过来，拖峰进，拖到波峰才买进能不赔钱吗！我越想越气，就拿了家里的斩骨刀来跟他拼命……”

便衣警察见问话告一段落了，就说：“好了，跟我走吧，你被骗和杀人是两件事，得挨个解决。”

邵乐仁凄然一笑：“解决什么，解决得了吗？”

“能不能解决看你怎么配合了。你，还有你说的那个群，都是要调查的对象。”

解知略赔着笑对便衣说：“能不能麻烦再稍等一会儿？我们志愿者里有个软件高手，我想请他看看手机。”

便衣有些为难：“这是证物，要是出了问题可就麻烦了。”

“不会，不动里面任何东西，只是扫描一下，耽误不了几分钟。”

正说着，殷棠离气喘吁吁从人群中挤进来，说道：“解哥，我来了。”

解知略嘿嘿一笑，趁便衣没来得及明确拒绝，从他手里硬拿过手机，飞速塞在殷棠离手里：“要快，别超过十分钟！”

“我试试。”殷棠离倚着栏杆坐下，将带来的笔记本电脑支在腿上，连上手机操作起来。

所有人都看得莫名其妙，不知道新来的年轻人在搞什么名堂。便衣焦急地看看手表又看看殷棠离，唯恐时间久了会有意想不到的事情发生。

殷棠离微锁眉头，目光在屏幕上来回移动，两只手忙个不停。突然，他神色一变，双手也顿住了。便衣慌忙问道：“怎么了？”

“好了！”殷棠离一笑，轻快地合上电脑，把连接手机的数据线拔了下来，“数据我保存了，还得花些时间整理分析。”

所有人都松了一口气，便衣带着邵乐仁离开了。殷棠离望着他们的背影尴尬一笑，有些忐忑地跟解知略说：“解哥，等那个警察把手机交给他们的技术人员，就会发现那个群已经没有了。”

“为什么？”

“你看。”殷棠离重又打开电脑，指着屏幕上一段文字，说道，“这是我保存下来的截图，群里有一条新发的消息，应该是神秘报案人特意给你看的。”

解知略一愣，俯身去看，果然如他所言，有一个对话框孤零零地悬着，格外醒目，里面写着一段话：“今天回到家，煮了点儿螃蟹吃，一边吃蟹一边哭，泪水滴落在碗里，没有知了叫。”

“蟹、知了，哈哈！”解知略开怀大笑，对手并没有因为杀人失败而气急败坏，反倒挑衅起来也充满幽默感，“他发完消息之后就把邵乐仁踢出去了。”

殷棠离点点头：“是的，群没注销就为了留着那条信息给你看！跟踪的数据也中断了，看来他们早有防备，临时做了处理。幸亏咱们抢先一步，抓到些数据，要是我晚来一会儿，恐怕什么都没有了。就是这样一来，刚才那个警察会误以为是我搞坏了，对你心生埋怨。”

“多亏你技术高，下手快，不然连证据都留不下，他该感谢咱们才对。”解知略宽慰他，“这些事你不用管，出了问题我去解释。我就是不敢相信，你真在这几分钟里黑进去了？”

“还黑进去不止一个，放心，数据包抓取回来了，等我整理出来发给你。”殷棠离有些扬扬得意，“来的时候我还担心，专门骗人的会格外小心，没想到也都是一群‘肉鸡’，手机电脑都跟敞着门似的。”

小攀笑道：“恐怕神秘报案人不会想到解哥出手这么快。”

解知略连叹侥幸，知道殷棠离要找个能充电有网络的地方分析数据，就让他回了学校。

围观的众人见热闹收场了也陆续散开，有没看明白的互相打听："他们是干什么的，怎么没一块儿逮走？""说是志愿者，什么欺诈协会还是什么委员会，没听清楚。""都被人诈了还管个屁用。""谁知道……瞧个乐儿得了。"

小攀心中不忿，走过去说："大叔大妈，你们听岔了。咱们这片儿叫骗子团伙盯上了，谁吃螃蟹就骗谁。"

"凭啥？"

"我也不知道，刚才那人就是气不过非要吃，结果被骗了一百四十万。"

立刻有人惊慌起来："啊？我家正打算晚上蒸螃蟹，不行，我得赶紧回去。"

也有人将信将疑："骗人的吧？我吃没吃螃蟹他上哪儿知道？挨家楼道里闻味儿去？"

小攀笑嘻嘻地吓唬他："您可以试试，听说骗子就喜欢不信邪的。"

"那，吃赛螃蟹总没事吧？"

"可能会少骗点儿。"

人都走了，凉亭又孤零零冷清下来。小攀踌躇片刻，问道："解哥，你做这些值得吗？"

解知略不解地看着她："什么？"

"你看咱们遇见的这些人，不管是被骗了的还是看热闹的，不过是没人管的可怜人，有必要让你这么劳心费力吗？你一腔热血帮别人，却连个好都落不下，说不定还会被百般挑剔，最后成了恶人。"

解知略哈哈一笑，说："你觉得诈骗分子真正的敌人是谁？是反诈警察还是咱们志愿者？"

"当然是你们警……"小攀马上意识到，绝不会是这么浅显的答案，她脑筋一转，笑道，"坏蛋们骗的不是警察的钱，也不是志愿者的，所以他们的真正敌人是老百姓。"

解知略惊讶地看着她，钦佩地伸出了大拇指："还是你们年轻人厉害！我是最近才想到这个问题，你居然这么早就懂了，还说得这么透彻直接。"

小攀嘲笑他说："你很老吗？"

"反正比你们都大……"解知略凭栏远眺，说道，"你看，万鼓真万大爷脾气火爆，和儿子们处得不如意；吴秋蓬起早贪黑地拼命，却是为了出国当骗子；邵乐仁一肚子侥幸心理，赔了钱不敢告诉家里……"他指着岸上穿梭的车辆和往来的行人，又说，"这就是现实中，在我们周围随处可见，最普普通通的人。各有各的缺点，各有各的苦处，是骗子们虎视眈眈的猎物，也是他们最忌惮的真正敌手。"

小攀沉默了一会儿，说道："我倒觉得他们更怕警察。"

解知略自嘲地笑起来，反问说："你看那个神秘报案人怕我吗？要不是有手机隔着，他都要跳到我鼻子跟前做鬼脸，吐口水，羞臊我了！"

小攀忍不住笑起来："小心他只是借刀杀人，利用你，误导你。"

"借刀杀人？杀谁？"

小攀心中一慌，急忙解释："我随便说的，我的意思是，他故意把你引入歧途，让你陷在他制造的骗局里自顾不暇，他的真实企图就瞒天过海，神不知鬼不觉地达到了。"

"有道理。"解知略看了她一眼，越加觉得这个大学生与众不同，自己内心最深处的感悟都想跟她探讨，"知道我为什么执意干反诈吗？诈骗集合了世间所有的罪行，什么样的人性之恶都能在里面找到。欺骗、威胁、侮辱、暴力、残害，无所不用其极。高利贷、卖淫、卖卵、赌博、偷盗、抢劫、绑架、贩毒、杀人，无不与它共生。骗子和他们的帮凶狼群一样肆虐，要将整个社会践踏成弱肉强食的野蛮丛林。我们就是要恢复本来的公平和正义，让相信这个国家的人不泯灭心中的希望。"

小攀若有所思，过了一会儿笑道：“你讲的道理太高大上了，让人听了都有点儿害怕。”

“怕什么？”

“不好说……呵呵，我严重怀疑你是在炫耀自己上过大学，当了警察，胸前别着党徽！”

解知略神情古怪地一笑，说道：“这几天你也看出来了，就算干好事也不是那么容易的。我经常想，咱们这个志愿者活动到底能不能干下去，还能干多久。后来转念一想，难道骗子干得就容易了，他们不也在坚持吗？”

小攀忍俊不禁：“他们哪能跟你比，你是如神出手，别人是伸手必被捉。”

“哈哈，未必。”

“你没有信心吗？”

解知略神色有些凝重：“还不够。不过，咱们有个关键优势，天然的，就是人们最终会站在咱们这一边，绝不会站在骗子那一边。只要咱们足够坚韧，就必将立于不败之地。”

还不到下班，汤姆王就早早来到施博士的办公室等着。“老贾叫人把姓拖的假警察砍了。”他脸上挂着冷笑，有些幸灾乐祸的意味。

“会暴露吗？”施博士惊讶地从忙碌中抬起头来。

“他做事你还担心？估计又是让熊野牛从国外业务里找的倒霉蛋替死鬼，还把姓解的警察拉进去了！他玩得越来越花哨，是真不怕哪天玩脱了手，引火烧身啊！”

施博士有些紧张地说：“他到底想干什么，借刀杀人吗？”

“不是！”汤姆王拖长了声调，意味深长地说，“这是杀鸡骇猴。”

“骇哪只猴？”

“让千层锦他们不敢再打卡慕玛旎的主意，还有……就是咱们！”

施博士疑惑地问："我怎么感觉不出这层意思呢？"

"那是你一直把他当好人！砍人的事，他事先跟你提了吗？根本不是替你出气，分明就是杀人立威。"

施博士不说话了。汤姆王也不再继续讨论，抬手腕看了看表，笑道："差不多了吧？我送你下班。"

"差不多了，我从头检查了一遍，可以说无懈可击。"聊到工作，施博士脸上有了些得意的喜色，简单收拾了东西，跟着汤姆王从筐醉大厦离开。他坐在车里揉着眉心，觉得这两天过得异常疲惫，不只是身体上的，更多的是心累。

汤姆王今天格外健谈，东拉西扯，滔滔不绝地聊着天，不知不觉把车开进了一条小巷子。

"走错路了吧？"施博士提醒他。

"嗐！光顾着说话了。没事，前面出去再拐回大路上。"汤姆王小心翼翼地驾驶，躲避着狭窄过道里乱停的车辆和随便放置的垃圾桶。不知从哪儿突然飞来一个黑影，一下落在车前，汤姆王一个急刹停住了，晃得施博士向前猛冲，吓出一身冷汗。

"坏了坏了，轧着东西了！"汤姆王又怕又怒，嘴里骂着脏话。

施博士慌了神，问道："怎么办，下去看看？"

"别急，应该不是人。"汤姆王换上后退挡开始倒车，"看着没，是个枕头。趁着没人赶紧走，回到大路上，省得被人讹。"

刚退了不到十米，就听"咣"的一声，不知又碰上了什么东西。紧接着就有人拍车大喊："会开车吗！下来下来！"

施博士向外一看，只见不知从哪儿钻出来六七个人，霎时将他们团团围住。

"碰瓷的！"施博士神情懊丧地看着汤姆王。

"没事，不就要钱嘛，下去看看，一切听我的。"

施博士忐忑不安地打开车门，绕过车头站在汤姆王身边。那几个人横眉立目地凑上来，说：“眼瞎啊！撞坏了知不知道！”

施博士往车后一瞧，只见车轮旁扔着一个网兜，里面碎着几块张牙舞爪的瓷片，其中之一还带着完整的圆口，应该能凑成一个大花瓶。

汤姆王呵呵一笑，说：“怎么坏的我没瞧见，既然赶上了，没说的，有事好商量。都是行里混的，谁也别蒙谁，哥儿几个出个价吧。”

有个领头的上下看了几眼，伸出两个手指头：“既然这么说了，你给这个数吧。”

汤姆王笑道：“两百？没说的，就当听响也值了，不贵。”

那人怒目而视，骂道：“想什么呢！眼瞎心也瞎啊！二十万，少一毛别想走出去！”

施博士走近了捏起一块瓷片瞧了瞧，冷笑道：“哥们儿，没这么开玩笑的。这瓷器就是没碎也值不了两百，你看这‘大明康熙年制’，不觉得搞笑吗！再说你这断口，都起了黑泥儿了，你说它是刚撞碎的？你这网兜也装不下完整的花瓶吧！两百不少，差不多得了。”

领头的一脚把瓷片踢开，怒道：“谁他妈跟你说碰瓷儿的事，我们说的是人！”

施博士顺着他的指头望去，只见车头前面不知怎么弄的，少了一个不知去向的枕头，多了一个来路不明的死人，一动不动地躺着，就像旁边同样一动不动的轮椅。

“这，这……”施博士突然想到了那天的沙三路，顿时怒气上涌，恨不得立刻就给那人一个嘴巴。但是，理智及时制止了他。

“这什么？”领头的恼羞成怒，抢先翻脸，“你们纯粹是拿老子开心！撞死人不赔钱，天下还有公理吗？揍他，揍他！”

几个人大叫一声一起下手，施博士身上顿时挨了好几下，疼痛难忍。

汤姆王喊道：“停！先别打人！有理不怕说，就算真撞了人，不也得商量着来吗？你们想怎么解决？先说来听听！”

那些人根本不予理会，一边动手一边骂道："去你妈的！就这么解决！"

施博士心中恍然："莫非这些人碰瓷是幌子，就是奔着找事来的……"还没想得明白，脑袋上已经挨了一下，登时耳鸣眼花，什么也顾不上了。

汤姆王仗着身高体壮和他们展开搏斗，几次将施博士从围攻中解救出来。奈何对方人多势众，两边实力太过悬殊，施博士还是一次次从汤姆王的保护下被冲开。拳打脚踢跟能开奖似的，雨点一般落在他身上，他觉得自己就要断成一块一块跌进尘土中去了。

领头的仍不解恨，从身后"刷"的一下拔出一把剁骨刀来，恶狠狠就要向施博士身上劈落。施博士心中一凉，巨大的恐惧几乎要令他晕厥。就在这一刹那，有人突然慌张地大叫："不好了，打出人命了！"

施博士心脏突地一跳，急忙偷眼去看，只见汤姆王正满脸是血倒下去。围着他的人手足无措，散开了一个圈子。

领头的大吃一惊，用刀指着施博士的鼻子恐吓道："今天便宜你！姓施的，不是只有你们会砍人。早晚取你一条胳膊，你记着我的！"说完领着手下仓皇逃走了。

施博士惊魂未定，瘫倒在地上一时无法动弹，只觉得四肢百骸无处不疼，像都错了位。巷子里没了动静，车边只剩一动不动的汤姆王。轮椅和"死人"都跑得无影无踪，连装瓷片的网兜也不见了。

"汤姆，汤姆……"施博士挣扎着挪过去，脑子里一片空白。面对这样的剧变，他不知道该如何应对。打幺幺零吗，还是先打幺二零？他想上网看看别人的经验，搜索用语都组织好了，"朋友被打死了，应该先报警还是先抢救？"又觉得这么写不严谨，应该在"被打死"前面加上"好像"两个字。

手机摸出来了，他又忽然改了主意，决定既不打给幺幺零，也不打给幺二零，而是打给贾庭西。他是公司负责人，一伙人的头儿，有什么事向来都是他说了算，现在找他拿主意，自己就不用费思量了。想到这儿，施博士心里顿时踏实了许多。

他翻出通讯录，正准备拨出去，一只大手伸过来抓住了他的胳膊。“你要干吗？”

施博士目瞪口呆，看着坐起身子瞬间“复活”的汤姆王，竟不知该高兴还是害怕。

“你没死？”

“吓他们的！他妈的，居然要动刀！我一看这还了得，再不出手你就危险了！要不然就凭我的体格，三五个不在话下。”

施博士长出了一口气：“我拖累你了。你没事吧？血还在流。”

“没事，皮外伤。”汤姆王指着他的手机，问道，“你要打给谁？”

“贾庭西……”施博士脸上泛出尴尬神色，解释说，“我看你出事了，不知道该怎么办，就……”

汤姆王一挥手，对这些浑不在意，问道：“知道怎么说吗？”

施博士惊奇地不敢相信：“现在还要给他打吗？”

“就要现在打，打视频电话。”汤姆王挪了挪屁股，倚在车身上，说，“人家要报复你，取你一条胳膊，这里还能待吗？跟他说，到香港避一避。”说完闭上眼睛，露出一副痛苦的表情。

施博士忐忑不安地拨通了贾庭西的视频，回想着刚才的遭遇还心有余悸。

“贾总，我跟汤姆让人给打了。”他总觉得自己在说谎，当贾庭西在手机屏幕上出现时，都不敢去直视他的眼睛。

“怎么回事？”贾庭西一边问一边想，能明显感觉出他的眼睛在随着脑子的转动不住地漂移，“知道对方什么来头吗？”

“就是千层锦那帮人！今天你叫人砍了他们的人，晚上他们就来报复。打得汤姆满脸是血，打得我快走不了道了，还扬言早晚取我一条胳膊！”施博士越说越激动，越说越担惊，声音也不由得大起来，“这儿我待不了了，我要出去避避！”

贾庭西神态忸怩，笑道：“施博士你不用担心，那几个毛贼，谅他们也没那么大胆量！你别上火，先去医院检查一下，保重身体要紧。放心，他们打了你就跟打了我一样，绝不会就这么完了。这样，你发个位置，我马上去看你。”

施博士犹豫了，心里举棋不定。汤姆王冷哼了一声，他立刻惊醒，揉着酸痛难当的肩头，说道：“贾总，与其留下担惊受怕，不如出去安心工作。这里，我实在待不下去了！”

贾庭西皱起了眉头，问道：“汤姆什么意见？”

施博士把手机递到汤姆王面前，汤姆王龇牙咧嘴地挣扎着坐起来，说道：“贾总，我脑袋被人开了，一直犯迷糊。施博士要去哪儿我都没意见，他的担忧是对的，再耽误下去，只怕命都没了！”

“是吗？”贾庭西看着他，嘿嘿嘿地笑起来，“我记得你说过，让施博士去香港，顺带解决服务器问题，对吧？”

汤姆王点点头，脸上绷紧了，眼光也变得凝滞，像冻的铁：“我觉得这是最好的方案，我全程护送，肯定万无一失。你觉得呢？”

施博士觉得两人说话的语气和神情都有些古怪，不像在商量倒像是做交易。

“汤姆，那可辛苦你了。”

“应该的，应该的。”

电话转回施博士这边，贾庭西神色骤然变得阴郁冷峻，似是有许多话想说未说，最后只是简单告别道：“施博士，日久见人心，三思，保重！”之后挂断了通话。

汤姆王的眼中闪过一抹凶狠神色，从地上一跃而起，随之而来的过度兴奋让他脸上的表情都有些扭曲。他捉住施博士的胳膊，一边大笑一边催促着：“哈哈！成了！快快，快走！”

施博士身不由己坐回车里，疑惑地一直盯着他看。汤姆王问道：

“带身份证、护照了吗？”

施博士拍了拍座位上的皮包：“上次你说完，我就随身带着。”

“好好！”汤姆王启动了汽车，加大油门飞驰起来。

“就是随身用的东西没收拾，还有平板电脑、笔记本之类，几块手表也没带出来……”

“那都没什么，跟咱们日后的收入比起来，九牛一毛都算不上。哈哈，何必在乎呢！”汤姆王脸上难掩喜悦，眉飞色舞大声说着，“在这之前，咱们先得赶紧出去，提防贾庭西反悔了又使坏。到时木已成舟，他就无计可施了。”

施博士扳下化妆镜查看脸上头上的伤痕肿块，隐隐觉得哪里不对。

“摔破玉笼飞彩凤，顿开金锁走蛟龙。还有两个小时，咱们就自由啦！”

“两个小时出不去吧？我查查最早的机票。”

汤姆王哈哈一笑，说道：“不用查了，机票我早就买完了。”

“直达香港的？”

“不是！澳门。”

“嗯？”施博士大惑不解，“怎么又去澳门？香港不去了？”

汤姆王送来一个深不可测的眼神，笑道：“香港是说给贾庭西听的，多个心眼儿没坏处。澳门离着香港那么近，坐船一个小时就到了，可攻可守。万一天象有变，比如老贾被抓，警察顺藤摸瓜找咱们，还可以随时转去美国、欧洲。哈哈，跟着我你就一百个放心吧！”

施博士从他的话里琢磨出门道来，略带怒气地问道：“汤姆，你说实话，今天这顿打真是古法派那伙儿骗子的报复吗？”

汤姆王一愣，随即纵声大笑：“我的博士欤，不下点儿本钱怎么能发财呢？我不是跟你说了吗，咱们离成功只差一个苦肉计。怎么样，果不其然吧？”

“他们打你也是真下死手吗？我怀疑你流的血都是假的！”施博士

越想越觉得气闷。

汤姆王忍俊不禁地看着他，笑道：“我挨的打是比你轻点，实在是对不住了，等到澳门我给你敬酒赔罪。”

“合着苦肉计就是把我豁出去，你一点儿事没有！这帮人玩儿命打我，是不是你特意嘱咐的？”施博士忽然心中一寒，想到一个可能，“我在他和贾总之间犹豫不决，只怕他早有怨气，这次借机泄愤，是让我识趣些。”

汤姆王的语调低沉下来，说：“我也是迫不得已……你也知道，无论我装成什么惨样，贾庭西都不会相信的。你就不同，根本就不是表演，完全是情感的自然流露，只要贾庭西还有哪怕一丁点儿怜惜之心也会相信你，同意你的要求。”

施博士心中一沉，忽又想起贾庭西的临别赠言。他百感交集，丝毫没有乍脱樊笼的轻快感觉，反倒像穿着棉衣掉进水里，到处都在拽着他下沉，让他疲惫不堪，喘不上气来。他不知该想些什么，往哪个方向去想，最后无奈地叹了口气：“事已至此……但愿这么做不是错的。”

包小严杀气腾腾来到筲醉大厦，没想到正遇见露丝鲍踩着高跟鞋进来。他没说话，跟着进了电梯，气鼓鼓不去理她。露丝鲍旁若无人照着化妆镜，又弯起腿来整理鞋子。一头秀发在他眼前摆来摆去，馥郁的香气直钻鼻子。包小严胸中热血翻滚，觉得呼吸都变困难了。

“哎，看我是不是踩了东西？”

露丝鲍亲昵地命令他，包小严顿时如被锤击，脑袋“嗡”了一声。他喉咙一紧，咳嗽一声，说道：“没，没什么。”

十九层到了，露丝鲍自顾自走了出去。包小严超过她直奔总裁室，却发现门锁着，贾庭西还没有来。他生气地在门上踹了一脚，悻悻地跟着露丝鲍进了她的办公室。

“门关上。”露丝鲍放下挎包，转身盯着包小严，“你是来兴师问罪的？”

“我……”包小严怒气重新涌上来，“我找姓贾的问问，为什么要害人？”他停了一会儿，气哼哼地补充道，“要不是运气好，我父亲就被砍死了！”

露丝鲍坐进沙发里，踢掉了高跟鞋，把两只脚翘上班台，随即轻蔑地一笑：“那可是误会了，谁能猜到装警察骗人的会是你家里人？再说了，商业竞争百无禁忌，协议里可没写禁止条款吧？要做贼吃肉就该想到有挨打的一天！”

包小严一时不知道该说什么，他瞪着窗外，觉得一身力气没地方发泄。

露丝鲍“扑哧”一笑，指着待客沙发说：“你坐呀，要不要我冲杯咖啡给你？”

“不用！”包小严没坐也没动。

“那你帮我冲一杯行不行？我走累了，不想动。”

包小严不知所措，犹豫片刻还是走向了咖啡机。来的路上，他只想着如何跟贾庭西打架，吵翻了揍他一顿怎么全身而退。没想到，来了以后面对的却是露丝鲍，还是单独相处。先前的计划顿时泡汤，新的对策又一时想不出。露丝鲍的轻蔑冷笑和亲昵话语竟让他一时乱了阵脚，只觉得脑袋发晕，脚下发软，像踩在云朵里。

咖啡煮好了，热气腾腾，香气四溢，露丝鲍看着包小严一语不发地端过来，忍不住又笑出了声。“我能问你个问题吗？”她一边用汤匙搅拌一边看着包小严，“老贾要是在这儿，你打算怎么办？”

“杀父之仇不共戴天！”

“哈哈……”露丝鲍笑得头发都乱了，她翘起小指用长指甲将发丝撩到身后，说道，“你真有意思！”

包小严看着眼前美丽白皙的脸庞，似是冷笑又像嘲讽的眼睛，再也控制不住，一下搂住了露丝鲍。他心跳得几乎要爆掉，胸膛隐隐作痛，耳朵里全是咚咚之声。“露茜小姐，我喜欢你！”包小严喘着粗气，对着那鲜红柔润的嘴唇，不顾一切地亲了下去。

露丝鲍头一扭，让他亲在了脸颊上。“流氓，你干吗！”

包小严猛然一惊，放开了她。

“找死啊！”露丝鲍瞪了他一眼，坐直了身子，“弄得我生疼，妆也花了……”她皱着眉掏出了化妆包。

包小严看着她，心都要化了，就算立刻为她赴汤蹈火，眼也不会眨上一眨。“我说的是心里话。”

“你凭什么喜欢我？”露丝鲍一边补妆一边问，又露出了那种让包小严为之癫狂的冷笑，“你有钱吗？”

“会有的。”

“有房吗？有车吗？”

“只要有了钱，什么都会有！”包小严两眼放光，“露茜小姐，我会努力挣到大钱的，到时咱们远走高飞，去过自由自在的日子！”

“哈哈！”露丝鲍将手里的粉刷“啪”的一声丢进包里，说道，“女人都爱有本事的男人，你有吗？”她妩媚而骄矜地看着包小严，又问，“你比老贾强在哪儿？”

包小严感受到了来自另一个维度空间的无形打击，嫉妒之火熊熊燃烧。他迎着露丝鲍艳若桃李又冷如冰霜的笑容，傲然说道：“等我到了他那个岁数一定比他强！”

“那就等你到了那个岁数再来找我吧。”

包小严不服气地沉默了。

露丝鲍的语气忽然变得幽怨起来：“你有个娇滴滴的师妹就够了，还用得着找别人？”

包小严心中狂喜，以为她在吃醋，急忙辩白说：“她对我有意思是她的事，我可什么都没答应！况且，我跟他们已经分道扬镳了，我现在是现代派的人。”

露丝鲍挑了挑眉毛，嗤笑道：“用不着跟我说，又没让你表忠心……”她端起咖啡抿了一口，娇嗔道，“嗯，你冲的咖啡太苦啦，我受不了，你帮我喝吧。”

包小严心脏扑通扑通乱跳，看着露丝鲍洁白细长的手指，还有杯沿隐约的红色唇印，脑袋里霎时一片空白。他接过咖啡一饮而尽，是苦是甜也没品尝出来。

“这样吧，只要你骗得了老贾，就证明你比他强，比他更有本事，怎么样？”

“你想让我背叛贾总？”包小严不敢相信她的话，以为她在试探和考验他。

“反正你也不在乎。”

这句话让包小严有点儿脸红，他以为跟师父、父亲闹翻了跑出来不过是人各有志，没什么道德上的压力。没想到这种事却像无形的台阶，让别人可以随时踩上去，从高处俯视自己。

露丝鲍站起身走到包小严跟前，伸手抚摸着他的脖颈，柔声说：“你比他们都年轻，有大把的青春和好前程。我也相信，你比谁都聪明，都有胆量。你不会让人失望的，对吗？”

包小严听得腿都软了，激动不已，眼中泪花闪烁，说道：“露茜，为了你，我死都敢去！”

露丝鲍一笑，坐回到班台后面，问道：“知道鲜有良在干什么吗？”

包小严一愣，不知道她突然转换话题是想说什么。“不是在打理艺术品公司吗？”

“你觉得他那咋样？”

“都是字画、瓷器，各种叫不出名堂的旧玩意儿。花里胡哨的，我反正不懂。”

露丝鲍挖苦他说：“金山摆在眼前你也得认成狗屎堆。有空了念点儿书行不行，实在不懂了就问问别人！公司可没少投钱在里边。”

包小严心想：“莫非露茜在暗示我从艺术品公司下手骗贾庭西的钱？”一股好胜自矜之气沛然而生，蒸得他热血如沸，说道：“露茜，我什么都听你的。不过，男子汉大丈夫，干什么拐弯抹角，又何必有求于旁人？就算是单打独斗，我也要把贾总比下去，你放心！”

这个回答倒是出乎露丝鲍的意料，她冷笑一声，轻蔑地说：“随便你。”

包小严总觉得她会当自己在说大话，想进一步表明心迹，一时又想不出该说什么。正在这时，随着一下轻促的敲门声，贾庭西大摇大摆地走进来。瞧见包小严在场，他微微一惊，随即笑道：“讨论什么呢，还关着门？”

包小严脸上顿时变色，眼珠一瞪就要发作。

“商量怎么报复你！”露丝鲍抢先冷笑道，一指包小严，“人家是来兴师问罪的，你把他父亲砍了。”

“哦？”贾庭西脸上挂着无动于衷的微笑，问包小严，“那个假警察是你父亲？”

“怎么着！”包小严看着他欠揍的模样就想动手，撸了撸袖子走过去。

贾庭西旁若无人地在沙发上坐下了，大咧咧地劈着双腿，用手点指着包小严，说：“这样，我给你升职加薪，你给我当总裁助理。”

他高高在上的架势，盛气凌人的姿态，加上虚夸造作的表情，汇成一股席卷而来的波涛，将包小严的怒气一下拍打下去，心中不平也冲刷得荡然无存。他站住了，一手摸着下巴，一手抚着胳膊肘。

“咱们有个子公司叫卡慕玛旎，你应该也知道了，是不是？负责人因公出国了，一时半会儿回不来，总经理的位置却不能空着，也让你来当！薪酬跟汤姆王取齐，你看怎么样？”

“贾总，以后谁再跟你作对谁就不是人！”包小严义愤填膺地发誓，他拍完胸脯就弯下腰去，凑近一步问道，“呵呵，那个什么马泥，是干什么的？管着几个人？”

贾庭西志得意满地一笑，向露丝鲍弹了下响指：“露茜小姐，你告诉他。”

露丝鲍懒洋洋的，就像声音传到她那儿有延时似的，过了一会儿才说：“卡慕玛旎，英文你不懂，记住就得了。都是汤姆王弄起来的，多少人我没数过，反正每个月开支不少，也不知道干出了什么名堂。”

贾庭西说：“小严，没什么可瞒你的，他们搞的是短视频平台，已经正式上线了。”

“现在直播最火，为什么不做？”

贾庭西看着露丝鲍，笑道：“看看，这个总经理没选错，有头脑，有眼力！不过，公司做过综合考量，目前的定位最适合。你也知道，做直播的都挤成一锅粥了，咱们没必要再去凑热闹。”

露丝鲍撇了撇嘴：“这是公司转型之后的主业，你可是真器重他啊！”

贾庭西哈哈一笑：“年轻人有闯劲，就该给他机会，对不对？不过小严，我信任你，你也要用自己的努力证明给别人看，懂吗？”

包小严热血沸腾，觉得体内充满了力量：“我明白，需要我干什么？”

“汤姆王和施博士出国前搭好了台子，就等着有人唱戏。咱们现在的事业，万事俱备只差煽风点火，你要做的就是把风鼓足了，火生得旺旺的。见过火箭发射没有？响声震天，光芒耀眼，把所有人的眼光都抓过来，我要的就是这个！”

贾庭西说得云山雾罩，令人费解。包小严略一琢磨，领会了他的意思，问道：“做推广，把牌子亮出去，让它人尽皆知对吧？”

“不错！”贾庭西兴奋地一拍桌子，“让所有人都到咱们平台上来玩，就是你作为驰遍十方总裁助理和卡慕玛旎总经理的责任！”

“我明白了，我要好好考虑考虑。”陡然多了两个堂皇的身份压下来，包小严下意识向上拔了拔身子，觉得从此与众不同，连呼吸都像是居高临下，变痛快了许多。

“时不我待，可没有多少时间供你考虑。尽快做个方案，写个可行性报告出来。”贾庭西盯着包小严，突然像发现了新大陆，“欸？露茜，快来看！”他快步走到包小严身边，歪着头上下不住地打量，“啧啧啧，以前怎么没发现？”他瞥了一眼露丝鲍，又把目光移回包小严身上，兴奋地夸赞说，“年轻，卖相好，再加上大公司总经理的身份，这本身就是抓眼球的亮点！哈哈，高富帅！露茜你看怎么样？”

露丝鲍也重新审视着包小严，笑嘻嘻地点点头：“好呀！别说，还真有心动的感觉。就是衣品稍微差点儿，换身西服，配副眼镜，再做个发型，形象马上就立起来了。”

“小鲜肉高冷霸道总裁，现在网上正时兴追这个！我觉得可以好好包装一下，总经理火了，咱们的产品还愁不热？露茜，就交给你来弄！”

包小严一时摸不着头脑，不过能跟露丝鲍终日相处正是他求之不得的好事，其他的懂不懂的都无所谓了。贾庭西围着他转了一圈，拍了拍他的肩膀，心满意足地离开了。

露丝鲍慵懒地倚在沙发里，漫不经心地问道：“现在你怎么想？”

“我……”包小严有点儿不敢看她的眼睛，总觉得自己背叛了她，“露茜你放心，你的话我不会忘，给我点儿时间，我是什么样的人到时你就知道了。”

“我说过的话自己可从来都不记，到时不要怪我反悔。”

包小严觉得自己算是被眼前这个女人拿捏住了，她越是忽冷忽热，若即若离地待自己，自己越是对她沉迷。“我父亲的事不能就这么算了……”他皱了皱眉，斩钉截铁地说，“我去找他理论！”

露丝鲍很是诧异：“找谁？”

“我师父千层锦！你不知道，他们古法骗术派，干买卖都是有分工的。忍气挨骂，含冤抱屈，装窝囊的叫‘苦叶子’；要胳膊根儿，充横唬人，打乱架的叫‘撞破胆’。我父亲就是苦叶子，他现在着了你们……咱们的道儿，准又是千层锦安排的。我得问问他，为什么这么明显的圈套，也让我父亲去钻。”

“哦，原来如此……”露丝鲍点点头，“你去闹一闹，探探虚实也好。”

包小严答应了转身要走，又恋恋不舍地返回来，瞅着露丝鲍面前的咖啡杯，嬉皮笑脸地说：“我还想再喝一杯。”

露丝鲍冷笑一声，抬起一只脚来，用大脚趾挑着杯柄，说道：“来呀。”包小严绕过班台，伸手向她光滑的脚踝摸过去。露丝鲍轻巧地甩开了他，脚趾挂着杯子向他嘴边伸去。鲜艳的红趾甲令包小严心荡神摇，几乎快要窒息。他喘着粗气刚要伸舌头去舔，露丝鲍突然收腿蹬出，一脚踹在他肚子上，骂道：“滚！”

包小严猛地一个趔趄，差点儿坐在地上，咖啡杯也摔在一边。他嘴里一边叫苦一边笑道：“你太狠了！差点儿要了我的命！”爬起身大声“哎哟”着，喜滋滋地下楼去了。

到了千层锦他们租住的酒店，包小严开门见山地质问：“我爹呢？”

千层锦张口骂道：“你还有脸回来！”

包小严浑不在意，在屋里四处乱看，提高了嗓门又问：“我问我爹去哪儿了！”

“认贼作父，你还知道有个爹！”千层锦没想到这个叛徒逆子会突然现身，知道他绝不是浪子回头幡然悔悟，指不定藏着什么坏心思，因此骂起来毫不留情。

薛宾九却像早就料定包小严要来似的，眼中闪出明亮的光彩，笑呵呵地解劝道：“师徒如父子，有什么话不能好好说，至于大动肝火吗？”

包小严赌气说：“九爷，被砍的可是我爹！我回来看看还有罪了？”

千层锦问他：“你怎么知道的？小妖儿这丫头给你打电话了？”

“你别管！我爹联系不上了，就说这事怎么办吧？”

千层锦瞪了他一眼，没好气地说：“我让你爹回老家了！”

包小严冷笑道：“嘿，什么都没捞着，人就算白砍了呗？”

“你懂个屁！”

薛宾九表现出难得的耐心，跟包小严解释说：“出了这么大的事，这里肯定不能待了，还能等着警察找上门啊？”

千层锦一想到吃的窝囊亏就怒火上攻，恨恨地说：“这事我跟他们没完！”

包小严毫不留情地嘲讽他：“没完怎么着，又玩不过人家。现在置气有什么用，当初五百万的协议别签啊！”

千层锦气得涨红了脸，指着包小严的鼻子大骂：“欺师灭祖的玩意儿，这还不是你随意撒野的地方！既然拜了新家门就别再觍着脸回来，我们承受不起！”

“谁稀罕回来！”包小严转身要走。薛宾九喊住了他，冲千层锦骂道：“你小子也不咋的！正经事都干完了？”

千层锦强忍怒气，回答说：“我都准备出门了，赶上小兔崽子撞丧！”

“行了，该干啥干啥去！”薛宾九不耐烦地催促他，“我要跟小严谈谈，你留在这儿也是碍眼。”

“好好好，您老别被气个好歹的，为个忘恩负义的东西可不值得。”千层锦被他数落得无可奈何，换了衣服推门出去了。

薛宾九指着沙发，笑呵呵地说：“小严你坐。”

包小严在茶几果盘里胡乱抓了一把，一屁股坐在沙发扶手上，斜倚着靠背，吃起了东西。

薛宾九满面含春地看着他，像在看一朵花：“你觉得这场比试，谁会赢啊？”

包小严冷笑一声，不知道这个干巴老头儿哪来的自信，会有如此不自量力的提问。他懒得去争论，抖着腿胡乱打量，说：“我不知道。”

“说得对！”薛宾九呵呵一笑，又问，“那你知不知道，这胜败的关键在哪？”

“不知道。”

薛宾九忽然伸手指着他：“在你！”

包小严吃了一惊，手里的零食也撒在地上。他挺直了身子，问道：“为什么？”

薛宾九故弄玄虚，继续问他：“你想挣大钱吗？”

“怎么不想。”

“真情实意发自内心的？”

“废话！”

“哈哈，好！你可知，自古成大事者，都是有气魄敢剁敢刺的？赚钱也不例外，得豁得出去！”

包小严轻蔑地一笑，以为号称“九连环”的骗术老祖会说出什么惊世骇俗的大道理，原来也不过如此。“谁豁不出去啊。”

“好！那，家狗和野狗，你想当哪个？”

包小严腾地一下站起来：“九爷，要是比骂人，你可赶不上我！”

“哈哈哈哈！老子年轻时候可比你浑多了，可是浑有什么用，能换来钱吗？”薛宾九大笑，点着自己的脑袋，“得指着这里！”

包小严莫名其妙，慢慢坐了回去。

“你年轻，是可造之材，要是没人点化也不过废柴一根。”薛宾九的眼睛像深邃洞窟里不灭的炭火，包小严觉得自己的灵魂被烫了一下。

“你想过没有，跟着你师父和跟着那个什么贾庭西，有什么区别？”

“人家气派多了，高科技，带劲！是以后的潮流。我师父落后了！

你说，慈禧老佛爷打得过八国联军吗？”

“都是狗屁！慈禧打得过打不过八国联军有你什么事？不管谁打赢了，你都是盯着别人手缝，捡骨头啃的货！”

包小严勃然变色，又觉得有种别样的道理是自己从未思考过的。他瞪着薛宾九，看他还有没有别的话说。

薛宾九重复着刚才的问题：“你说，跟着你师父和跟着贾庭西，有什么区别？”

包小严不肯轻易屈服，还要挽救一下自尊：“在那儿我可以先学技术，学会了自己干，怎么不能挣大钱！”

“糊涂！糊涂！”薛宾九恨铁不成钢，气呼呼地站起来，指着包小严的脑袋骂道，“放着现成的东家不当，非要当伙计！你要干一辈子学徒吗？蠢货，废物！”

包小严被他骂得高兴起来，隐约看到一条别有洞天的大道，比他自己选的还要诱人得多！他走过去扶住薛宾九，笑嘻嘻地说：“九爷，我蠢货，我废物！您再开导开导，我就明白了。”

薛宾九上下打量着他，像是木匠考量一块木头，最终确信了自己的眼光，继续说：“骗人要学大手段而不是小把戏！毫末伎俩千奇百怪，花样比狗屁都多，你几辈子学得过来？”

包小严觉得自己聆听到了前所未闻的无上教诲，犹如醍醐灌顶，令他茅塞顿开，不由得心花怒放，连连称是。

“给人家当学徒，打下手，吃点儿骨头喝点儿汤就是当‘家狗’。另一种就不同了，没人管没人喂，孤零零在野地里转悠。但是它有耐心，知道等，缀上人能几天几夜不眠不休。只要没饿死没渴死，没被人打死，抽冷子就是一口，咬一口就致命，咬一口就赚够本儿。这就是‘野狗’……”

一番话说得包小严两眼放光，心跳加速：“好！我干，我要当野狗！”

“当野狗就要狠，对别人狠，对自己也要狠！要敢于取舍。”

“不明白。”

“要舍掉感情的负担，随时随地让自己做一只孤零零独来独往的野狗，谁都不依赖也谁都不信任。心里干干净净没有一丝一毫的挂碍，什么师徒父子，敌友男女，爱恨情仇……统统都是迷障，只有把它们都扒拉开，你才能成功！当任何情感都左右不了你的判断，任何人都欺骗不了你的信任的时候，你就立于不败之地了。”

包小严心潮澎湃，觉得认知世界打开了新的格局，整个人都像获得了新生。“九爷，你的意思是，无情？”

“狗屁！冷酷的野狗不是无情的牲畜。无情只会让别人远离你，不着情不住情才无往而不利。这是我从佛经里悟出来的，你也要慢慢去领会。任何时候都不要让感情摆布你的理智，你的心里只能有一件事，就是把钱牢牢抓到自己手里。”

“我明白了。”包小严觉得薛宾九有着自己无法想象的高深智慧，自己听到的果然是骗人的大手段。

“不，你没明白。”薛宾九的眼光钩子一样抓着他，嘲弄似的问道，“要舍掉所有感情，不着一切情不住一切心，比如你师父，你舍得了吗？”

包小严不屑一顾地撇撇嘴：“已经舍了。”

“你舍的是愧疚之情，师徒之谊！怨恨之心呢？”

包小严脸上一阵发烧，像被看穿了隐私。“我以后不恨他了。”

“嗯，小妖儿那丫头呢？”

“也舍得。”

薛宾九瞪着他：“你爹呢？”

包小严犹豫了一下，心一横，说：“舍得！”

“贾庭西呢？我呢？”

“舍得，都舍得！”包小严理直气壮地大声回应，“您老指点迷津，让我开了窍，恩同再造，不过，我照样舍得！”

“孺子可教！”薛宾九大喜过望，紧接着跨上一步沉声逼问，“你的相好，那个露茜小姐呢？舍不舍得？”

包小严眼神躲闪不敢立刻回答，支吾片刻，说：“我对她是真爱。”

“哈哈！”薛宾九干笑两声，愤然说，“真爱？你懂个屁真爱！”

“为了她，我连赴汤蹈火都不怕！”

“多少人为此功亏一篑，落个两手空空，人财两失！记住我一句话，只有把钱抓在自己手里，你才有资格对别人好。连钱都抓不牢稳，只怕到头来什么都是零。”

包小严瞬间领悟：“我懂了！谁都不依赖也谁都不信任，她也不例外。”

“好小子，我没看错人！”薛宾九满意地松了口气，脸上堆出欣慰和胜利的喜色。他在沙发上缓缓坐下来，说，“如今，你师父和你现在的下家在较量，你要让自己成为这场赌局最关键的棋子，不管谁胜谁负，都要把赌注抓在自己手里。到时掀翻了桌子，赢了的人就是你！”

包小严激动不已，胸中豪气万丈，说：“九爷，我记下了。贾庭西让我当了那边子公司的总经理，还是他的总裁助理，要我出个推广方案。我一点儿主意没有，给小妖儿打电话也不接，所以就跑来看看。姓贾的没好心，为了让我死心塌地还骗我交了投名状……”

他把这几天的经历毫无保留地讲了，一开始还没注意，越说越觉得自己像是无意间打破了某种神秘禁忌，说出的每句话都沾染了魔力，传到薛宾九那里全幻化成了他眼中的光彩。

“慈善大厦什么来头？”

薛宾九的目光像有不可抗拒的力量，包小严觉得身上要被捆住一样，他挪开一步，笑道：“一个明星基金会盖的烂尾楼，市里的政绩工程，现在成全国的笑柄了。”

薛宾九突然向他伸出一根手指，情绪一下变得激动起来：“小子，功夫不负有心人，你的机会来了……”

“什么？”包小严的呼吸不由自主地加快了。

薛宾九却不再说下去，闭上眼睛开始沉思，脸色沉得像一潭死水，只有左手食指在沙发扶手上一圈一圈缓慢画着圆。指甲和皮革的刮擦声紧箍咒一样让包小严站着一动不敢动，惶恐不安地等待无上的启示。突然，这咒语停止了，薛宾九一拍沙发睁开眼睛，眼中所有神采缩成了极亮的两个光点。

包小严吓了一跳：“九、九爷……”

一个惊世骇俗的大圈套正在薛宾九心中显露端倪，他盯着包小严，沉声说道：“我再问你一遍，你想不想挣钱，挣大钱？”

包小严脱口而出：“想！当然想！”

“如果我所料不错，那将是你做梦都不敢想的巨大财富！你有那胆量吗？”

包小严心里怦怦直跳，他咽了口唾沫，颤声说：“有，多少我都敢干！”

“好！我就送你一份大大的人情，教你一个挣钱的手段。能不能成功，就看你自己的运气和天分了。”

包小严激动得双腿一软跪在薛宾九脚边：“九爷，您就是我的亲师祖！我有钱了，第一个就来孝敬您！”

薛宾九仰头干笑一声：“钱这东西，谁挣着就是谁的。我老了，没有本钱亲自下场，就在后面出出主意，看着你们年轻人达成所愿，就够了。”

包小严忽地站起身，信誓旦旦地说：“九爷，您怎么说我就怎么做。”

薛宾九眯着眼沉声说道：“他让你宣传卡慕玛旎，你就把慈善大厦卖给他！”

“什么？”包小严一头雾水，感觉像是被人指使去山里找老虎，然后把月亮卖给它。

“别急，这只是一个设想，有许多细节和专业上的知识还得等你师妹帮我参详。你先回去等着，记住自己刚才说的话，叫你干什么你就干什么，不要犹豫不要瞎琢磨，钱到手了我自然就不管了。”

包小严被他说得心痒难耐：“我脑子笨，您能不能再点拨一下，让我心里有个数？”

薛宾九问道：“你先弄清一个道理，贾庭西开公司也好，让你当总经理也好，是真的还是假的？”

“自然是骗人的。”

薛宾九点点头，启发道：“可是你不能这么想，你要反过来动脑筋。等你参透这里的玄机，你就什么都懂了。”

包小严还是一片糊涂，幻梦一般的美好期许带给他初见露丝鲍时的感觉。他在内心的巨大喜悦和隐约战栗中告辞离开，正要跨出门口，薛宾九又叫住了他：“包小严！”

“九爷？”

“你要时刻记住，今天走出这个门，你就再也不是你了，明白吗？”

“我懂！我是一条野狗……”

出了酒店门口，包小严一个人走在路上，寻找孤零零独来独往的感觉，回味着薛宾九的教诲，心想：“谁都不依赖，谁都不信任！呵呵，照这个理论，第一个不能相信的，岂不就该是老家伙你！”胡思乱想走了一段，什么理论，什么圈套，都已经抛得差不多，只觉得天高海阔，说不出的痛快。他大叫了两声，心满意足，连路人投来的怪异目光都当作艳羡和赞美，傲然笑纳了。

千层锦从外面回来，发现薛宾九的房间锁着，叫门也没有反应，自己屋里也空无一人。他的第一反应是自己不在的这段时间，薛宾九出了意外，比如被包小严气得进了医院，或者强行架走之类。后来转念一想，这位九爷虽然脾气火爆却是骗人的祖宗，要论耍弄人心谁都不是他的对手，怎么可能让那样一个愣头青随意摆布。

“杞人忧天。”千层锦自嘲地一笑，在沙发里坐下休息，一眼看见“殴剋斯”在茶几上扔着。他心里一惊，赶忙抓过来检查是不是有未接来电，发现一切如常之后才松了口气，暗想：“九爷他们都不把这玩意儿当回事，若是姓贾的误会了，以为我们落荒而逃，再把假视频公布出去，这些天岂不是白忙活了！”

他把“殴剋斯”揣进衣袋，盘算着接下来的计划。时间在寂静的套房里穿过，他眉头渐渐收紧，感觉到了前所未有的艰难。这次的对手可比以往那些有钱人难对付多了，不过有一分力气啃一分骨头，打败一头狼总比掀翻几头贪滑的蠢猪有意思。

正在这时，薛宾九回来了。千层锦迎上去问道：“九爷，我还以为你被小严拐跑了，哈哈。”

薛宾九说：“时代变化太快，再不出去看看，真成了老古董了。你怎么样？”

“我？手机上网没问题，跟得上。”

“谁管你的狗屁！我问正事办得怎么样？”

“哦，哈哈！公司盘下来了。”千层锦顿时兴高采烈来了精神，“那小崽子卖爷田心不疼，钱一到别的什么都不在乎，急着回老家照顾中风的老板爹去了。咱们擎受现成的，也算走运。早就要倒闭的小公司，名字却取得堂皇，叫什么‘环球贸易’，还挨着大使馆，挺能唬人。”他脸上忽然笼了一层阴云，“就是三路他们回话，施博士突然人间蒸发，找不着人了，您说奇怪不奇怪？”

“不用找了！小严说，他和那个汤姆王连夜去了国外，你在这儿哪辈子能找着啊！”

“妈的！”千层锦愤恨不已，“姓贾的够贼啊，我这刚有风吹草动他就叫人溜之大吉了，狗东西！”他脑筋一转，想到一个问题，“谁说的，小严？他知道悔改了？”紧接着奉承道，“呵呵，也就您老，是能让他听使唤的人！”

薛宾九冷冷一笑："唯一能使唤他的人是他自己……他顶替了汤姆王的位置，还是贾庭西那头儿的！你的宝贝徒弟是什么样的人，你自己最清楚，卡慕玛旎的心思就放弃吧。"

"我打施博士的主意，他就用包小严对付我，让咱爷俩设计好的圈套都白费！嘿嘿，好哇，有意思了！"千层锦搓着手笑起来，来自对手的反击让他感受到了莫可名状的压力，也激起了他的勃勃好胜心。"我就不信他智算无敌，哪儿哪儿都铁桶似的，针扎不进，水泼不进，每次都能防得住！"

薛宾九漠不关心地"嗯"了一声。千层锦知道他对这些撒狠置气的话向来瞧不上，因此收住话头找到以前打印的表格，指着其中一行，转而说道："那个胡东行，我已经派人跟踪上了……初步分析就是这个鲜有良。他开着一家艺术品公司，叫'汉骨唐风'，干些骗鉴定费检测费之类的下流勾当。据我看，这都是幌子，这个公司就是贾庭西用来倒腾钱的。驰遍十方和卡慕玛旎揽来的昧心钱从这里挪走，掩人耳目。"

薛宾九还是简单地嗯着，千层锦怕他没听懂，又解释说："艺术品这东西，虚得很，没准价！说一文不值也是它，说价值连城也是它，谁也挑不出毛病来。我一块钱买的，一万零一卖给您，咱俩两相情愿，愿打愿挨！一万块钱可就倒腾出来了。"

"所以呢？"

"所以我打算跟他们掺和掺和！不过，得花些时间把胡东行和汉骨唐风摸透，才能想出好主意来。"

薛宾九目光森森地提醒他："不要忘了，可有两双眼睛盯着你。"

千层锦一想到贾庭西和包小严就无名火起，咬牙切齿地冷笑道："别说他们，就是警察来了，我也要把这单买卖做成喽！"

殷棠离整理完资料发给解知略，随后给他打了一个电话，说："解哥，我照着那些设备的物理地址又抓取了一遍，结果不是失败就是不再活动，看来能得到的信息就这么多了。”

解知略看着解压出来的几十个文件夹已是喜出望外，鼓励感激了一番，随即挂了电话。殷棠离的技术支持告一段落，接下来繁重的案头工作就是他自己的任务了。

他大概浏览了一遍，心里暗自叫苦。这么多东西，有文档有图片，有各种格式的音频、视频、脚本、程序等等，有些都不知道是什么类型！整个梳理一遍就要好几个小时，更别说来回比对和分析推理的时间，看来这两天有夜熬了！

他跟赵倚梦告了假，闷在屋里一个上午，看得头昏眼花才瞧出些眉目。这么多资料只是从十几个诈骗分子那里得来的，大部分毫无价值，除去低俗的图片、小视频和奇奇怪怪的网页、软件包，就是充斥着下流调侃的聊天记录。通话和短信不多，应该是都躲在国外的缘故。

有几个固定的群聊却有些意思，是他们培训和总结用的。从不太完整的对话里能拼凑出一副可恨又可笑的日常景象：他们每天工作十四五个小时，除了三餐、睡觉，其他时间不是在诈骗就是在为诈骗做准备。早晨有晨会，晚上收了工有总结反思会，定期还组织学习培训。有个被称为“牛总”的人主持授课，还在群里上传了学习文件。

解知略看着他们的共享课件不禁又气又笑，一伙儿骗子为了能骗人也是煞费苦心，培训资料从金融知识到投资大亨语录生平到最新金融形势无所不有，而且是精心筛选过的，概念、观点都看着新颖又深刻，语言也组织得浮夸造作极富煽动性，忽悠一个普通的投资爱好者是绰绰有余了。

解知略像从芜杂的稗草丛中寻觅散落的麦穗一样，将能得到的人名、外号、网名、电话、可疑点等等挑拣出来，分门别类列在表格里，得出了这样的结论：这个牛总应该是个头目，殷棠离抓取的数据显示他的地址在格鲁吉亚的巴统，除了给马仔做培训之外暂时没有其他发现。

解知略一条一条地查看他的通话记录，来电号码都没有标注姓名，不知道是不是故意的。其中有一通来电引起了解知略的注意，那是上午八点打来的，是个国内的手机号，日期如果解知略没记错的话，恰巧是犹怜小筑预告杀人发生的前一天！

“这是巧合吗？”解知略觉得自己激烈的心跳干扰了大脑的运转，他站起身在屋里乱走，发现窗外已是暮色沉沉。

坠楼会计遭遇的电信诈骗，邵乐仁遇到的网络诈骗，目前已经查出来，都是境外诈骗分子实施的。神秘报案人能将两起案子玩弄于股掌，甚至精准操纵案发的时间地点，那么，就可以做出一个近似真相的假设：他提前一天给境外的头目通电话，挑选合适的目标，商定预期的效果，境外头目安排手下将案子引爆，他则故弄玄虚地来报案。

解知略重新盯着电脑屏幕上的通话记录，感觉自己已经看到了对手的影子，如果自己的推断没错，这个充满了巧合的来电，指向的很有可能就是神秘报案人！

他给卫济风拨去了电话，说：“分儿，队里这两天有没有案子？有两个手机号帮我塞进去，一块儿查查……着急，当然着急！那个神秘报案人丧心病狂，随时会有新的案子发生。”

他把牛总和那个可疑号码发了过去，一边等待一边在资料里寻找新的线索。卫济风的回话却让他大受打击，调查结果出来了，像屋外的黑夜一样冷酷无情。两个号码的主人都是毫无前科的普通人，一个叫熊野牛，是个自由职业者，另一个更是清白得像刚开瓶的纯净水，开号之后就没怎么用过，呼叫记录几乎是空的！

“你是不是搞错侦查方向了？骗子狡诈多端，很可能是请了个无辜的人，单纯就是授课。”

解知略不肯轻易放弃先前的推断，问道：“两个号码的详细资料有没有办法查出来？”

卫济风骂道：“得寸进尺！这些都是我找熟人私下查出来的，要详细资料，等着你的吧！”

解知略呵呵一笑，说：“不让你白忙，抓住骗子我请你吃脚丫——烤鸭子！我想要这两个号码的实时信息，监控它们的一举一动，最好连位置都能提供给我。”

卫济风抱怨说：“我发现我就是欠你的！你神通广大，自己打报告申请吧，我可管不了！”

解知略真有立刻拨出那个可疑号码的冲动，如果不是神秘报案人就排除这个错误项，如果是呢……他知道，打电话的时机绝不应该是一切尚隐藏于迷雾中的现在，他还没有看透其中的诡计，贸然打过去只会打草惊蛇。他需要忍耐，需要等待，要让响起的电话铃成为对手崩溃就擒时的胜利宣告，而不是决一死战前的冲锋号。

他出了门，爬上空旷荒凉的慈善大厦，回想起神秘报案人的首次来电，暗忖，他费尽心机就为了让我知难而退？志愿者反诈活动就像飘入池塘的一片叶子，涟漪再大也不过影响一个区，一个市，对他们那种行骗全国的诈骗组织来说可算微不足道，他冒天下之大不韪，故意逼死人命，挑衅警察，难道就是为了吓退一个名不见经传，做义务宣传的刑侦队员？

他又走进犹怜小筑旁悠然孤立的凉亭，回想起夺路而逃的伤者和那几个可疑的园林工人。很显然，他们是一伙儿的，而且早有预谋在这里集结，他们来这儿的目的又是什么呢？如果“拾狗不昧”的说辞是提前编好的，他们是怎么知道会在这儿遇上警察的？

“神秘报案人把他们和我都骗入了圈套，难道仍只是炫耀示威？”各种各样的疑问像夜间出没的飞虫一般，从四面八方飞来，钻入解知略的脑袋，水上的凉风都没能吹散。

第六章

冒牌大师的抢手画

千层锦举着一沓照片，几张打印资料在屋里不住徘徊，眉头锁成一团。薛宾九骂道：“就是一头驴照你这个走法，一部兵法十三经也该想出来了！你不是跟小妖儿研究得差不多了吗，还犹豫什么？”

千层锦哈哈大笑，说：“小妖儿读的书多，有艺术细胞，我可没有。我在琢磨，这次是稳妥些还是冒一冒险？稳妥就赚不到五百万，冒险就容易砸了买卖，您老给拿个主意。”

薛宾九想都不想，说：“稳妥的。”

千层锦很是不解，问道：“为什么？”

“你一犹豫就说明你没有一把挣来五百万的能耐！”薛宾九毫不留情地挖苦他，“如果你心里有底气，也就不用去问别人。你的资质到这儿了，撑不死也饿不着，不要为难自己。哪种圈套你使出来面不改色心不跳，就去使哪种，省得受罪、后悔。”

“没有您老不圣明的！”千层锦被他说得脸上变色，却也不怎么放在心上，笑道，“呵呵，我再捋一遍，您老把把关。这是我和孩子们搜罗来的资料，你看，这是汉骨唐风的照片，店不算大，里面除了古董就是字画，古代的现代的都有。业务主要是艺术品买卖，做鉴定，搞拍卖。”他一张一张抽着照片，展示给薛宾九看，又说，“也是无恶不作。小妖儿这丫头心细，在网上搜索他们的资料，找到这么一条……”

千层锦翻出一张画了红色标记的打印纸，指着上面的一幅图片，说：“这是前不久汉骨唐风送拍的一幅外国油画，您老猜猜最终成交价多少？”

薛宾九翻着眼皮看了看，不屑地问：“多少？”

“九千万！人民币！”

薛宾九的脸色看得出来明显一变，看着那一小块似是而非的风景画，露出微讶的神色。

千层锦洋洋自得地说：“傻子都能猜得出来，这是自卖自拍，找几个托儿在拍卖会上举牌，不过损失些手续费，画的价儿可就抬上去了。价儿一抬上去，蒙人的手段可就多了去了。”

薛宾九眯着眼睛点指着图片下面红笔圈起的画家名字，问：“这个人很有名吗？”

“网上能查到的都是拍出九千万的新闻，里面把他吹得快上了天了，什么抽象表现主义大师，什么最不该被忽视的荷兰艺术家，我看都是迷魂烟儿！叫……巴伯夏·纽莱。反正我是不懂，小妖儿去国外网站连他的生平都查不到！翻来覆去就那么几句，多半也是汉骨唐风自己编的。”

薛宾九没了兴趣，随口问着：“然后呢？”

千层锦却是兴致勃勃，他又抽出另外几张照片，说：“然后，孩子们还跟踪到汉骨唐风负责人胡东行周一下午不在公司，去了一个开车二十分钟的老旧小区，在一家口碑不错的餐馆吃饭，然后步行几十米做按摩，休息一个小时，到一栋居民楼的二层办事。”

“干的准不是什么好事！”薛宾九听他啰哩啰唆说得这么详细，知道里头一定埋着接下来要卖的关子，就冲千层锦骂道，“有屁快放！姓胡的身上捞不到油水。”

千层锦不禁暗暗佩服这位师爷的洞察力，递过来几张照片，笑道：“九爷，您还真猜错了，他干的是好事，有关艺术的高雅勾当。楼里住着一个落魄的画手，整天关在屋里门都不出，从早到晚只是画画，每到周一下午才算罢休。这样的日子已经重复了两星期，还有不到半个月他就解脱了，可以领到上百万块钱的酬劳，然后离开这儿，回县城老家或者外地深造。”

“他就是汉骨唐风养着的假大师？那个‘扒不下钮来’？”

“这也是我的推断。胡东行从楼里出来搬着一摞四方的东西，应该就是画好了的成品。运到汉骨唐风，去坑有钱的半吊子收藏家或者拿艺术品当股票炒的投机商。他亲自来取货而不是叫人来拿或者让画手去送，也是因为假大师不能暴露的缘故。”

千层锦凑近手里的照片，努力找出来一张，又说：“这是那人画了半截的一幅，看得出来，他肚子里已经空了，开始在抄袭名画上做文章。这不就是改头换面了的《星月夜》吗？哈哈！一开始我没看出来，还是小妖儿一句话提醒了我。”

薛宾九夸赞说：“小妖儿是个好孩子！”

千层锦拍了拍手里的资料，笑道：“这就是咱们掌握的所有东西，我打算就从这里下手！这次新买的公司用上了，出了门我就是环球贸易的王大愚。光明正大地做买卖，他总不能把我拒之门外吧？”

薛宾九冷眼瞅着他：“详细说说。”

千层锦仰头思索了一阵，自以为盘算得天衣无缝，将自己的圈套说了。

薛宾九微微点了点头，说：“假戏真做就要做得真，不要糊弄人。要想骗得了别人先得骗得了自己，连自己都含糊的圈套，怎么去设计旁人？”

千层锦回想了一下，胸有成竹："您老放心，如假包换。"

薛宾九上下打量着他，冷笑说："你就这副尊容去跟人家谈生意？"

"您老的意思我懂，您是担心我这副模样早被人看了去，容易露马脚对不对？"千层锦忽然伸手往头顶一揪，一顶假发应手而起，露出一个锃光瓦亮的秃脑袋，又找出一副宽边眼镜戴上，"这样呢？再加上我几天没刮的胡子，是不是就没人认得出了？"

薛宾九呆了一瞬放声大笑："哈哈哈哈，行，你这也算韬光养晦，深藏不露！哈哈……"

千层锦尴尬地一笑，解释说："我四十岁的时候头发就谢得差不多了，又不想丢了掌穴帮头的脸面，就偷偷做了一顶。一戴就是这么多年，都习惯了，估计连小妖儿那丫头都忘了我这副尊容了。"

他在镜子跟前来回照了一番，发现连自己都看不习惯了。他无奈地笑了笑，捡出一张资料默默念诵了一遍，说道："多亏小妖儿给我准备了台本，不然这些别扭知识我上哪儿知道去，一开口准露馅。好了，我走了，行不行的就看这一回！"

千层锦打了个电话，换上衣服走出酒店，打车去了新接手的公司环球贸易。一路上觉得头顶凉飕飕的，还真有些不习惯。没多久，一个弟子开车接上他，来到使馆街的别墅区。

汉骨唐风就夹在一群外国银行、定制机构、高档会所之间，都是堂皇的精致小楼，跟后边的"罗安达皇家首府"风格和谐，相得益彰。门口匾额上四个大字写得剑拔弩张，锋芒毕露。

千层锦微微一笑，带着弟子推门而入，左右扫了几眼，直接走到贵宾沙发坐了下来，喊道："服务员！"

一个西装革履的年轻人走过来说："先生，吃饭可以去对面。"

千层锦笑眯眯地问："你是谁？"

"我是这里的值班经理。"

"那就你来服务吧！叫你们老板出来。"

“您有什么事可以跟我说。”

千层锦举手摩着头顶，问他：“多少钱你说了算？”

值班经理一愣，随即答道：“您要有艺术品鉴定或者拍卖，多少钱我说了都不算，可以先让我们的鉴定师看看。”

“哈哈！”千层锦看了一眼同伴，指着他身前的大硬纸盒，说，“这是一幅抽象表现主义大师巴伯夏·纽莱的名画，你给看看值什么价？”

值班经理一怔，随即笑道：“我们公司是巴伯夏作品国内唯一代理机构，您是从何处得到的这件作品呢？”

千层锦示意弟子将包装打开，说道：“先别管怎么来的，你就看看东西怎么样吧！”

值班经理看着眼前白花花、空荡荡的大平面很是诧异，他揽着画框来回看了两遍，嘲笑说：“老板，你是不是把画布装反了？”

“你真会开玩笑！”千层锦指着画中一处不易察觉的印迹，说，“你集中精神，看看这里有什么？”

值班经理俯身凑过去，满腹狐疑地说：“有个白色的抹痕……”

“知音啊！这就是大师画龙点睛的妙笔！”千层锦拍着画框兴奋不已，“巴伯夏的创作灵魂和艺术精髓就凝聚在这一点上！这幅作品叫《去年我来的那个夏天》，是不是真正的抽象表现主义杰作！”

值班经理摆出一副蔑视宵小的表情，冷笑说：“呵呵，我看不如给它改个名字，叫《空》。您这不是巴伯夏·纽莱的真迹吧？”

“是不是真迹有一个人最清楚。”千层锦向弟子挑了挑手指，从递来的名片夹里捏出一张，伸到值班经理身前，说，“我是环球贸易公司的法人王大愚，请你们老总下来。”

值班经理踌躇片刻接了名片，说“稍等”，皱着眉转身去了。没过多久就顺着楼梯引下一个人来，正是化名“胡东行”的鲜有良。

他西服鲜亮，头发打理得一丝不苟，走到近前伸出手来，见老熟人似的热情招呼："王总，初次见面，有失远迎，恕罪恕罪。"

千层锦哈哈大笑，站起身来："你是这的老板？年轻有为啊！"

"我叫胡东行，年轻谈不上，已经是不惑之年了，有为也不敢，不过养活一帮人罢了。哈哈，快请坐，请坐。"鲜有良一边寒暄一边打量这个来历不明的光头，暗自琢磨着他是故意找碴还是有什么别的目的。

千层锦开门见山，说："胡老板，咱们直奔主题。我来是想让贵公司帮忙，把这幅画卖给一个朋友，作价一千万，不知道这样的生意你肯不肯接？"

鲜有良瞥了一眼画布，皮笑肉不笑地说道："您这不是巴伯夏的作品吧？"

"好眼力！我没有巴伯夏的作品，可是你这儿有啊！"千层锦呵呵一笑，说，"刚才是跟这位经理开个玩笑，这样的东西卖出去一千万，到谁那儿都说不过去啊，是不是？"

鲜有良陪笑一声没说话，等着对方继续亮明他的来意。

"实不相瞒，我们环球贸易虽然规模小实力弱，却也有几个相互信赖的忠实客户。他们有需求了找上门来，要做几千万的资金周转，我们自应竭尽所能去满足。若在以前也不会麻烦到胡老板你这儿，做几单进出口的生意，一买一卖自然就成了。可惜时代变了，不同往昔，实体业务越来越难做，你们文化产业却水涨船高。客户需要档次提升了，追求更好的服务体验，我们自然也该与时俱进，所以才来跟胡老板你讨教学习，寻求合作。"

鲜有良听他拉拉杂杂说了这么多，早推断出环球贸易是什么货色，原来这个王大愚不是故意找碴，而是替主顾洗钱来谈生意。当下笑逐颜开站起身来，满面堆欢说道："既是如此，王总就是贵客。大庭广众不是待客之道，哪能在这里凑合！咱们到楼上我办公室里慢慢聊，请吧，您请。"

千层锦哈哈一笑，大摇大摆随他爬上二楼。

“倒茶，拿些点心过来。”鲜有良吩咐值班经理，又回头冲千层锦笑道，“王总，具体业务让下面的人自己沟通就行了，咱们只负责喝茶、聊天。”

千层锦一本正经地说：“欸，那我哪儿能放心？咱们先谈艺术，喝茶不急。”

“好，不知您这次要处理的资金有多少，方便透露吗？”

千层锦伸出一只叉开的手掌，说：“先做这个数。”

“五千万？那您有一幅作品就够了，方便、实惠。”

“不不不！”千层锦连连摆手，“这次的客户一贯作风谨慎，又是个真正的艺术爱好者，有一定品位，五幅心里踏实。”

“这么多？”鲜有良喜不自胜，“不过，为您考虑，这样成本可会高许多。”

“成本高不高就看胡总怎么出价了，我是满怀诚意而来，你总不会叫我再大失所望而去吧？”

“哈哈，那是自然不会！”鲜有良左右瞅了瞅，压低声音说，“就当我交您这个朋友，左手怎么进的右手怎么出给您，五百万一幅。”

千层锦往沙发上一靠，板起脸来：“这就没意思了！胡老板还是拿我当外行啊。都知道巴伯夏目前如日中天，但是公开拍卖和私下收藏本就走的不是一趟线，就算再有名的大师，手里流出来的东西也不会是拍卖会上的天价！”

鲜有良慌忙笑道：“我可不敢拿您当外行，您出个价，只要不让我赔进去国际运费和保险钱，我就忍痛割爱！”

千层锦还是伸出一只手掌：“五百万,五幅！”

鲜有良心里暗暗得意，隔行如隔山，别看你环球贸易做的也是投机取巧的生意，又哪里知道艺术品这行的奥秘呢？他皱起眉佯做沉思不舍，最后狠下心说：“就当我交王总您这么个朋友，五幅就五幅，够不够本儿不管了！”

"好，痛快，我就爱跟你这样的打交道！有现货吗？客户还挺着急。"

"有！"鲜有良冲值班经理一摆手，说，"拿过来，让王总选。"不一会儿，值班经理就指挥着几个人搬了七八幅装裱好的油画进来，沿着办公室墙壁排了一长溜，五彩斑斓，金光闪耀，像一扇扇喷薄着神秘光彩，诱人沉迷堕落的幻境之门。

"若不是王总这样的内行人，我绝不会把它们都陈列出来任人挑选。你也知道，物以稀为贵，细水长流。巴伯夏的东西绝不愁卖，只会风头更盛，供不应求！您看看吧。"

千层锦走过去俯身去看，扶着眼镜装模作样逐幅驻足，最后直起身子，摇头叹息："都是精美绝伦，果然大师风范，一代宗匠！不过，总感觉差了些什么，对了，少些古典意味。许多客户都是追捧名声的居多，委托我的那位也不例外，是听着莫奈、高更、雷诺阿的名字爱上的收藏，要是能挂上致敬经典的名头就完美了。"

鲜有良脑筋一转，说："这些都不行吗？可都是引领时代的先锋巨作，用不了多久就会成为经典。如果您能等，我记得巴伯夏倒是有过几幅致敬凡·高的作品，我可以叫海外负责艺术品采购的专家留意一下。不过，最早也得下周二，还不一定准有。艺术这东西不是定制奢侈品，只能大师们画什么，咱们才能欣赏什么，毫无办法，呵呵！"

"我能等，一周的时间还是等得起。"千层锦故意做出一副大功告成无所用心的表情，吐出一口气在沙发上拍了一下，说，"好了，等你的好消息。不多叨扰，现在就告辞。"招呼了同伴就要收拾东西离开。

鲜有良拦住他，笑道："王总，这么大笔交易不能仅凭咱俩口头一说，签个合同怎么样？没有纸质的东西压着，下面的人总是粗心大意，忘东忘西，约束一下也好不失信于人，你说呢？哈哈。"

"理所应当，理所应当！"千层锦手拍着脑袋连连致歉，"我这脑子，实在是……哈哈。来之前公章支票其实都备好了，你看！是不是？绝对诚意十足！”

鲜有良心满意足，笑道：“合同金额五百万，定金百分之十，这是公司的硬性规定，没有别的意思，王总不要介意。”

“没说的，五十万未免保守了，定金我押双份，百分之二十！”

鲜有良大喜过望：“王总是爽快人，您是在用诚意倒逼我们的服务，哈哈！不过咱们先小人后君子，如果无故违约，您这定金，公司可不能退。”

千层锦底气十足地保证：“放心，只要东西没问题，我若是反悔不要了，一百万的支票就是你们的。话又说回来，如果到期你的货交不上，汉骨唐风也得照数赔我。”

“品质绝不会有错！”鲜有良从一排画框上挨个拍过去，说，“这就是现成的参照，如果到时候有丝毫出入，咱们照章办事！绝不会耽误王总您的事……交接时间您定在哪天？下周二，好，早九晚五随时恭候。”

千层锦签了合同，付了支票，离开时又特意嘱咐说：“下周二中午十一点，我准时来取，胡老板记得嘱咐你的人，提前备好了货。十一点，千万不要延误，再见。对了，不用装裱，好拿。”

鲜有良指示值班经理记下来，欢天喜地、毕恭毕敬送了千层锦出门，又趾高气扬地回到办公室，关上屋门，翻出一个手机号拨了出去，说：“大师，忙着呢？哈哈，是不到时间，特殊情况。有人点名要致敬凡·高系列，受累加个班，赶五幅出来。”

另一边的画手问道：“五幅？一幅还好说，我正打算给它命名叫《阿尔勒斯的晨星》，是灵感突发构想出来的，其他四幅怎么办？”

鲜有良哈哈笑了几声，心里暗骂他迂腐，嘴上却耐着性子开导说：“有一就有二，有二就有三。凡·高最著名的作品搜出来，用你富有创造力的大脑去领悟，去解构，再重新组合、表达。发挥想象嘛，天马行空，既抽象又朦胧，不着边际，充满象征意味。表现主义嘛，好好表现就行了！”

“道理我懂，具体画什么？《布拉班特麦田》？”

“对对对，就是这个思路，《多比尼路上的树根》《丈菊》《不吃马铃薯的人》，都是卓越的素材，全看你发挥。”

“好的，我明白了。”

鲜有良感觉到了支配别人，让对方唯命是从的优越与满足感：“还是那个时间，我过去取。手头的活先放放吧，这个千万别耽误。辛苦你，就这样。”

回去的路上，千层锦闭眼回想了一阵，自认为没什么明显的破绽，才傲然一笑，见开车的弟子欲言又止，就说：“想问就问。”

车已经开出去有段距离，弟子终于忍不住问道：“师父，刚才一直没敢出声，怕他们听了去。我就是不明白，骗钱不都是从别人手里往自己这边划拉吗？怎么今天咱们反倒送过去一百万？这样的圈套我看不懂，觉得太危险。”

千层锦赞许地点点头，说：“你肯主动去想说明用心了，这就是开悟的征兆！你再思考一下，我为什么不怕他讹走这一百万？”

弟子琢磨了一会儿，试探着回答说：“因为签合同了？他是坐地的买卖，不怕没人管得了他。只要他按期交不了货，支票就还是咱的，随时可以拿回来！”

千层锦又问：“那怎么才能交不了货呢？”

“把画想办法毁了，或者干脆把画手挤对走？”

千层锦露出深不可测的表情，心里想到的却是薛宾九，沉默片刻慢慢说道：“不要忘了，咱们干什么都要想好对手是谁。你的主意是用来对付值班经理的，跟你过招的是他吗？”

“我明白了，是胡东行。”

“你没明白……胡东行的后面是贾庭西，贾庭西的身边有你师兄包小严，还得防着随时会出现的警察。”

弟子倒吸了一口凉气，叹道：“太难了！”

千层锦突然感到一阵悲凉，包老严被迫离开了，自己的左膀右臂只剩一个沙三路还在身边，连个得力的倚靠都够不着，就像在处处是刀锋芒刺的诡计战场上只有自己孤独奋战，格外觉得落寞萧索。但这种负面情绪只在他心里驻留了一瞬，就被别的东西驱除一空了。

他用充满关切和耐心的语调说道：“说难也不难，只要你掌握了节奏，踏准了时机，什么样的对手都会任你摆布。等别人醒过神来，你已经功成身退，留他们徒叹奈何了。”

当露丝鲍笑盈盈地把包小严领进总裁室，贾庭西只觉眼前一亮，顿时站起身来。

“啧啧啧！”他从班台后面绕出来，连声赞叹，“人才，人才！”不知是夸奖露丝鲍造型有术还是包小严一表非凡。

只见包小严从头到脚焕然一新，皮鞋像车床抛光的，西装像一体成型的，头发像数字精雕的，还戴了副窄框眼镜，领带夹和金属胸针熠熠生辉，相映成趣，整个人看上去风度翩翩，气宇轩昂。

“有了这么好的条件，效果就要发挥到极致。包总，你的宣传策略和落实成绩怎么样？”

包小严脱口说道：“我今天就是来总结述职的。我想，既然要快就没有快得过网络的，因此，让助理买热点制造话题，效果超乎想象。短短几天，咱们软件的平均日活就增加了一百多倍！这是数据。”

贾庭西大喜过望，接过报告扫了几眼，笑道：“好！我果然没看错人。你是怎么做的？”

“和露茜讨论研究，分析成功案例，最后得出了自己的结论。我们认为，要想出热门就得制造矛盾，挑拨对立，然后煽动舆论，构建共情，最后强制站队，诱导行动，就会水到渠成，一炮而红！”

露丝鲍笑道：“‘霸道总裁为了与瞧不起中国慈善的外国人赌一口

气，豪掷一个亿接手续建慈善大厦。’哈哈，多有话题性……”

“慈善大厦？一个亿续建？”没听她说完，贾庭西就警惕起来，脸色瞬间变得阴沉，他眼中迸出光来，在露丝鲍和包小严脸上来回看，脑子思索着，嘴上漫不经心地问，“要是别人找上门要钱，拿不到一辟谣，刚吹出来的卡慕玛旎不就粉身碎骨臭大街了吗？”

露丝鲍不屑地冷笑说：“找来就抻着谈呗，只要能应付十几二十天不就无所谓了？你不就这么计划的吗？”

想了一阵，贾庭西神情放松下来，笑道：“哈哈，别说，这倒是个好主意。慈深继善基金会，对吧？几个明星发起的，利用好了确实能引来不少关注。”

“岂止不少，热度可是呈指数级增长！水军、粉头、流量大V日夜不停地转评赞……当然，这都是钱的功劳，还有包总的个人魅力。他如今已经成了万千粉丝追捧的神秘偶像，帅气、豪横，还充满为国争光的正义性！”

“哈哈，现在就时兴这个。”贾庭西看着露丝鲍满是欣赏的眼神，心里微微一动。

“卡慕玛旎的名声和软件下载量也水涨船高，连我都没想到效果这么好。”

“好，好！”贾庭西也赞不绝口，“趁热打铁，把最近策划的活动推广下去，乘胜追击！”他睥睨着包小严，说道，“包小严，只有在我这里，你才能施展抱负，出人头地，你服不服？”

包小严皱着眉头不为所动，淡然说道：“这还不够，跟我要的还差得远。一个亿只是星火燎原，不是如日中天，烧得快退得也快。而且，关注度不是咱们真正要的东西。”

“哦？”贾庭西用混合了冷笑与赞赏的眼神打量着包小严，对他真有了刮目相看的感觉，“说说。”

“关注只是冷眼旁观，热爱才会甘愿付出。我的计划是，不仅不回避基金会，还要主动接触他们，谈投资谈收购，假戏真唱！一个亿计划之后，还要再放出更劲爆的消息。咱们软件用户数每增加一万，公司就会追加一千万投资，用十亿封顶的资金入股收购，就为了让慈善大厦重获生机。这不算完，所有股份还要高调宣布，无条件捐赠给基金会。这样一来，我们得到的将不只是关注，明星粉丝、热心网友甚至所有人都会爱上卡慕玛旎，这才是我真正想要的！”

贾庭西看着口若悬河、目光如炬的包小严，心里竟隐隐感到一丝畏惧。他不自觉地踱起步来，仿佛嗅到了危险的气味，沉声说道：“慈善大厦背后可不止明星基金会这么简单，烂尾楼一直是政府的心病，风吹草动都扯着神经，你这么招摇就不怕引火烧身？”

“贾总，我听说，想要天大的成就就要有天大的胆量！”包小严眼中闪动着熊熊的火焰，那是勃勃野心在燃烧。他边说边向贾庭西盯过去，目光中的炽热和锋利丝毫不加掩饰，像是在逼问，“你有吗？”

贾庭西嘿嘿一笑，问道：“你打算怎么干？”

“干就干他个分量十足！从意向接触到合作考察到合同谈判一直干到公开签约！除了给钱是假的，其他都是真的。”

贾庭西抓抓下巴又揪揪头发，脚下越走越快，包小严的脑袋和身子就随着他从一边扭到另一边。最后，贾庭西在露丝鲍跟前停住，终于下定了决心：“好！不入虎穴焉得虎子，包总，就按你说的办！慈善大厦收购投资计划就由你全权负责！”

包小严微微一笑：“如果由我全权出面的话，需要法人授权书，还要露茜以财务总监的身份陪我出面。”

贾庭西本来有意让露丝鲍跟在包小严身边，防备意外发生，但包小严一主动要求，他反倒起了戒心，联想到露丝鲍方才的神情，心意更为坚定，说道：“授权书现在就给你签，露茜出面就不必了。”

包小严踌躇片刻，点头说道：“那我找机会把口风放出去。”

贾庭西点指着他，提醒说：“记住，不管用什么方式，都要显得若无其事！要轻描淡写，给人以想象空间，觉得收购对你来说可有可无，无足轻重。你心血来潮有了兴趣，又随时都会忘掉……总之，就像个四处拈花惹草又负心薄幸的无情浪子。这样，别人才会更加敬你怕你，就算谈崩了，谁也说不出难听的。”

正在这时，手机铃声突然响了，鲜有良打了语音通话过来。贾庭西脸上一喜，按了静音，对包小严说：“行了，包总，辛苦你。”

包小严看了一眼露丝鲍，告辞离开。露丝鲍冲他笑着摆摆手，神情妩媚亲热，却没有要走的意思。

贾庭西看在眼里心中高兴，接通了鲜有良的语音，问道：“有发现了？”

鲜有良说：“没有，根本没有疑似古法派的人来。你是不是多虑了？他们能拿这儿怎么样，弄几件假古董卖给我？”

“沉住气，别大意。”贾庭西不由得皱了皱眉，又说，“你也要多检点，吃喝玩乐和专业研究都不能太沉迷，那方面太上心，别的地方智商就不够用了。”

“不会的。重大合同我都亲自过问，日常业务又都是做熟了的，能出什么差错？就拿最近这笔大额的来说，咱卖东西他付款，合同里白纸黑字写着，他还能给掉一个个儿？”

贾庭西心中有些失落，问道：“什么合同？”

“一家公司给人做资金周转，要买几幅画，签了五百万的合同。”

“多少？”贾庭西神经忽然一跳，紧张起来，“哪家公司，什么来历？”

他突然拔高的调门让鲜有良吃了一惊，急忙解释说：“使馆街上一家做进出口的，叫‘环球贸易’，老总叫王大愚。我查过了，没问题，看着快倒闭了，却十几年屹立不倒。挨着大使馆，估计有点儿背景……”

“王大愚？长什么模样？”

“光头戴眼镜，留着小胡子，普通话没毛病，感觉不像古法派的，尤其是那个千层锦。”

贾庭西沉默了片刻，呵呵呵地笑起来：“你查过了就好，不管是不是千层锦，你们交易的时候我都叫包小严过去。”

鲜有良心中不满，赌气问道：“又叫他来干什么，当了总裁助理连艺术品买卖都精通了？”

“艺术品买卖他不如你懂，是不是千层锦他却比你认得清。”贾庭西笑着抚慰满腹怨气的下属，说，“你跟我出生入死这么多年，跟一个新来的计较什么！该是你的就是你的，谁都抢不走。”

鲜有良顿时觉得气顺了许多，说了具体时间，怏怏不乐地挂了电话。

贾庭西冷笑一声，对露丝鲍说：“露茜，下周二你也去一趟。提醒包小严，十一点整，不要迟到。”

当解知略再次出现在众人面前时，赵倚梦惊叹着开玩笑说：“知了哥，你这也太颓废了吧！知道的明白你在查案，不知道的还以为你去哪儿流浪了。”

解知略抓了抓头发，又摸了摸下巴，问道：“这么明显吗？我还补了觉了，可能是胡子忘刮的原因。”

“不要强调客观理由，内部因素决定外部表现，你这分明是报废体质。”

小攀挎着赵倚梦的胳膊也来助阵，笑道：“物质决定意识，意识又反作用于物质，归根结底还是脑子问题。”

“照你们这么一说，我还是流浪去吧。”解知略冲季曾诗、殷棠离和其他几个男志愿者一挥手，笑道，“自认脑子赶不上她们的，咱们走！”

季曾诗他们起哄凑热闹，簇拥着解知略就往外走。殷棠离问道：

“解哥，这算不算煽动群众，挑拨男女对立？”

解知略立刻转身回来，笑道：“这顶大帽子我可不敢戴，咱们还是回去吧。”

殷棠离笑道：“也对，咱们流浪去了，靠什么吃饭呀？”

有人说：“不是有‘馋死你’吗，可以传做饭视频赚钱啊。解哥你会做饭吗？”

解知略心中一动，脱口问道：“这个‘馋死你’到底是干什么的？何芜漫……”说到这儿，他忽然神色尴尬，正想转换话题遮掩过去，赵倚梦却听到了凑过来，问道：“你前女友啊，你还跟她有联系？”

“暂时没有，我是看她在网上转发了好几次有关‘馋死你’的东西。”

“传做饭视频赚打赏的，很多人都在玩。”

解知略问：“谁花钱看别人做饭啊？”

“怎么没有，看的人还不少呢。”

“好像不传视频也能玩……好了，该干正事了。”赵倚梦把众人聚拢到一起，一边安排任务，一边问，“知了哥，这两天你有什么新突破没有？能把可恶的神秘报案人抓到吗？”

“能不能抓到现在还不好说，线索倒是发现一些，都是在小殷的成果中梳理出来的，应该会起关键作用。除了这些，还有另一个方向。”解知略看着小攀，想起她冲进凉亭时关切的神情，心里油然升起一种异样的感觉，难以分辨，无法度量，似是混合着朦胧的伤感和莫名的喜悦，“你还记得那天不顾一切逃走的受害者吗？”

小攀一愣，眼睛里飘过一丝难以察觉的不安，像是看到了令人忧惧的过往或者未来，随即点头笑道：“再见面能认出来……”

“神秘报案人用诈骗案骗了别人，报复的刀却砍在他这个第三者身上，他一定和神秘报案人有某种联系。局里已经把两起案子合并侦查了，我作为干系人也提了自己的看法和建议。犹怜小筑受害人要找到，慈善大厦坠楼案说不定也有类似的第三者，有必要利用监控筛查一番。”

“对。”小攀有点儿心不在焉，“就是太费时间。”

解知略晃了晃手机，又说：“初步结果已经有了，他们也发了一份给我。那个姓拖的逃跑受害者，图像是我确定的，人暂时还找不到。坠楼案发生前后，也有几个人疑似进出过慈善大厦。附近的摄像机位置和角度都不好，暂时没有能确定的，排查起来有一定难度。”

赵倚梦叹了口气，失望地说：“靠这些还是不能一下抓住神秘报案人啊，说不定什么时候他又来行凶了。”

解知略也不无懊悔地说：“其实上次在犹怜小筑我忽略了一个问题，不然的话，说不定还可以提前找到突破。”

“什么问题？”

“我想，如果我是神秘报案人，策划了一个还算精巧的圈套，一定非常关注它的实时进展，渴望了解被我戏弄的所有人的一举一动……”

赵倚梦恍然大悟，接话说：“哦，那个神秘报案人就在现场，躲在角落里偷窥！”

“不一定是他本人，但至少会有他的眼线。可惜，那天我忽略了这一点。”

“下次你带上我们，不管是谁，保证把他揪出来！”赵倚梦一说，其他志愿者也随声附和。十几个人各抒己见，虽然少不了吹牛和开玩笑的成分，一片热忱却是溢于言表。

解知略受了感染，情绪也激昂起来，感觉神秘报案人下一个电话很快就会打过来，自己将凭借细致的分析和敏锐的判断找到他的踪迹。

没多久他的感觉就应验了前半部分，神秘报案人的电话果然如期而至，解知略看到“未知号码”的时候手都禁不住颤抖了。

“什么时候，什么地方，什么案子？”他毫不客气，接通之后不等对方吱声就把核心问题抛了过去。

“解警官，不要着急嘛。”神秘报案人发出一通主宰者的笑声，说，“你也喜欢上了把别人命运掌握在自己手里的感觉，对不对？哈哈，可是，告诉了你时间地点有什么用呢？我知道你的一举一动，你却不知道我的。真正的命运掌握者是我，不是你，解警官。”

“你掌握的是那些被你欺骗的受害人的命运，不是我的。我要是不去，你的杀人预告又演给谁看呢？”

“你会去的，只要你足够努力，或许能改变他们的命运。你搞什么防欺诈宣传不也是为了这个目标吗？而且，你是警察，还是党员。你的组织从一开始就给你套上了枷锁，如果置之不理，他们和你自己都不会答应的，这就是你的致命弱点。”

“哈哈，你的呢？”解知略仔细分辨着对方电话里的背景音，试图获得能定位的标志性响动，结果却一无所获。

“我有致命弱点吗？我不觉得。”

“胆怯！你只会老鼠一样躲在阴影里打电话，指挥一群同样见不得人的帮凶，永远不可能光明正大地生活。”解知略刚一说完就开始后悔，咒骂是最无力的武器，激将法对狡猾的敌人也毫无作用，是自己沉不住气，过于急躁了。

“你错了，不是我躲在阴影里，而是你智慧不够看不见。”神秘报案人被解知略一番话说得语气从张狂变为阴沉，“解警官，咱们会见面的……用不了多久……我也会自由自在生活在光明正大里。好了，明天还有一个人的命运等着你改变，你准备好了吗？”

“谁，在哪儿？”解知略隐隐预感到自己轻敌了，对手不会再像以往那样直截了当，而是会故布疑阵让自己费尽周折。自己就像追踪野兽痕迹的猎人，即使爪印消失在荆棘之中，也会锲而不舍寻觅下去，因为一旦被它吸引住了，半途而废比持之以恒还要艰难。

果然，神秘报案人再次以主宰一切的腔调笑起来：“这下你知道谁才是真正的命运掌握者了吧？明天中午十二点，在哪儿你不妨先猜一猜，再见！”

被人戏耍捉弄的愤懑和耻辱感重又包围了解知略，理智却也同时提醒他，神秘报案人不提前公布具体地点，或许也是心存畏惧加着谨慎，怕跟上次犹怜小筑似的，让他提前联系，布置了警力。

“这次他会选择什么地方下手呢？”解知略回想了一遍已知的所有线索，打算用它们织出一张能昭示未来的逻辑网，却发现素材实在太匮乏了，交叉出的经纬线残缺不全，漏洞百出，过去和现实都无法自圆其说，更不要说未卜先知了。

只能靠经验和想象去猜测了，首先假定如下事实：神秘报案人是境外电信诈骗团伙的头目，他挑选了本地人作为受害者，为他们设下骗局，再假惺惺地报案，用二次犯罪挑衅自己这个赋闲的刑侦队员。

真相就有可能是这样的：神秘报案人的真实目的不是逼迫自己放弃反诈宣传，而是嫁祸他人，牵扯警方注意，从而为另一个更大的诈骗做掩护。

据此可以进一步得出推断：如果第一次坠楼案里也有一个第三者的话，下一次的案件也不会例外。

那么，神秘报案人的终极骗局会是什么呢？下次的案子会发生在哪里，受害者又将是什么人呢？

解知略一时找不出头绪，灵光一闪，决定先确认一件事。他拨通了卫济风的电话，让他再查一下熊野牛那个号码的最新状态。

漫长而煎熬的等待之后，结果不出所料，在格鲁吉亚早晨八点，也就是国内中午十二点，又有一通电话准时出现在通话记录里！

解知略看着那个已经印在记忆中的熟悉号码，激动得像是已经站在了对手的面前，只需一伸手就能将他抓获归案。他在电脑前一个数字一个数字地比对着号码，心里对自己宣告，自己的判断准确无疑。固定而重复的时间，特殊而敏感的日期，一次是巧合，两次就是必然，这个号码就是神秘报案人的！

一个晚上加一个上午的忧虑、忐忑、焦躁一扫而空，变成了跃跃欲试的冲动，他要把这一重要线索汇报上去，申请紧急定位，用技术手段将擒获凶手的渴望变成现实。就在他克制着兴奋抓起手机的时候，铃声突然惊心动魄地响了。

解知略顿时愣住，“未知号码”四个字给了他当头一击，就像奋力冲破云层的一刹那，迎来的不是灿烂的光照而是刺眼的雷霆。他看了一下此刻的时间，已是十一点四十五分，离着报案人的预告只剩十五分钟，估计什么都来不及了。

“久等了，解警官。大学校园里有人想不开，不知道能不能找您报案？”

解知略跟他无话可说，放几句狠话毫无意义，只会让对手冷嘲。对手不想透露的，问了也是白费口舌。他一边出门一边盘算，从住的地方到大学，不堵车也要十三四分钟，校园那么大，又不知道具体地点，就算赶到案发现场也超时了。

他想起来，赵倚梦好像说过，今天的计划是“反诈进校园”，应该有志愿者正在大学里，或许能让他们四处留意一下。不过，留意什么呢，又到什么地方去留意？

十二点，正是吃午饭的时间……解知略突然一激灵，食堂！对，就是食堂，这里人员密集，人流量大，容易行凶还方便撤离，有人要闹事最有可能选择这里。

不等他给赵倚梦打过去，她的电话已经打过来了。解知略猛然一惊，以为已经发生了不可挽回的悲剧，只听赵倚梦心急火燎地叫道：“知了哥，不好了，学校里有人要跳楼！”

“在哪儿？我马上就到。”解知略暗自松了口气。自己的猜测是错的，悲剧还没有发生，地点也不是食堂。

“第二食堂，楼顶！”

解知略心中五味杂陈，匆忙之中问了一句：“小季在你那儿吗？”

赵倚梦不明所以，说："在呀，让他上去救人？"

"不是，贸然凑近容易激怒轻生者。让大家分散他的注意力，拖延时间等待救援。还要劝退围观者，减弱轻生者的求死之心。你嘱咐小季，等我到了帮我做一件事……"

等解知略马不停蹄赶到第二食堂，发现楼下聚集着不少人，楼顶却空空如也。赵倚梦、小攀和两个在校生正神情悲愤地交谈，旁观的志愿者、学生围成了一个圆环将他们圈在中间。

有人看见解知略过来，说了一声："解警官来了。"围观的圈子打开一个缺口放他进去，随即又合拢了。

解知略问道："人呢？"

赵倚梦叹了口气，说："拉去抢救了。救援的还没到，人就跳下来了，怎么劝都没用，抱被子的同学都没来得及出宿舍。"

解知略心中一阵苦涩，神秘报案人又得逞了："怎么回事，因为什么知道了吗？"

"当时我们正在吃饭，食堂外面忽然乱作一团，原来有人要从楼顶往下跳……"

"幺幺零没来吗？"

"来了，找学校和同宿舍的取证去了。大家都跟着去看热闹，他俩也知道一些内情，被我拉住留下来了。"

解知略向那两个学生点头致意，说："同学你好，我叫解知略，也是警察。请问你们怎么称呼？"

两个学生说："我姓李。""我姓王。""跳楼的是我们同学，姓君。""我们都叫他'君何在'，这也是他的网名。我们都是在读研究生。"

"他为什么要跳楼？"

"他网恋了，人一谈恋爱脑子就不正常。""一开始轰轰烈烈，后来水深火热，最后悲悲切切……"

赵倚梦忍不住问："你就不谈恋爱吗？"

"我不谈，没用。""我想谈，谁跟我啊。没有也好，省得被人骗。"

解知略一听"被骗"两个字，神经就紧张，问道："他是不是被人套路，进了杀猪盘？"

"什么意思？"

"就是以情感欺骗开头，金钱诈骗收尾的网络骗局。骗子非常有耐心，先用完美恋人的形象引人上钩，让人迅速坠入爱河，觉得受了幸运之神的格外眷顾，爱情来得太快太美都不像真的……"

两个同学嗤笑一声说："对，他就是这样。自从在交友软件认识了那个女的，就变成另一个人。课不好好上了，叫他联游戏也不理，打球也不去。说他两句反倒嘲笑我们，说她才是世上最懂他，最有资格拥有他一切的人。我们懒得搭理，以后有事就不叫他了。也不知道谈恋爱都这样，还是那个女的格外有魅力有手段？"

解知略说："骗子是在放长线，他们管这个叫'猪养肥了再杀'，所以俗称杀猪盘。一般养的时间越长，杀起来也越狠，叫'回收时间成本'。这种骗术流行了一段时间了，可惜上当的还有很多人。"

赵倚梦说："我们今天的宣传里就有这一项，谁知还是晚了……"

解知略安慰她说："亡羊补牢不算晚，只要警醒后来人就是功劳一件。杀猪盘恶劣之处在于它往往勾连着网络贷款，转眼就能叫人负债累累、倾家荡产。受害人冲动之下不管是轻生自杀还是铤而走险，一辈子就算全毁了。"

两个同学对看了一眼，说："对！听说那个网恋女友拉着他做什么网络竞猜，说是有个舅舅是做后台的，能暗地里赢钱。结果，尝了几回甜头，后来就赔了。女友怂恿他四处借钱，要回本。家里掏空了，亲戚朋友也借了个遍，还找我们借，欠了不少同学的钱。后来又透支信用卡，都不知道办了多少张，看着都叫人害怕。最后就是去借高利贷，拆东墙补西墙，手机里网贷软件下了好几款！"

赵倚梦问：“你们就没想过他是被人骗了吗？”

“他什么都不跟别人说，这都是后来才知道的。”“他整天死气沉沉，不是对着空气发呆就是窝在床上朝墙躺着，别人以为他只是感情受挫。”“中间有一天露出过笑的模样，原来他招架不住女友的糖衣炮弹，又东拼西凑弄了笔钱，要搏最后一把。别说，还真赚到大钱了。”

“哦？”围观众人难以置信，纷纷露出怀疑的神情。

解知略知道，骗子吃人不吐骨头，一定要榨尽受害人所有油水才肯罢休，这不过是他们丧心病狂的最后花样。他看了一眼小攀，见她脸色微微发白，仿佛有些失神，不知在想什么。

两个同学又说：“就是取不出来！说是要交什么保证金，要充够了四倍才行。”“就是说，假设你投了五千，赢了五千，连本带利总共一万，要想提取出来就得充四万，最后五万一块儿到手。”

殷棠离倒吸了一口凉气，感叹说：“够狠的！真是杀人不偿命啊，怪不得叫杀猪盘。”

解知略点点头：“骗子把人的心理琢磨透了，自己的钱眼看着触手可及，再有个煽风点火的，很多人就会去冒险。这也是整个骗局最后一步，也是最致命的一刀。”

两个同学听了也不寒而栗，暗自庆幸被骗的不是自己。他们说：“前几天他大哭了一次，要自杀，被室友拦住了，再三逼问才知道，他又被骗了。他说自己已经被吃人的网贷拉进深渊里，这辈子都爬不出来了。以贷养贷、砍头息、强制逾期……各种套路折磨得他生不如死，绝望了。”

殷棠离忍不住骂道：“这不又回到旧社会了！什么裸贷、网贷、校园贷，花样百出，全是冲着学生们来的，都是帮混蛋！”

赵倚梦也痛心疾首：“是啊，都说年轻人是国家和民族的未来，决定着国家民族的命运。可是他们的命运呢，却被高利贷死死地捏住了！未来还没来，先被插上一把吸血的刀，那未来还有希望吗？”

解知略问道：“第一次自杀不成，今天再次崩溃了？”

“应该是吧。听说室友轮番开导他，让他报警，他好像想开了，没再表现出极端情绪来。不知道今天怎么回事，突然就爬上了食堂楼顶。”

赵倚梦接过话说：“我们听见动静从食堂出来，就看见他在上面站着，脚尖都探出了房檐，摇摇晃晃，风一刮就能掉下来。我跟小攀拼命喊，叫他不要轻生，可能是我嗓门高，他还朝我们这边瞧了几眼。我记得清清楚楚，当时他就回应说，‘想要，想要’……”

解知略心中一动，问道：“他想要什么？”

“我们也这么问他，他一边哭一边说。离得远又有风，他外地口音还重，好像是要什么‘五倍厉害的好股’。”

解知略一下想到了邵乐仁：“五倍厉害的好股？他也炒股？”

两个同学说：“不是炒股，他搞的是什么网络竞猜，说白了就是赌博。”

“还有别的吗？”

“没了，说完他就跳下来了，同学们都吓坏了，幸亏提前叫了救护车，车一到就拉走了。我们了解的就这么多，没别的了。”

解知略谢过他们，跟他们道了别。赵倚梦发现小攀一直沉默不语，神情隐隐透着忧郁，就问她：“你怎么了？”

小攀轻轻一笑，说：“没什么，就是今天的事让我心里很难过。”

赵倚梦搂着她的肩膀安慰她：“我也气得够呛！坏人这么猖狂，咱们一定跟着知了哥把骗子捉住，出这口恶气。”

就在这时，人群外面突然一阵骚乱，季曾诗揪着一个年轻男子来到解知略跟前，神情很是兴奋。他先招呼从另外两个方向包抄过来的志愿者，问道：“那边没有可疑的，对吧？”

两个志愿者笑容满面地点头回应：“就这小子一个！”

解知略压抑的心情立刻明朗了许多，他的判断是对的，神秘报案人果然在窥视着他的一举一动。他笑着举起季曾诗缴获的手机，问那个不甘屈服，兀自挣扎的强横男子："你还有什么要辩解的？"

男子扫了一眼，知道录像仍然开着，只是镜头正对准了自己。他被眼前的阵势吓住了，没想到这个带头看热闹的，和那几个健壮学生竟是一伙儿的，看样子还不止这些人。他嘴唇发白，强词夺理地反问："偷拍犯法吗？"

众人一阵大笑，男子顿时涨红了脸。

解知略说他："你知道我是谁吗？"

他说："不知道。"

"谁让你来的？"

"不知道。"

"嗯？"解知略隐隐觉得自己大意了，这个人会不会也是被神秘报案人摆布的无辜棋子？"那你来这干什么？"

"拍你，准确地说是录像，然后有人给我钱。"

解知略看着他，觉得像在看恶意投来打中自己脑袋的小石子，无济于事又无计可施。"跟我走吧，去派出所！"

男子霎时惊慌起来："为什么，你是干什么的？"

"我是警察，怀疑你是杀人犯的帮凶！"解知略心绪烦乱，控制不住冲他喊起来，随后向季曾诗使了个眼色，转身就走。

季曾诗和另一个志愿者押着男子紧随其后，来到校门口一处僻静的地方。男子不停地告饶："我什么都不知道啊，我只是个来找工作的，我就录了一段录像而已，还被你们抓了现行……"

解知略停住脚步，转身问道："究竟谁指使你来的，目的又是什么？"

男子手足无措地解释说："我、我来这里找工作，看见网上的招聘信息就去面试，通过了就来拍你，就这么回事。"

解知略现在可以确定，自己再次被神秘报案人戏耍了。他不抱希望地询问着无辜的可怜人："具体是谁，在哪儿？从头仔细说！"

"昨天，我去应试短期摄影助理，在一家快捷宾馆见的面。面试官就一个，戴着口罩，看不清模样，岁数不是太大，听声音是个男的。他问了我一堆问题，对我还算满意，说初步录取了，但是需要我提交一份作品小样，做进一步考核。为了保证不弄虚作假，题材由他们指定，还给了两百块钱劳务费，说今天中午大学里会有反诈演习，有人会在十二点前后赶到食堂前面的小广场。随后给了我照片，让我全程拍下他——哦，也就是你的表现，发到他的邮箱。"

"还有什么？"

"没了。"

季曾诗吓唬他说："老实交代！有一句是假的，或者隐瞒不说，你就是从犯！"

男子急得快要哭出来，冥思苦想了一番，补充说："面试的时候他接了个电话，中断了几分钟。他叫了声'老板'就躲到卫生间说去了，怕被我听见，可是我耳朵灵，还是知道了一些。"

解知略立刻警醒了："说的什么？"

"好像是他们公司老板要去一个什么地方，要他做好准备。一个别墅区，名字挺气派的，到现在我还有点儿印象，叫什么达什么府，对，皇家首府！"

"罗安达皇家首府？"解知略心脏怦怦直跳，紧张地问道，"时间呢，时间知不知道？"

"下周二，具体时间我忘了，不是十一点半就是十二点半，要么就是十点半，反正就是快中午这段时间。"

解知略没想到竟以这样的机缘获知神秘报案人的行踪，虽然面试官和他口中公司老板的身份还无从知晓，但这已经算是突破性的大发现了。他笑了笑，对男子说："好了，这番话很重要，到所里再复述一遍吧。"

"啊？还要去警察局！"男子龇牙咧嘴万分不愿，"你也是公职人员，公共场合拍你不算犯罪……”

解知略也不理他，扭送他到了接警的派出所，说明来意之后交接了证人，又说了自己的经历和掌握的情况，最后恳请办案民警，有新证据了在程序允许范围内适当透露一些给他。从派出所出来，他又去了男子面试的快捷酒店，果然跟预料中一样，早就人去屋空。查了开房人的信息，也没有令人激动的发现。

他站在街头踌躇四顾，心中如波动的大海，既澎湃又茫然，有几个疑问阴影一样盘旋不去。

神秘报案人让手下开了钟点房，招聘一个一无所知的求职者窥测自己的反应。这就是他的唯一目的吗？

网络诈骗案发生了，君何在跳楼做了牺牲品，自己无所作为，那个推理中应该出现的第三者在哪儿？

距离下周二只有三天时间，罗安达皇家首府也是片大区域，该怎么锁定看似近在咫尺却又遥不可及的死对头呢？

鲜有良在熟悉的餐馆吃得心满意足，又到附近的养生会馆休息了一个多小时，觉得浑身上下懒洋洋的，说不出的舒泰，连呼吸都觉得格外痛快。他吐出一口气，正要走进附近的某个小区，就听路边有人叫了一声：“鲜有良！”

他吃了一惊，急忙转身去看，只见不远处路灯底下蹲着一个壮汉，正有意无意朝这边歪着脑袋。他以为自己听错了，扭过头不去理他，没想到那人又冷不丁叫了一声：“鲜有良！”

鲜有良顿时警惕起来，看了下四周，沉声问道：“你是谁？”

那壮汉并不理他，嘴里啧啧有声，掏出半截火腿肠，逗着不知从哪儿窜出的一只流浪狗。

鲜有良虚惊一场，暗中苦笑，原来是自己精神紧张听错了，那人多半说的是方言。他轻咳一声又要离开，却听那人又叫道：“鲜有狗！”字正腔圆，语音清晰，普通话普通得不能再普通。

鲜有良怒火上冲，几步赶到那人身边，厉声质问：“你说谁？”

壮汉摇摇晃晃地站起身，一股酒气扑面而至。鲜有良眉头一皱，愤怒之中又心生鄙夷。

“干啥？”

“刚才你骂谁？”

壮汉指着流浪狗：“我跟畜生说话，问它先有狼还是先有狗。它没理我，怎么，你要抢答？”

鲜有良见他面目可憎，抬手就想给他一个耳光，转念一想又忍住了。正事要紧，何必跟一个醉汉纠缠！正要转身离开，壮汉却一把拉住他，毫不客气地发话：“别走！借个火。”

鲜有良恶狠狠地说：“没有！”

壮汉纠缠不休：“这么大火气，用嘴吹就行。”

鲜有良怒哼一声，眼光匕首一般瞪过去，甩脱了手臂转身就走。

壮汉乜斜着眼睛，冲着流浪狗指桑骂槐：“他娘的，你这畜生不说话一副狗样，还以为先有你，一说话狗都不如，一定是先有狼！”

鲜有良忍无可忍，反身回来抡手就是一巴掌，跟着抬腿一脚，将壮汉踹翻在地，这才觉得出了一口恶气，心里稍稍有些平复。

壮汉醉醺醺的毫不防备，“啪”的一声脆响，脸上便多了一个红手印，没等反应过来已经坐在了地上。这两下像是把他打得醒了酒，两条胳膊突然伸出来，一下抱住了鲜有良的双腿，死死坠着怎么也不松开了。

鲜有良没想到他竟耍起了无赖，接连挣扎了几次都没有摆脱，不禁又惊又恼，向他身上锤了几下，骂道：“找死！你他妈的挨揍没过瘾是不是！”

壮汉头一扎肩膀一抵，任他如何打骂也不松手了：“打坏了人，你别想走！”

鲜有良冷笑一声，喝道："讹人是不是！告诉你，少来这一套，一句话把你送进去信不信！"

这句话倒是提醒了壮汉，他高声嚷道："报警，我要叫警察！"

"谁来了你也是欠揍的货！今天看我怎么教训你！"鲜有良被他缠得心烦意乱，嘴里说着狠话，手上却也不敢再打。

有路过的好心人劝架，壮汉什么都听不进去，只是嚷着叫警察。鲜有良心里慌了，忍着火气服软说："哥们儿，差不多得了，你到底想干什么？不就是图俩钱嘛，我给你，你先松开行不行？"

壮汉认了死理，说什么也无济于事，路人只好报警。鲜有良恼羞成怒，骂道："给脸不要脸，警察来了会向着你？一身破烂货，当这里是你家地头儿了，臭要饭的！"向壮汉脑袋上"砰砰"又是两下。

警察赶到以后将两人拉开，挨个询问："你叫什么？为什么打架？"

鲜有良想了想，说："我叫鲜有良，在这儿做点儿小买卖。是他喝醉了找事乱骂人，我跟他根本不认识。"

"你呢，哪儿的人？干什么的？"

壮汉像是酒劲又上来几分，迷迷糊糊回答说："警察叔叔，我叫沙三路，外地农村来打工的。"

"为什么惹事？"

沙三路睁大了眼睛："我没惹事！我没事闲逛，在这儿拿火腿肠逗弄小狗，问它先有狼还是先有狗，这人就不乐意了。"

警察问："你怎么知道他的名字？"

沙三路说："我不知道！我正跟狗说话，结果他凑过来，一言不合就故意打人。"

警察笑了，瞅着他的块头，说道："他打你？看你才像打人的。"

沙三路侧起脸颊用手指着大声叫屈："谁打谁我不说，您来评判。您看这儿、这儿，还有这儿！我坐在地上也是他踹的，估计有内伤，头晕，恶心……"

鲜有良戟指叫道：“你别装！我踹哪了你就头晕！”

“对了警察同志，他还打我脑袋，骂我臭要饭的，你们来了也是向着他！这几位大哥大姐亲眼见证，我可什么都没说，也没还手，一下都没有！”

警察皱眉对鲜有良说：“你没理啊！这事你们想怎么解决？”

鲜有良自认晦气，说道：“我愿意赔他医药费。一个巴掌拍不响，打架也是双方的……”

警察扭头问道：“他给你道歉，赔你损失，这么解决你同意吗？”

“不同意！”沙三路醉意蒙眬，态度却很坚决，“我不差那几个钱，我就要法律公正，叫他接受该有的惩罚。”

“既然他不同意调解，就只能按故意伤害对你进行拘留和罚款。”警察对鲜有良说完，又转头对沙三路说，“你也跟我们走。”

沙三路着急说：“我是被害人，我为什么要被拘留？”

“对你不是拘留，是做笔录，不会耽误你治疗。你们也冷静下来想想，还有没有别的话说。”

“有，他还拿了我手机，我想要回来。”

警察大惑不解，说了声：“哦？”鲜有良更是莫名其妙，不知道这个醉汉又要什么花招：“说什么呢！我什么时候拿过你手机？警察能验指纹，你想讹人就是诈骗！”

沙三路从口袋里摸出一部手机，对警察说：“刚才我们俩抱在一块儿，手机掉出来弄混了，他拿了我的揣起来不肯还我。”

鲜有良大吃一惊，醉汉手里托着的正是自己的手机，因为从手机壳一眼就能看出来。手机型号撞上相同的不奇怪，手机壳也是同一款式就难遇了，何况自己的这款不便宜，买的人本就不多。

他急忙打开手包，发现有部一模一样的就躺在里面，抓出来一刷指纹，屏幕立刻亮了。他气急败坏地叫道：“我什么时候拿过你的，手包都没拉开过……”

“是不是拿错了试试就知道……”没等他说完，沙三路已经一把抢过去，将两部手机握在一起，手向口袋里一插，眨眼间揪出一条耳机，飞速顶进插孔，捏起耳塞装模作样听了不到一秒，就拔出来，把手机还给鲜有良，说道，“这是你的！”

鲜有良接过来重新刷指纹确认无误，恶狠狠地骂道：“神经病！”

警察催促说：“行了吧，再有什么事都到局里说吧。”带着两个人走了。

看热闹的也各自分散。千层锦慢吞吞落在后面，低头摆弄着手机，把刚才录下来的视频剪辑了一下，找到自己要去的居民楼，悠然爬上了第二层。

门敲了两分钟才有个神情萎靡的年轻人出现在面前，千层锦刹那换上一副慌里慌张的神情，急促地说：“你好，我是胡总助理，有急事找你！”说着一步挤进去，把门也带上了。

画手既惊讶又嫌弃，说：“派你来取画吧？都在那儿！”说着爱搭不理地抬了抬手。

“不是的，胡总出事了，你赶快收拾收拾，晚了就来不及了！”千层锦惊魂未定，一边连声催促，一边在所剩无几的房间空地走来走去，时不时俯向窗外倾听外面的动静。

画手不由自主也紧张起来，问道：“胡总怎么了？”

“不知道什么事，突然被警察抓走了，就在小区外面！我想可能是油画作假被人举报了。他从养生会馆里出来，正往你这边走，就中了埋伏，一个便衣两个警察当时就把他押走了。”千层锦掏出手机，打开了一段录像，“你看，这是我偷录下来的。”

画手看着手机里的图像，认出里面的人正是胡东行，被一个魁梧的壮汉抱住了大腿，镜头一晃，两个穿制服的警察押着他走向了路边的警车，壮汉摇摇晃晃在后面跟着。

“这是什么时候的事？”他神情恍惚，一时没明白这对他来说有什么紧要，“我给他打个电话，确认一下……”

“你要自投罗网吗！”千层锦并不害怕他真把电话打出去，因为沙三路已经用改造过的耳机做了手脚，鲜有良就算还能使用手机，也听不到通话声音了，“就是刚才的事，我去趟厕所的工夫……他们一走我就来找你了，如果真是假画的事，警察肯定会搜到你这儿来，到时证据确凿，胡总的罪名就坐实了！你也是共犯，档案里一写上，这辈子就别想清白做人了。为了胡总，为了我们汉骨唐风，也为了你自己，无论如何你都得赶紧出去避避。”

画手立刻惊慌起来，张着双手左顾右盼不知所措。千层锦提醒他：“赶紧收拾东西啊！马上就走，晚了咱俩都被堵在屋里了。”

“啊？啊！”画手颤声答应着，东张西望不知该从何处收拾起，最后拿起一把画刷，就往先前他手指的地方走去。

千层锦问道：“你要干什么？”

“我先把画好的毁了，不留证据！”

千层锦急忙过去拦住他，埋怨说：“哪个重要啊！你先收拾个人物品离开这儿，画都打包好了，我一拎不就走了！再说了，万一不是画的事，这些还能接着用呢。”

画手突然想到一个问题，注视着千层锦，问道：“现在是胡总的原因造成合同没完成，可不是我的问题，报酬该多少可不能赖账。”

“你放心！实际完成多少就按多少结算，这样总成了吧？”

画手犹豫片刻，不情愿地答应了：“好吧。”

“合同呢？”

“在我这儿，干什么？”

千层锦急躁地一边张望一边解释说：“我拿回去跟公司那份放一起，紧急情况下共同销毁。可不能带在身上，那样不就成了随身的罪证了吗？哎呀，公司不会不承认的。你不放心可以用手机拍下来，记得加密或者移到保密文件夹。拿来吧，动作要快！我老觉得有警笛响，心里不踏实。”

画手被他催得心慌意乱，翻出合同放在桌上，又去收拾其他东西，东一件西一件毫无头绪。

千层锦指着画架上一幅打了半截的草稿问道：“要是真查起来，单从画上能分出国外国内吗？”

“别人的能，我画的这些不能。”

“为什么？”

“胡总特意交代了，不能让人瞧出破绽，所以，我用的材料都是进口的！”一说起自己的专业，画手就骄傲起来，停下手，指着屋里的画具，不无得意地说，“颜料、画笔、内框，连钉子都不是国产的！包括这纯亚麻的坯布，都是外国大牌，我自己处理打底。”

千层锦点点头，说：“就是说，除了人工，所有原材料都看不出假来？”

“这么说吧，只要胡总不说，谁都看不出画是国内做的。”

“太好了，胡总应该能守口如瓶，只要你躲着不被人发现，这事就能化险为夷。你有地方去吗？”

画手一脸不情愿地说：“我有个高中同学就在本市，只好先去他那儿暂住两天了。”

“本市？那跟住这儿有什么区别！”千层锦急得几乎要骂出来，“你老家哪里的，今天还能买上票吗？”

画手犹豫了一阵忽然眼中一亮：“我表姐在隔壁城市，我可以去她那儿，她说过希望我教她孩子画画。”

“最好不过！把她电话记下来，然后手机关机！半个月内千万不能开，知道吗？因为你什么电话都不能接。坚持过这一段，官司也就运作得差不多了，你再跟公司联系。”

画手在无奈与犹疑中急匆匆离开了。千层锦搬了油画下楼，汇合了徒弟开车来到一家早就联系好的油画工作室。负责人殷勤地迎过去，献上茶来，问道：“老板，就画这几幅？”

千层锦点点头：“要快，要像。”

负责人赔笑道：“您放心，咱们这儿是专业的，几十名工人流水线作业，绝对又快又好。分毫不差不敢说，以假乱真一点儿问题都没有。反正不用显微镜，一般人看不出区别来，哈哈！请问，还是像上次说的，全用进口材料？”

“不错，连绷布的钉子都不能是国产的……”千层锦打量着这家以复制名画为生的油画作坊，满意地点点头，啜了一口热茶，补充说，“除了其中一样……”

大学生误入杀猪盘跳楼的事在高校间传得沸沸扬扬，赵倚梦组织的“防欺诈进校园”活动因此大受关注。有电视台进行了专题报道，好几个学校的学生会外联邀请他们去宣讲，宣传现场还有许多自发的个人直播。

赵倚梦信心满满，对解知略说：“知了哥，咱们的志愿者队伍已经突破五十人啦，还在不断增加。每个学校都有分队，还有专门的网络反诈小组。这天罗地网怎么样？”

解知略也为这意想不到的成功而感动，夸赞说：“厉害！你组织得好，有号召力，同学们又很积极，大家共同努力，成绩就积累出来了。倒退十几天，我怎么也不敢想象会有这样的效果。以后再请反诈部门的专家来帮着做几次培训，把各种宣传手段，传统的、自媒体的，等等，都用起来，肯定还能更上一层楼！还有社区，那里人多，有积蓄，但独立，如果能把居民朋友们发动起来，就是一股谁也不可轻视的力量。咱们的天罗地网越宽广，影响到的人越多，对诈骗分子的震慑就越强。”

“可惜君何在成了牺牲品……”赵倚梦叹了口气，说，“医院说他脊柱折断伤了主神经，就算命保住了，也会高位截瘫。也不知道现在醒没醒……"

说完这话没多久，解知略就接到了办案民警的电话，说有些情况通报给他。一是君何在的手机修复之后整理出了一些资料，可以加好友传给他；二是君何在自杀了。

解知略听得一头雾水："你是说他从昏迷中苏醒了？"

"对，苏醒了，然后就自杀了。"

"怎么可能，他不是高位截瘫吗？"解知略惊疑莫名，第一反应是，会不会信息传递过程中出错了。

"我们也是刚得到消息，详细情况可以到医院来了解，再见。"

挂断电话，解知略跟大家说了这个消息，众人都震惊得不敢相信。赵倚梦说："真不敢想象那会是什么样的画面……"她心生恻隐，还没了解具体情况已是不寒而栗。

小攀抚了抚她的肩膀，说："梦姐，他执意求死可能另有隐情，我跟解哥去看看，回头跟你说。"

到了医院，一个值班护士接待了解知略和小攀，说："重症监护室有录像，可是现在看不了。家属占着监控室，情绪太过激动，民警正劝导呢。我简单描述一下吧，君同学是凌晨苏醒的，上午的检查和治疗之后，他就睡了。等再有人进去，发现他已经没有生命特征了。"

解知略问道："他不是手脚都动不了吗？那是怎么自杀的呢？"

护士不禁露出凄然的神色："他是咬断输液管，自己往血液里吹气，引起血管栓塞而死的。录像里看，他怕被监护室的摄像机发现，还特意转过了脑袋……"

解知略沉默了，心里像奔突的地火一般翻滚，小攀一时没忍住流下眼泪来。解知略平复了一下心情，说："警察和家属都在，咱们也去看一眼。"

走进电梯的时候，小攀说："解哥，一会儿我先去楼下租个充电宝，手机没电了。"

解知略掏出手机，解了锁递过去，说：“别跑了，不一定有，用我的吧。”

“谢谢，我给赵师姐打个电话，问问她一会儿在哪儿。”

等从医院出来，解知略看着斜坠的夕阳，向小攀感叹道：“你说的对，君何在是执意求死，为什么呢？”

小攀想了好一会儿才说：“可能是他接受不了瘫痪的事实吧。”

解知略摇摇头，忽然想起办案民警发来的资料，打开看了一通，里面的几张图片给了他答案。那是君何在与网恋女友聊天记录的截屏，前面的内容跟那两个同学描述的差不太多。骗子得手之后就不回话了，直到跳楼前一天的晚上。

从截图上看，君何在的卑微乞求与无助呐喊像金鱼吐出的绝望气泡，排成摇摇晃晃的一长串。在接连几十条无人理会的独白之后，女友突然回应了：“知道我为什么不理你吗？因为我要考验你对我的信任和诚心。”

后面是君何在长篇累牍的哭诉，解知略没有细看，直接滑了过去。女友又说：“舅舅说了，他最疼我这个外甥女，只要你能证明对我是真爱，他就把钱直接打给咱们，高利贷也替咱们还上。你要是不信，我让他销几笔给你看看。”过了几分钟又发来一段话：“舅舅已经还了两家，电话也打过去确认了，叫他们以后别再骚扰你，不信你看。”后面还附了一张照片，拍的是一部手机的通话记录界面，一个红圈框出了两条记录。背景是一张电脑桌，胡乱摆着显示器、烟灰缸、纸笔之类。

君何在一番赌咒发誓之后，女友说：“你敢为了我跳楼吗？明天中午十二点就是对你最后的考验，你们学校的第二食堂楼顶，我想看到有人为我奋不顾身。”后面又连续发了几条语音，应该是进一步对君何在洗脑，将他逼上绝路。果然，君何在答应了，说自己怎么都是死，一条命换来全家不受高利贷折磨正是求之不得。

解知略彻底明白了，君何在执意求死并不是执迷不悟，而是用自己毁灭了希望的青春求取家人充满悲痛的解脱。

资料里好像有一些音频文件，不知道是不是那几条语音，解知略暂时不去求证，而是心有感应似的去寻找那张照片。图像放大之后，他果然发现了自己想要的东西——神秘报案人的电话，是跳楼发生前一天八点打来的！这个所谓的“舅舅”正是熊野牛，他的境外诈骗分子头目的身份确定无疑了。

解知略从手机上抬起头来，长舒了一口气，心里不知是胜利的喜悦还是挫折的忧伤。这个发现聊胜于无，远不能满足他的迫切期望。

小攀问道：“怎么了？”

“熊野牛在国外，抓他不容易……要是能查清他的社会关系和出国前的行踪，神秘报案人的身份或许就能顺藤摸瓜找出来。”解知略喟叹一声，觉得流逝的时间都化成了无形却沉重的实体，一层一层不停歇地压在他身上，让他透不过气来，“明天就是神秘报案人在别墅区出没的日子，我还没找到一点儿头绪。不知道他具体去哪儿，也不知道是不是他的下一个骗局。”

小攀忽然感到一阵隐约的心痛，她望着这个陷入沉思的警察，有了一种向他倾诉的冲动。她脱口说道：“解哥……”话一出口又瞬间停住了，心中另一股强大的信念让她改变了主意。

“啊？”

“明天我跟你去吧……不管是哪儿。”小攀灿烂地笑着，眼光热烈地去和解知略对视。

解知略心中一荡，自然而然说了声“好”，过了一会儿又开玩笑说：“我怎么觉得有点儿依依惜别的味道？”

“我还以为你会说像私奔，哈哈。”小攀侧过身子，又问，“你会一直把反诈工作做下去吗？”

“不知道，很多事不是一厢情愿的。”

“分别也一样。”

回到家里，解知略满脑子萦绕的仍是小攀的笑脸，他在失落中重新打开没看完的资料，却始终无法集中精神。他翻出那张拍着熊野牛手机的照片，漫无目的随手滑着乱看。放大后的图像依然清晰，里面的纸笔突然让他精神一振，霍然坐直了身子。

那是一张用过的普通打印纸，背面的字影还隐约可见，显然是作废的文件拿来当了记事本用。上面画着一行行潦草的字迹，有数字有汉字，有几处涂抹得已经看不出是什么，还有的被横杠划掉了，有的划掉又圈起来，看着像演算纸。

解知略一眼就看穿了其中的玄机，一阵狂喜令他心跳加速几乎喊出声来。这是熊野牛跟神秘报案人商定计划时随手记下的备忘，记载着他们处心积虑反复斟酌的全过程。纸面虽然凌乱，却能稍加分析就知道记录者最后的抉择。

他取过纸笔将自己的发现誊写下来，得到了三组文字，每一组都是数字和汉字的组合。数字代表着日期和时间，文字则对应作案地点。这一判断从前两组文字得到了印证，解知略一眼就看出了跟犹怜小筑案和大学食堂案有关的那几个数字，还有“怜”“学”两个可供佐证的汉字。

第三组数字的日期是明天，时间是十一点半，正跟偷拍者听到的一样。后面的汉字有的划掉了，有的孤零零什么记号都没有，其中一个汉字底下反复用笔涂了几道黑线，应该就是最后敲定的目标。

解知略打开地图，在“罗安达皇家首府”周边街道上一家一家地寻找，直到找遍所有可能为止。当他把唯一的结果记录下来之后，刚才的激动与兴奋反倒消失了，他开始怀疑自己是不是落入了圈套。他想到对手会有眼线时，眼线就自投罗网了；想迫切找出对手的行踪时，就有新的线索恰到好处地指点迷津。这一切究竟是他精明细致换来的幸运馈赠，还是对手精心布置的诱人陷阱？

他想到了小攀，紧接着又想到慈善大厦和大学食堂坠亡的两个人，心里有了答案。别说是陷阱圈套，就算龙潭虎穴，他也要去闯一闯！

他放下思绪不再去想，开始查看资料里的几段音频。他的推测没错，正是骗子女友发来的语音。她巧舌如簧，玩弄起别人的情绪更是得心应手，游刃有余，难怪君何在对她迷恋到不能自拔的程度。在她最后坦露心迹，用真情实感打动君何在时，说出了家里人对她的真实昵称，那是一个解知略闻所未闻的名字。

第二天上午，解知略早早就来到赵倚梦约定集合的地点。今天他们要去做宣传的社区是卢萨卡小镇，刚进小区门口，他们就遇见了熟人，是退休职工钟熙载和妻子吕容。

两人挽着手神情专注地走路，直到解知略打招呼才如梦方醒缓过神来。吕容眼中忽然闪过瞬间的光亮，很快又黯淡下去，用僵硬的微笑说："小解啊，你好。"钟熙载眼都不抬，黑着脸一句回应都没有。

赵倚梦说："钟叔叔，吕阿姨，我们今天在咱们小区有个防欺诈的宣讲，您二老要是有空……"

话没说完，钟熙载就脸色一变，说了声："没空！"大踏步向外就走。吕容身不由己跟了上去，又拉住他回身说道："解警官，你有空来我家做客呀。"

解知略愣了一下，答应着："好的，吕阿姨，我找时间去看您。"

"今天下午我们就有空，你早点儿来呀。"

钟熙载等得不耐烦，怒道："都什么时候了，还有那闲心！"

吕容忍不住大声还击："连人都不让来，自己臭在家里就美了？"钟熙载怒哼一声不再说话，甩开手臂自顾自走了。吕容轻叹一声，说："解警官，你有空了来呀，谢谢，再见。"

等他们走远，赵倚梦百思不得其解："怎么回事，这是跟谁置气呢？一个板着脸冷冰冰的，一个又客套得过了火。"

小攀不认识他们，问道："以前不这样吗？"

解知略皱着眉嗯了一声："一口一个'解警官'，一下感觉生分了。”

季曾诗说：“我感觉没什么，可能是老两口刚吵架拌嘴了，现在还能一块儿去买菜，估计吃完中午饭气就消了。”

赵倚梦惊奇地看着他：“你怎么知道他们去买菜？”

季曾诗说：“吕阿姨挎的布兜不就是买菜用的吗？早晨超市里抢菜的老太太人手一个，都是这样的。”

赵倚梦用两个手指捏起他的下巴，夸奖道：“哟，看不出，眼睛不大，观察力见长啊！”

解知略说：“没事就好。一会儿我和小攀要去个地方，有什么情况你们盯着吧。”

小攀问道：“去哪儿？”

解知略一笑：“到时候就知道了。”

汉骨唐风的值班经理心急如焚，眼看跟环球贸易履行合同的时间就要到了，老板胡东行却迟迟不见人影，给他打电话也没人接。人不在还可以应付，画没拿来可怎么交货啊。他在大厅里来回转圈，急得一筹莫展，时不时看着手表。

一个员工找到他，说有个人指名要见他。值班经理气呼呼地问道：“谁呀！他怎么知道我名字？”

“他不知道，他说找值班经理，不就是你？”

值班经理瞪了一眼，正要发火，员工又说：“他说他是来送画的，还说胡总知道。”

值班经理顿时转怒为喜，急忙说：“快让他进来啊！就算是闲逛的也不能拦在门外头，服务意识哪儿去了？”

员工点头哈腰地去了，不一会儿领了一个年轻人进来。值班经理看见他背着的巨大敞口帆布包，心里说不出的痛快，笑道：“胡总叫你来的？他去哪儿了？”

年轻人说：“不是胡总让我来的，我是他请的画手的朋友，我受朋友之托来交画。”

值班经理心生疑惑，问：“你朋友和胡总为什么不来？”

“我朋友说胡总让他搬家，两人正忙活呢。挺急的，我也不懂，我也没问。”

值班经理“哦”了一声，暗想：胡总一个人跟画手联系，搞得神神秘秘的，这次急着换地方不知是为了保险还是躲着谁？

年轻人说：“怪沉的，赶紧收吧，送到了我就没事了。”

值班经理连忙答应，庆幸画送得及时，没耽误正事。一颗悬着的心放下了，他格外高兴，笑道：“辛苦你了。”招手唤人过来搬货。

年轻人却说：“慢着，先把账结了。”

“什么账？”

“我朋友交代了，这次的五幅，加上前面的八九幅，都没结过钱呢，让我来了一次结清。”

值班经理呵呵笑起来：“我们公司跟你朋友签了合同，他还担心什么？既然合作没结束，结款又着什么急呢？来吧，先把货卸了，剩下的事让胡总跟你朋友慢慢说。”说着就让人接手。

年轻人见他们半拉半抢毫不客气的样子，心里顿时来气，忽然掏出一把壁纸刀，瞪起眼怒道：“干什么？你们要来硬的我就把画毁了！怪不得朋友不信任你们，果然蛮不讲理。既然这样，没话说了，一手钱一手货，不结清账屁话别谈！”

值班经理脸上变色，阴阳怪气地冷笑说：“小兄弟，合同一签，画就不是你朋友一个人的，毁了就是你破坏公司财产，可是犯罪。再说了，我们以前可没见过你，朋友委托是你一面之词，要有另一个人说画是你偷的，到这里来骗钱，我们该信谁？你说是不是这个理？”

年轻人被他说得理屈词穷，一赌气收了壁纸刀，俯身背起布包转身就走，嘴里嘟囔着：“妈的，老子不送了。”

值班经理马上拉住他，手下几个人围上来阻住了年轻人的去路。

“干什么，明抢吗！”

“要你把事情解释清楚。”

几个人正拉扯间，有员工小跑过来说：“经理，环球贸易的王大愚来了。”

值班经理脸色一变，皱着眉看了下手表，心中当机立断，换了一副笑脸对年轻人说：“小兄弟，有话好好说。咱们各退一步，一会儿我先验画，然后咱们再聊付款的事，怎么样？先让他们陪你去鉴定室。”

年轻人被他说动了心，被几个人簇拥着去了二楼房间。值班经理又给鲜有良打了个电话，还是无人接听。他拧着眉毛吐出一口闷气，理了理衣服，大步向门口迎过去。

千层锦下了车跟弟子交代了几句，站在路边略一驻足，悠然地仰头四望。白灿灿的阳光洒下来，照得每扇窗户都晶莹闪亮，屋里却显得黑沉沉的，似乎每个出其不意的暗处都会藏着人，正窥探外面的世界。

他径直走进汉骨唐风，只见大厅里摆着十几个展示柜，射灯一打，里面的古董玉器熠熠生辉。四面墙壁悬的都是书法绘画，色彩斑斓，让人目不暇接。上次来时没有心思细看，今天一见还真煞有介事的感觉。

值班经理老远就笑起来，说：“王总，实在是抱歉，我们胡总突然有事，今天恐怕不能过来。他嘱咐我招待好您，希望您不要见怪，哈哈。”

“好说。”千层锦跟他进了一层会客室，开门见山地问道，“东西准备好了吧？我这人认死理，不喜欢虚的假的弯弯绕，就是胡总今天在这儿，我也跟他直来直往，毫不客气。”

“没说的，东西早就安全抵达，正在由鉴定专家做必要的检查。”值班经理敲了敲表盘，笑道，“您早到了几分钟，请稍等片刻，我去去就回。”

他上楼去了鉴定室，手下报告说，画没问题，跟先前几幅应该出自同一个人之手。

一旁的年轻人发出一声轻蔑的冷笑，说：“废话！”

值班经理板着脸看着他：“从我个人来说，也希望钱货两清，可惜不凑巧，胡总没在，没他的签字财务付不出款来呀。这样，你先回去，改天再来一趟。反正胡总跟你朋友在一起，有问题他们直接解决，不比咱们在这儿争论强？”

“说什么都没用，钱不到位，画就别想留下。”

值班经理看他一副小心提防、随时拼命的样子，也怕好不容易盼来的油画出了闪失，只好说道：“好吧，没见过你这样的，给你结账！合同带来了吗？”

年轻人一愣，问道：“干啥？”

值班经理顿时得意地笑了：“没有合同，财务可开不出这么大额的个人支票来。”他自以为得计，一句话就把这小子的妄想掐断，没料到年轻人从衣兜里摸出一张纸甩过来，说：“早知道你们会有这一手！”

值班经理脸色一变，心中恼怒又无可奈何。他也知道画画的钱终归是要给的，他三番两次地敷衍只是不想这么痛快地付出去，这是甲方的通病——拖拖再说。目前看来是拖不下去了，楼下等着交货，楼上死活不让步，只得花钱办事省得麻烦。

他不耐烦地摆了摆手，厌恶地说：“行了，十几幅画，先付你一部分，一百万，剩下的完事以后再来结！走吧走吧。”不由分说让人带着年轻人去了财务室。年轻人被推搡着嘟嘟囔囔地走了，值班经理指挥人把五幅画搬到了楼下。

“王总，您请过目。大师出手就是不凡，每一幅都是万里挑一的极品！”

千层锦满意地频频点头，笑道：“汉骨唐风果然名不虚传，有好东西，哈哈！”他走到画前先是远观整体，又切近鉴赏局部，每一幅都从头到尾看个仔细通透，嘴里不停地赞叹。

值班经理也眉开眼笑，那个讨厌的送画人带来的不快一扫而空。

千层锦斜着身子向画框侧面看了看，脸色忽然沉下来，又扶起油画检查背面，片刻之后猛一松手，任由画框摔回墙上。他气鼓鼓地坐回沙发，冷笑道："经理，你觉得我像好糊弄的人吗？"

值班经理大感诧异，问道："王总，这话从何说起啊？"

千层锦指着五幅油画，怒道："你这东西有问题！"

"什么问题？"

千层锦还没回答，门口忽然有人大声质问："是画有问题，还是人有问题?！"人影一晃，包小严雄赳赳地走进来，身后跟着露丝鲍。

千层锦一愣，随即哈哈一笑，瞥着包小严，冲值班经理问道："这是谁呀，怎么瞅着眼生呢？"

值班经理见了两人到来，心中既烦又喜，烦的是有人来指手画脚，喜的是出了岔子他们担着，自己身上就轻松了。"王总，这是我们总公司的总裁助理包小严包总……"

包小严忽地一下在千层锦对面沙发上坐下，冷着脸回敬说："环球贸易的王总，是吗？开的好大买卖！"

千层锦面不改色，摆了摆手："什么大买卖，名字都是唬人的！早晨起来我还查了两遍世界五百强，你猜怎么着，还是没我！哈哈，气人不气人？"

包小严冷冷一笑，说道："名字能唬人，人可不一定。王总既然来买油画，自然是这方面的行家，要是没有十足的理由，今天的交易可谁都反悔不了。画在这儿了，不知道你的钱准备好没有？"

千层锦看着自己一手调教出来的叛徒，心中感叹薛宾九目光如炬，同时也为自己想出的完美圈套而得意。送画的弟子已经走了，计划已经完成了一半，剩下的谁来也挡不住了。他惬意地拍着沙发扶手，说：

“钱有的是，就怕你们今天挣不走。”

值班经理心里一沉，变色说：“王总，玩笑可不是随便开的……”

包小严抬手制止了他，说道：“这是坐地经商的正经买卖，想骗钱耍人可有人管着。”

“是你们先耍我！”千层锦理直气壮指着那五幅油画问值班经理，“我问你，这是巴伯夏的真迹吗？”

“自然是！”

“巴伯夏是中国人还是外国人？”

“荷兰抽象表现主义大师。”

“那他为什么会用国产的材料？”

“不可能！外国大师自然用外国原料，就算国产品牌销到了荷兰，他也未必用得惯。”值班经理走到画前用手指着，又说，“你看这颜料，一眼就能看出来是国际顶尖品质。您是行家应该懂，单说这白色，国内就做不了这么白这么自然。还有色彩纯度，就拿这种红色来说，你看整幅画上多么统一，这可不是一次调出来的。国产的能做到这种稳定性吗？第一次调，是这种红，第二次调就成了那种红，纯度根本不行！”

他侃侃而谈，听得包小严都添了信心。

千层锦却镇定自若，不紧不慢地说：“把画转过去。”

“嗯？”值班经理没明白他的意思。

“把画转过去。刚才我看了一眼边布就觉得有问题，看完背面更确信无疑，这几幅画是假的。”

值班经理心里“咯噔”一声，急忙翻了一幅过来，凑近了仔细分辨。“没问题呀，湿纺亚麻布，长纤维……”

“搬一幅以前的对比着摸一摸！”

值班经理失魂落魄地叫人搬了一幅以前的作品下来，两幅画摆在一起，他重又弯腰凑近了对比，伸出手分别摸上去，他一下傻眼了，愣在原地说不出话来。

包小严见状也起身去摸，一幅触手顺滑光润，一幅能感觉到轻微的挂手，应该是有不易察觉的凸起，就是他这个外行也分辨得出哪个质量更胜一筹。

“纤维不够长，混结在一起就有疙瘩。巴伯夏大师不会自降身价用起了便宜货吧？还是有人冒他的名头，用几幅假画来蒙人！”

值班经理只觉得头晕目眩，几乎要昏过去，嘴里不停地嘟囔着：“不可能，这不可能……”他怎么也想不明白，这些画明明跟画手发给胡总的进度照一模一样，怎么突然之间就成了赝品了呢？更令他恐惧懊悔的是，他已经为这些赝品支付了一百万，公司追究起来可全是他的责任！

包小严脸色难看，知道自己这趟白来了，要眼睁睁看着人家戏耍完他们再全身而退，不过好在没什么损失。他把气都撒在值班经理身上，冲他喊道：“怎么办的事！胡总就这么放心叫你来吗，他人呢？”

值班经理恍恍惚惚地说：“我不知道。”

“还愣着干什么，东西不对就送人家走！”

“哎？哪能这么简单，先把定金退了。”千层锦从包里掏出上次签订的合同，笑眯眯地补充说，“按照咱们的约定，你们不能按时交货，可还要支付定金数额同等的罚金。”

“啊？”值班经理差点儿摔倒在地上。他瞅瞅包小严，又看看一言不发的露丝鲍，怀疑自己这伙人上了别人预谋已久的圈套。

千层锦也不看他们，对着空气冷笑说：“这是坐地经商的正经买卖，想毁约赖账可有人管着。”

“你……”包小严领教了师父的厉害，既不服气又无可辩驳。千层锦的高明之处在于他现在的手段合理合法，警察来了也不怕，闹到法庭上官司也不会输。而他们这一边却不可能跟他硬抗下去，无论是叫警察还是打官司都有百害而无一利。难道要让天下都知道他们雇用了画手以外国大师的名义招摇撞骗吗？

包小严走出门给贾庭西打了个电话，没一会儿就神色凝重地回来，对值班经理说："开支票给他。"

露丝鲍吃了一惊，值班经理缩手缩脚不肯信也不肯动，问道："为什么？"

包小严喝道："叫你开你就开，哪那么多废话！"骂完人觉得有些不合适，自己又不是他的顶头上司，有什么资格训斥人家。不过他也并未表示歉意，因为他不想让这些无关紧要的情绪占据他的心，他要把尽可能多的精力用在更重要的事情上。

千层锦志得意满，等支票送到手边，就哈哈一笑起身离开，走出会客室还不忘转头做最后的致意："等胡总回来替我转告他，他是个靠谱的好人。"

他一边说笑一边向外走，一个转身正撞在冲他而来的年轻人身上，一条胳膊猛然一紧，已被那人牢牢抓住。

"他是好人，你又是谁？"

千层锦感到一阵莫名的惶恐，这个声音似曾相识，模样更是过目难忘，来人正是解知略！

不过刹那之间，千层锦就稳住了心神，笑道："你好，是解警官吧？我是环球贸易的王大愚，来这里做笔小小的生意。"

解知略呵呵一笑，说："你还有另一个身份，你是策划了几起诈骗案的主谋，那个神秘报案人！"

千层锦的脑袋像被霹雳击开了一条瞬息万丈的裂隙，整个人都在不停地坠落，幽深的恶意让他遍体生寒。很显然，他还是被贾庭西算计了，成了他借刀杀人的替罪羊！

"不是，我不是，你肯定哪里弄错了……"

解知略目光炯炯将千层锦罩住，令他无所遁形："这么快就忘了打给我的电话了吗？我能认出你的声音！也查到了你的手机号，知道你要在这里作案。就在刚才，我同事获得了权限，监测出你手机的定位，就是这家汉骨唐风！”

千层锦禁不住打了个寒战，他想到了殴剋斯。

解知略掏出手机，拨出了那个渴望已久的电话：“如果我现在打过去，它就会在你身上响起，就像你打给我，或者熊野牛一样！”

在电话接通前这短短的十几秒内，大厅像被拖入了瞬间静止的空间，所有人都在忐忑中等待必定会奏响的铃声。

汉骨唐风门外不远处的汽车里有手机响了，一个年轻男子接通了电话：“喂！”

解知略的手臂震颤了一下，脑袋里嗡嗡作响，像是被扩大了数倍的听筒里的回声。他压制着内心巨大的冲击，问道：“你是谁？”

“我是千层锦的徒弟，师父说了，未分输赢他是不会轻易退缩的。你小肚鸡肠，多虑了！”那人干脆利落地回答，突然他停住了，像是注意到了来电显示的姓名，磕磕巴巴说了一句：“你是解，解知……”果断挂了电话，把殴剋斯从车窗丢进旁边的绿植箱里，发动了汽车引擎。

解知略从未遭遇过如此匪夷所思的考验，他不知道该去追那辆汽车，还是先带走这个王大愚。他能感受到神秘报案人的存在，不是在车里，也不在自己此刻站立的大厅，而是在所有人的头顶，手里抓着操纵他们的提线。

正彷徨间，小攀从身后跑过来，一把拖住他的胳膊，颤声说：“解哥，这是个圈套！神秘报案人调虎离山，吕阿姨他们要自杀！”

第七章 近在眼前的骗子

小攀拉着解知略向外走，又说：“你还记得吕阿姨说的话吗？一开始我只觉得古怪，现在明白过来，她是在向你求助！”

解知略猛然惊醒了。是的，吕阿姨过于客气地打招呼，还说下午就有空，叫他早点儿来做客，根本不是客套，分明是在给他暗示。如果判断两人要自杀，所有举止上的异常就解释得通了。因为某种原因，老两口相约结束生命，上午相携出门买菜，要好好度过余下的时光。随后在门口遇到了志愿者，吕阿姨就隐晦地向他求助，结果他没有领会。

“吃完午饭就是他们选好的时间，咱们要去得及时说不定还有救。”小攀看了一眼时间，苍白的脸上因为呼吸急促而增添了些许血色。

“这么说，自杀是钟大爷的主意，吕阿姨并不同意？”解知略一边疾走一边说着自己的推断，心里早将王大愚和逃走的汽车抛开，抢救两条鲜活的人命显然更为急迫。

“看来是。吕阿姨邀请你的时候，钟大爷反应很激烈，说明他不想被人打扰。后来那句‘臭在家里’又让他妥协了，他也不想事后一直无人问津。”

解知略心里既痛惜又懊悔：“吕阿姨为什么不说得更直白一些？要不是你提醒，到现在我都没反应过来。”

小攀转头苦涩一笑：“她是个聪明人，也有她的苦衷。”

解知略立刻明白了她话里的含义：说得直白了无非多一个人去劝钟熙载，一个执意赴死之人劝得住吗？劝住了第一次，就要防备第二次、第三次……治标不治本。吕阿姨只能把希望寄托在给他的暗示上，哪怕没来得及抢救也好有个报警的人。

他心中一酸，说道：“从外面到她家有三道门，小区门、单元门、入户门，前两道可以找物业帮忙，入户门怎么办？”

小攀说：“吕阿姨等着你来，可能会留门。”她查了物业电话打过去，解知略报了身份让他们配合开门救人。

等他们赶到小区门口，保安从门卫室探出身子，说：“解警官，不急在这一时，有人去开门了，要不先登个记，我写快点儿……”

解知略掏出证件一把拍在他手里，说：“你慢慢写，一会儿幺幺零，幺二零来了，你带他们过来！”说完就向里面狂奔，小攀紧跟在后面。

到了单元楼下，物业的两个人正准备开门上去，看见解知略跑过来立刻有了主心骨，说道：“太好了，解警官你来得真及时！我们正琢磨要不要找个开锁的，可万一家里没事，撬坏了又解释不清。”

“你们留在这儿等救护车吧。”解知略来不及解释太多，夺过门禁卡刷开门锁挤了进去。进了电梯，他才松一口气，一颗心却揪得更紧了。

小攀累得满脸飞红，气喘吁吁地笑道：“门口有单车有保安的电动摩托，哪样不比跑过来快！”

解知略一怔，也笑出来：“还真是！脑子不够用了……”

到了钟熙载和吕容居住的楼层，果然如小攀预料的，防盗门一拉就开了。解知略心里一沉，叫了两声见没人回应，更觉得惶恐不安。

“解哥，你看。”小攀拿起茶几上一张白纸，说，“像是遗书。”

解知略草草扫了一眼，上面工工整整写着几行字，意思大致是：各位亲戚，朋友，钟熙载对不起你们，想不到老了老了做了小人，实在没脸再见面，唯有当个胆小鬼，以死谢罪吧。

他顾不上这些，几步冲进卧室，紧接着就听见他激动地大喊：“还有呼吸！”

没过多久，救护车赶到了，将老两口送进了医院。检查结束后，大夫出来说：“他们服下了过量的安眠药，但其中也掺杂了钙片和维生素片，加上送来也及时，已经脱离生命危险了。”

小攀感叹说：“应该是吕阿姨偷偷替换的，可怜她良苦用心……好在你不负所托。”

解知略看着她，心里像有荆棘在搅拌、纠缠：“不是我，是我们。”

小攀低着头若有所思，过了一会儿才悠悠地说：“能携手一生相约共死也挺让人羡慕的……看那遗书的意思，像是被人坑了养老金，还连累了亲戚朋友。”

“一个骗局就骗得两个老人自杀，还不知道有多少老年人会成为骗子的猎物。”解知略看着小攀的眼睛，又说，“一边是自私狠毒的劫掠，一边是无助的绝望悲伤。在古代，只能寄望于侠士古道热肠拔刀相助。在现代，在我们这个国家，没有理由叫被骗的人们仍向虚无缥缈中寻求慰藉。”

小攀不敢跟他对视，似乎有莫名的力量已经穿透了空间的阻隔，直接击中了她的心，使她胸中热波翻卷，久久不能平复。

解知略走到玻璃窗前默立了良久，说道：“小攀，能跟我出去走走吗？”

小攀一惊，眼睛不由自主睁大了，随即点了点头，默默跟着来到医院顶层一处僻静的角落。太阳透过一通到底的玻璃幕墙洒进无数光线，照得两个人像在一个水晶瓶里，到处都晶灿灿的。

解知略微微一笑："你知道我要对你说什么吗？"

小攀报以同样的微笑："解哥，你说。"

"我想跟你讲个故事。"

"嗯。"

"有个姑娘加入了大学生志愿者，跟着一个叫'知了'的警察做反诈宣传。她机智过人，热情大方，大家都喜欢她。虽然见面还不足一个月，却觉得早已相识多年。可是，这个姑娘隐瞒了她的身份，目的也不是做志愿者。"

小攀脸上的微笑消失了，却没露出惊慌神情，像是早就料到会有这么一天。她静静地看着解知略，淡淡地问："后来呢？"

解知略不肯去看她的眼睛，转头望向窗外，那里景色鲜活而明媚，到处充满了生机，跟故事里拥有时未曾留意，失去后无限眷恋的所有美好事物一样。

"还记得犹怜小筑那个逃走的受害者吗？他不是无辜的，而是骗子团伙的一员。慈善大厦坠楼案虽然没发现类似的可疑人物，我却坚持自己的判断，并且在大学食堂这个案子里得到了证实。君何在爬上楼顶的时候，对自己这段孽缘仍念念不忘。所有人都被他的口音误导了，他喊的不是'想要，想要，五倍厉害的好股。'而是，'小妖儿，小妖儿，我被你害得好苦！'"

小攀身子一抖，神情霎时变得慌乱："那不是我，我没有骗他！"

解知略没有理会，继续说："真的小妖儿没有去骗君何在，却从我手机里转走了这个案子的资料，随后删除记录，做得天衣无缝，无迹可寻。"

小攀不禁苦笑说："原来你早就发现了……"

"没有。当时没有，现在也一样。手机是我主动借的，谁能想到会是个圈套？”解知略忽然笑起来，像是自嘲又像是娇纵，“这只是我发现小妖儿身份后的猜测。你肯定也听到了君何在女友的语音，看到了她拍的照片。你明知自己有暴露的风险却没有一走了之，是因为接下来我要去的汉骨唐风，有你们的人在作案。就在我要将他们绳之以法的时候，你用吕阿姨的自杀掩护了他们。这次自杀不是神秘报案人的诡计，你却用它骗了我。”

小攀听到这儿忽然流下泪来：“掩护是真的，自杀也是真的。”

解知略知道她悲伤的原因，一边是救人，另一边也是救人，她都是真心的，只是用自己的智慧做到了两全其美的平衡。他忽然感到一阵心疼，哈哈一笑，说：“你心思机敏，比我聪明，不过，我对你的怀疑早就有了。”

小攀抹掉眼泪，微微一笑，问道：“我有什么地方不对吗？”

“那天在犹怜小筑旁边的凉亭里，我对你说过一番为何反诈的话。你嫌我说的道理太假大空，是在炫耀自己上过大学。你是随口无心却暴露出潜意识里的台词，你没上过大学，而你当时的身份却是经管学院的在校生！”

小攀微微有些惊讶：“还有吗？”

“还有更早的时候，你问过我头疼。当时我就纳闷，脑袋受伤的事我只跟赵倚梦说过，还只是一语带过，你怎么知道得那么详细呢？只有一个可能，就是你调查过我。”

小攀惊出了一身冷汗，她有些畏惧地看着眼前这个人，不禁黯然神伤：“你还知道什么？”

“我还知道，不管是我，还是你们，都上了另一伙儿骗子的圈套。还记得你第一天加入志愿者，咱们在地铁站遇到的那个案子吗？你说有人用‘一鬼两影’的手段把买家卖家都骗了……”

两个人的思绪都回到了初次相识的那个上午，脸上不自觉地同时浮出微笑。

"神秘报案人使了同样的伎俩，步步为营，用一连串骗局把你们一个接一个推到我面前，还误导我把王大愚当成他，差点儿抓了现行。我上当自认为是技差一筹，你们呢？几次三番被人利用却不加应对，只怕不单纯是智商不够，而是你们也在筹划另一个圈套，里面的利益已经大到可以不在乎这些风险。"

小攀眉头微蹙，陷入了沉思。

解知略看着她，既是开玩笑又是求助似的笑道："我始终没弄明白，一个在家休养的闲散刑侦队员，毫不起眼，无足轻重，有什么特别之处，值得所有人如此下功夫？"

小攀脱口问道："你不是无足轻重，就像你说过的，咱们……"随即意识到自己已经不再属于那个"咱们"，顿时怅然若失，说不出话来。

解知略走开几步，指着地上阳光与阴影的交界，回头笑道："你看这边的路藏在黑暗里，因为有光亮做参照，人们沿着它也能走到正确的终点。再见了，希望下次看到你，仍是小攀，而不是小妖儿。我叫不习惯……"

小攀身子摇晃了一下，迈出一步又停住了，喊道："解……解哥，我也想给你讲个故事……"她克制着凌乱的思绪和悸动的心跳，说，"一个外号'小妖儿'的姑娘跟着亲如一家的一伙儿人来到陌生城市做生意，领头的是她师父……"

"千层锦？"解和略一思索，又说，"也就是之前见到的王大愚？"

小攀点点头："他最疼我了，就像对亲女儿一样。我们一来就被人叫去了笪醉大厦，有人要跟他打赌看谁先挣到五百万，你是被指定的公证人，还写进了合同里。"

解知略苦笑不已，他绝不会想到自己竟会有这种戏剧性的角色设定，一个警察莫名其妙成了骗子的中间人，欺诈的死敌居然还要为欺诈做见证！他不知道该为自己声名在外而高兴，还是为自己无人敬畏而沮丧。

“师父派了小妖儿去做卧底，一开始她只是觉得好玩，后来竟看到了一个黑暗的世界，而她自己也是黑暗的一部分。她还看到有一些人在用自己的光明，去努力照亮这个世界，而她也是其中的一部分。”

解知略说：“当你看到光明的时候，你就已经不是黑暗世界里的人了。”

小攀摇摇头：“解哥，对不起。每次你有意无意点拨我时，我感受到的都不是领悟，而是恐惧。我知道，早晚有一天我要在黑暗与光明之间做个决断，现在这个时刻来临了。我常常想，要是能像你一样永远在光明里照亮别人该多好。我热爱那样的日子，但不妨碍我并不觉得黑暗可憎。当光明会伤害我在乎的那一部分，我还是会选择保护它。解哥，我要回到黑暗中去了，谢谢你曾让我感受到不一样的人生。”说完，转身从明亮的阳光中走出去了。

解知略看着她的背影，感到了一丝心痛，就像每次想起前女友时一样。

小攀忽又回过身来粲然一笑，说：“你知道师父怎么会放心让我跟着你吗？”

解知略看着她摇摇头，说不出话来。

小攀用手指着他胸前，那里正别着一枚徽章，虽然背对光线，那一小团金黄和火红却仍格外醒目。“是它。师父说，如果你是他心里揣测的那种人，就一定需要提防，也一定可以利用，却不必害怕。”

解知略哈哈一笑：“眼光独到，无法反驳！”

小攀转身走了，空荡荡的楼梯偶尔传来轻响，每一次都令解知略感觉她仍和自己在同一个空间，虽然看不见却能感觉到彼此的存在。

但是理智告诉他，这些都是空想，小攀离开了，而他也必须为一直以来的目标去努力。他沉默了不知多久，任由身上投下的阳光变幻着方向，终于从空洞的凝望中苏醒。

他想到了小攀刚才说过的笪醉大厦，这个名字似曾相识。上午卫济风除了传来神秘报案人所用电话号码的定位信息，还有熊野牛的资料。他办理商务签证去了格鲁吉亚，派遣他的公司名叫驰遍十方，注册地址正是笪醉大厦十八层！

从能查到的其他资料还可以知道，驰遍十方是一家刚注册没多久的高科技公司，负责人叫贾庭西。下面还有两家陆续成立的子公司，卡慕玛旎和汉骨唐风，登记的经营范围分别是软硬件开发和艺术品买卖，法人代表是辜桧花和贾孤山。

解知略像放幻灯片一样，在心里一条条审视着新获得的资料。这些信息清晰翔实又完全说明不了什么，跟所有侦办的案件一样，各种数据、资料像倒塌的书堆，扑面而来，真实又准确，就算重复多少遍，也未必能砸出指引真相的痕迹。

神秘报案人借刀杀人，让他和千层锦他们纠缠，无非是调虎离山，乱人耳目，好为自己的真实目的打掩护。他如此费尽心机，背后一定藏着惊世骇俗的大骗局，会是什么呢？神秘报案人会是贾庭西吗？解知略想去笪醉大厦会一会他，却一时找不到理由和借口。

当他一个人在房间整理资料，梳理逻辑的时候，心中时时浮现的身影总让他不知不觉地出神，在心醉与惆怅中跋涉、清醒，翻越悲伤、幻想，然后再重复同样的旅程。

桌边的手机突然无情地响起来，他猝然一惊，以为又是神秘报案人来挑衅，拿起一看才发现是前女友何芜漫。

解知略的脑袋突然一片空白，像程序紊乱之后的机器人，手足无措不知该往哪边旋转。

何芜漫情绪不高，也不打招呼，直接问道："哎，你说过的话还算不算数？"

解知略一下摸不着头脑："什么？"

"我就知道那种话靠不住！你不是说以后有事了随时都能找你吗？

怎么，失效了？”

解知略想起了分手时的承诺，急忙笑着否认：“没有没有，还在保质期，需要我做什么？”

“借钱。”

“好，多少？”

“越多越好！你有多少？”何芜漫有些高兴起来，说话也轻快了许多，随即嗤笑一声，情绪瞬间低落下去，“呵呵，你能有多少！”

解知略心生疑惑，问她：“你是遇上什么事了吗？要是来路不明的发财机会你可别轻信啊。”

“你是不是职业病又犯了？”电话那头语气一变，显然有些不乐意了，“我要给自己添油加醋……说了你也不懂！算了，你看着办吧，本来找你也是多余！”

电话挂断了，解知略一头雾水，听得莫名其妙。“什么叫‘给自己添油加醋’，网络游戏，还是直播术语？”

他打开银行账户看了看，忍不住笑起来，想象着对何芜漫说：“你还真把人看扁了，这些钱虽然买房买车远远不够，油和醋却实在能买不少。”

他决定先不立刻转账，也不马上打回去问个仔细，等她对自己的情绪回归到自然状态，再找她了解清楚。

第二天，他把小攀的情况向志愿者们毫无隐讳地说了。坏的秘密就像封着的罐子，自己揭开总比被人踢翻要好得多。仅仅把事实说出来还不够，还要让所有可能的想法都暴露出来，晒晒太阳见见空气，不要压在心里，变成影响团结的隐患。

“什么？”赵倚梦不敢相信自己的耳朵，“不可能！小攀是个好姑娘，我不信。”

季曾诗看看她又看看别人，露出惊讶的表情：“卧底？还真有这种情节？”

殷棠离皱着眉头小声嘀咕：“怪不得遇到骗局她就说得头头是道，原来本身就是干这个的！”

其他新加入的志愿者不知道来龙去脉，交头接耳议论纷纷：“咱们这里有骗子？你是不是？”“哈哈，你是学经济学的，你才是！”

解知略早料到会是这种反应，他笑了笑，说：“肯定会有人利用这件事抹黑咱们，丑化防欺诈宣传，不知情的人也会因此对咱们失去信任，甚至仇视敌对，咱们怎么办？”

有志愿者说：“要我看，谁爱说什么说去吧！咱们好心好意来宣传，偏听偏信是他们的损失。”

另一个人反驳他：“防欺诈队伍里竟然出了骗子，这话好说不好听啊！我觉得，不如咱们改头换面起个新名字，最好再挂上政府或者哪个组织的名头，这样才堂堂正正有底气。”

赵倚梦埋怨他们说：“你们一个赌气一个泄气，都不怎么样！知了哥，你怎么想的？”

解知略没有表态，只是把可能的后果摆出来：“我觉得咱们再去宣传，就会有人指着鼻子质问，‘你们跟骗子就是一伙的，还有脸防诈骗！’或者，‘你们都被骗子骗了，还好意思出来教别人！’”

有人愤愤不平：“就是啊，因为她，所有人都得挨骂。我觉得咱们就该把她绳之以法，让所有人看个明白，咱们自己把眼线揪出来了，说明咱们有能力防欺诈，而且对骗子毫不姑息！”

立刻有人随声附和：“对！她是她，咱们是咱们，水火不容。只要讲明白这一点，时间长了，清者自清。”

赵倚梦心直口快，反驳说：“过分了吧，小攀跟咱们一起的这段时间，她的表现有目共睹，她是在骗人还是在反骗？咱们要是一股脑把人都否定了，岂不是咱们以前的所有成绩都得推翻？”

“那就把她争取过来，让她弃暗投明，不仅没错，举报还有功。”

也有人支持这个并不成熟的想法：“对，不是有那么一句话吗？不放弃一个好人，也不放过一个坏人。还有一句话是，争取可能的朋友，而不是创造可能的敌人。”

解知略看着面前年轻的面孔，心里百感交集，说道：“还有一个办法一劳永逸——解散。”

“啊？”志愿者们或错愕或惋惜或左顾右盼，一时都没有表态。

“咱们都知道坚持一件事情不容易，但是有时挫折确实比预想的要大得多，光有一腔热情是不够的。我们会被坏人骂，被糊涂人骂，被不明就里的好人骂，无功而返打退堂鼓都是人之常情。”

“我不同意！”赵倚梦举起手慨然说道，“现在放弃就是让那些骗子看笑话，我觉得窝囊！别人我不管——”她拉住季曾诗的胳膊，补充了一句，“除了你——反正我俩不走。我爸妈就被人骗走十几万块钱，到现在每次想起来还难受好几天，我跟那些坏蛋不能就这么算了。”

“对对！”其他人纷纷赞同，“大家不是三岁小孩，没那么脆弱，咱们偏偏就要干下去，一直干到打垮骗子为止！”“没错，跟他们拼了！”

众人的意见统一起来，一开始的犹疑、愤懑、隐忍都被扫退，一个个摩拳擦掌跃跃欲试。

解知略深受感动，被大家的情绪感染，胸中豪气万丈，说道：“这次咱们就干出点儿大动静来，声势舆论都造大，锣鼓喧天，枪炮齐鸣，跟骗子好好较量较量！”

有人立即自告奋勇：“我能搞到锣鼓，我们学生会和音乐社团都可以借，道具枪也有，能打空包弹。”

解知略笑了：“我说错了，不是真要锣鼓枪炮。不过，要有话筒、音箱的可以多弄几套。”

“也有。”

又有人建议：“我带两个人去拉赞助，把咱们的展板布景重新设计一下。起码得看着高大上，像个正经活动的样子，跟那些卖房子搞促销的区分开。”

赵倚梦连连称赞：“这个主意好，你们以前干过吗，能拉来赞助吗？”

那人说：“能！已经办过好几次社团活动了，最少的三千最多的拉来过两万。现在咱们规模大了，线下线上一块搞，看的人也越来越多，赞助商们肯定会更痛快更大方，就是得给人家冠名，打广告。”

解知略说：“那是应该的，大家觉得呢？只要咱们选好了品牌就行吧？”众人纷纷点头。

志愿者队伍的思想问题解决了，解知略把赵倚梦拉到一边，把前女友打电话的事说了。

赵倚梦鄙视地看着他，说：“同志，你落伍啦，跟不上时代的节奏了。她是在玩‘馋死你’，前一阵不还提起过吗？刚火起来的一款短视频 App，是个厨艺共享平台。她找你借钱也是打算薅羊毛呢。”

“什么意思？”

“添油加醋是‘馋死你’的点赞打赏功能，点赞叫‘添油’，真金白银充钱换醋币打赏就叫‘加醋’。”

“怎么薅羊毛？”

“‘馋死你’不是在前期推广嘛，为了鼓励大家多添油加醋就搞了个‘醋海生波’活动。好比你给人加了一百个醋币，系统还会额外再赠送几个，一到二十，数量随机。有人就发现有机可乘，申请好几个小号自己给自己加，这就是薅平台羊毛。”

解知略心中灵光一闪，问道：“醋币还能兑换成钱取出来？”

“能啊，两周可以申请提现一次，有不少人已经发财了。”

“很多人在玩儿吗？还得做饭录视频，听着就麻烦。”

“一开始人不太多，自从平台限制注册，一个手机只能绑定一个号以后反倒多起来了。”

解知略不解地问：“为什么？”

“因为自己不能给自己加醋了，就会把亲戚朋友拉进来，互相加醋一块儿薅羊毛！病毒式营销，平台都这么干。”

“嗯，有道理。不过像我这种不爱做饭也不爱看人做饭还什么都嫌麻烦的，它就没办法吸引我了，哈哈。”

赵倚梦白了他一眼，一副瞧不起的表情：“才不是！人家脑子比你好多了，不做饭不发视频的人也有的玩。”

解知略好奇地问：“什么？”

“就是打捞‘厨神宝刀’。不用发视频也不用看，只要你账户里有醋币就能去醋海打捞，时间越久，醋币越多，挖到厨神宝刀的概率就越高。有了厨神宝刀你就能成为厨神，就能用它钱生钱，什么都不干也能产生醋币。当然了，规则挺复杂的，简单来说，你挖到的宝刀数越多，厨神等级就越高，赚到的报酬就越丰厚。”

解知略听得有些晕头转向：“等会儿，我捋一捋。用人民币换醋币，用醋币出海打捞宝刀币，可以这么说吧？”

“对，有人也这么称呼。”

“然后有了宝刀币就可以赚醋币，醋币又可以兑换成人民币，最后取出来。”

赵倚梦点点头：“聪明！你入门了。还有进阶版，炒醋币炒宝刀，更复杂更不好懂了，有点儿像股票和期货。反正不管干什么，收益都挺好的，会玩的一个月能挣百分之二十多。”

“这么多！凭空多出来的钱哪来？谁出？”

“要推广不就得拿钱烧吗？现在见的还少？不过，平台运营商好像也发现问题了，发公告说这周过完就要调整活动，补贴可能就要停了。不少人想赶上最后一班车，正四处疯狂借钱呢。”

“我懂了，手段真高明啊！”解知略觉得自己窥到了对手真实的影子，不由得激动起来，“运营商是谁？叫什么名字？是不是驰遍十方？”

赵倚梦奇怪地看着他：“不是，叫卡什么旎，记得看过他们公司的宣传片，总经理还是个高富帅！公司实力很雄厚，融资了好几轮，正准备纳斯达克上市呢。”

解知略用深邃难测的眼光看着赵倚梦：“我知道他要怎么骗人了！”

赵倚梦被他说得不明不白：“谁？”

“神秘报案人！我知道他精心筹划的惊天大骗局是什么了！”

“是什么？”

“庞兹，查尔斯·庞兹！”

“插死胖子？”

“这么理解也行。”

解知略笑嘻嘻地站在多日不见的队长面前，等来的不是嘘寒问暖而是一沓文件纸。

“这是什么，表扬信都寄到队里来了？”

队长哼了一声，骂道：“哪来这么大脸！举报信，实名的！我问你，你想干什么？就凭你一个人就能抓住骗子了？”

解知略头脑有些发蒙，一页一页翻看着举报信，同时问道：“什么意思，你说的是反诈宣传？多一个人就多一份力量，我闲着也是闲着。”

“防诈反骗是全社会在行动，‘国家反诈中心’也在手机端上线了，随时拦截诈骗电话，各级组织也都在尽自己的力量，现在你冲出来算什么，抢头功吗？”

解知略慌忙摆手：“我可不敢！不过，我有我的看法，只靠从上而下的灌输还不够，还要有从下而上的觉悟来配合，才能真正立于不败之地。”

“从下而上？大家都从下而上地举报你来了！你当法律是什么，过家家的摆设吗？”

“法律是给犯了罪的坏人准备的，犯罪之前呢？对那些正在办坏事，却还没有既定犯罪事实的坏人有用吗？多少经济犯罪，爆雷了才说罪大恶极，难道埋雷的时候就不罪大恶极了？”

“就你能！”队长嘴上这么说，眉头却皱了起来，显然是被刚才的话触动了。

解知略指着手里的举报信，哭笑不得地说：“有自己寄来的，有队里电话记录的，花样还不少。吃拿卡要，公车私用，非法聚集，勾引女学生……队长，这是捕风捉影，无中生有，你可得相信我啊。”

“不相信你早把你开除了！”

解知略把举报信丢到桌上，收起笑容，说道：“队长，我要申请一张检查证，有个超级大骗局被我识破了，咱们得立刻行动，把它扼杀在跑路之前。”

队长连详细情况都没询问，直接抛出一句：“有证据吗？”

“还没有直接证据……”解知略瞄了一眼举报信，忽然有了主意，“群众举报行吗？”

“有群众举报了？”

“会有的。”

队长被气乐了：“别贫嘴，你这是在拿行动当儿戏！”

解知略想了想，又说：“队长，有家公司要收购慈善大厦，新闻炒得风生水起，你怎么看？”

“商业行为，无可厚非。”

“还有家公司搞活动，在他们软件充值一百，玩一个月返现一百二，又怎么看？”

“烧钱营销，跑马圈地。”

“又有一家公司与境外电信诈骗组织藕断丝连，不清不楚，已经作案多起，还死了人，你又怎么看？”

队长皱起眉盯着解知略，问道："你到底想说什么？"

解知略一笑，说："如果这三个公司是同一家，你会想说什么？"

队长略一沉吟，立刻警惕起来，眼光咄咄逼人，说："借尸还魂，庞氏骗局！"

"对！一伙儿骗子摇身一变干起了高科技公司，光明正大地用软件骗钱，还有什么能比这个更掩人耳目，更凶猛利落，更卓有成效的吗？他们用层出不穷的诈骗案吸引警方的注意力，就是为他们马上就收网的大骗局打掩护。"

"谁？"

"笪醉大厦驰遍十方高科技公司。最近他们疯狂炒作曝光，是在收割前放风筝吹气球，引人上钩，等它觉得满足了就会一口吞下，瞬间消失。据我推断，这个时间不远了，很可能就在本周！如果不采取措施，就会有成千上万的用户被血洗，几千万甚至上亿的财产被席卷一空！"

队长望着屋顶一角沉思良久，转过身自言自语般说道："证据不足，一上来就去查，你是在冒险啊……"

"这个险值得冒啊，队长！不去查证据永远不足，你还犹豫什么？"

队长指着额头和鬓角说："知道这是什么吗？"

"皱纹和一些白头发？"

"更是经验和教训！"

解知略故意使激将法："你敢跟我打赌吗？我就不信他鬼鬼祟祟养着一公司的人，能丝毫不露痕迹，找不出半点儿罪证来！"

队长冷笑一声，问道："这个赌我可以打，不过我问你，这次去是查他电信诈骗还是非法集资？哪一样都没有实证，到时候事与愿违，你可就被动了，只会打草惊蛇。"

解知略意识到自己草率了，一腔热血满怀激情，遇上冷冰冰的现实规则只能从天马行空变成循规蹈矩。他仿佛又听到了神秘报案人躲在变声器之后的冷笑，胸中一撞，傲然说道：“查他诈骗！如果一无所获，我甘愿辞职。”

“好，给你派一个人。有责任我担着，要是最后证明是你搞错了丢人现眼，你就给我停职反省！”

等到了笸醉大厦，解知略和卫济风知会了前台，径直上楼敲开了总裁室的门。贾庭西并没有像他们想的那样慌张，一怔之下刻意表现出来的热情倒像是早有心理准备，这让解知略忽然觉得自己像个自作聪明的傻子。

“解警官？幸会幸会！我见过你，有时在网上，可惜你看不见我，有时在街上，你又顾不上我这个小人物，哈哈。”

贾庭西一开口，解知略就确认了他的身份——神秘报案人！说话的音色虽然不一样，自大狂般的语气却像烫人的铁钉，一触即知，绝难混淆。

解知略也逢场作戏，笑起来：“你说的不完全对，你应该还在另一个地方见过我，就是你想象中的在这间办公室。”

贾庭西一愣，随即拊掌大笑：“不错不错！早就想请解警官指导工作，不知今天有什么指示？”

解知略取出检查证递过去，凝神注视着贾庭西的眼睛，想从中找到情绪上的破绽，可是他失败了，那里空荡荡的，就像荒凉的沙漠，甚至看不到一丝抵触和敌意。

“这不可能！”贾庭西鄙夷不屑地抖着检查证，笑道，“人人都知道，解警官在做反诈宣传，咱们这儿怎么可能还有诈骗呢？这不是诽谤中伤吗！我们一个小小的科技公司，更不会做违法乱纪的事。清者自清，解警官要查，公司的大门随时为你敞开，时刻开放怀抱等待你。”说着，打开了电脑，又拉开所有柜门、抽屉，做出一副任凭摆布的样子。

卫济风毫不客气，遵照流程、要领开始取证。解知略问道："贾总，有个熊野牛不知道你熟不熟？"

"说熟悉也熟悉，说不熟也不熟。以前投资会上认识的，咨询过几次证券方面的问题。当然了，礼尚往来，我也给他帮过几次忙，前不久他出国就是我们公司给办的签证，人情难却嘛。"贾庭西略一迟疑，举起两只瓷杯笑着问道，"茶，还是咖啡？"

"执行公务，不麻烦了。"解知略在心中暗骂，够狡猾的，说辞早就编好了。

"不冲突，来茶吧。"贾庭西慢条斯理摆弄着茶具，不厌其烦地洗茶刮沫烫杯分茶，神情悠闲自在，"咖啡这种洋玩意儿就跟洋妞一样，有一个致命的弱点，没有内涵。你看它香气也足，口味也冲，一下抓住你的感官，可是一旦沏开了，两分钟也是它，仨小时也是它，没有任何改变。茶就不同，越泡越有滋味，一开始的清香就带着含蓄、幽深，让你不经意间注意到它，可是马上就喝却不行，不够味儿。非得泡到一定火候，茶的颜色也出来了，苦中回甘的那股劲儿也有了，喝下去才通窍醒脑，遍体舒泰。解警官你喜欢喝茶吗？"

解知略一笑："我喜欢讲故事。有只狼要吃羊，狡猾多端胃口还大，看见我敲锣吹哨提醒人注意，就扮成狐狸欺骗我。可惜我识破了它的嘴脸，收拾好捕猎的家伙就要逮住它了。"

有一瞬间，贾庭西露出了尴尬神色，随即呵呵一笑，说道："有意思！解警官以后警察干不下去了可以去幼儿园当老师，专门负责哄孩子，哈哈。"他看着面前这个咄咄逼人的警察，不禁佩服自己目光如炬，慧眼识人。自己一开始就选中了他，这么多天过去，他果然不负所望。

卫济风说："好了，这里检查完了，去别的房间吧。"

贾庭西毫无怨言，带着他们依次查看了几个副总室，随后来到十八层。他站在走廊里不肯再走，说道："解警官，这里人多，我就不进去了。”

卫济风疑心大起，说道：“那不行，检查必须得有当事人在场。你不进去，事后不认账算谁的？”

贾庭西笑道：“你们检查我都认，我就在门外，什么都能看得见。”

卫济风不愿多跟他废话，看了看解知略，走了进去。他见开放式办公大厅里人员众多，担心发生混乱场面不可收拾，首先亮明了证件，说道：“依法检查，保持原位不要乱动！执法仪全程录像，请给予配合。”

屋里众人吃了一惊，纷纷惶恐地抬头张望，面面相觑，一时不知所措。解知略和卫济风松了口气，又隐隐觉得不安，好像感觉哪里不对劲。

有人大着胆子，小心翼翼地问：“你们找谁？”

卫济风反问说：“你们是谁，在干什么？”

有几个人回答：“我们是来上网的。”

“上网的？”卫济风笑了，回头看了一眼贾庭西，暗笑他培养的手下未免太嫩了点儿，“上网骗人的吧！”他目光如电，一眼就发现好几个人脸腾地红了，有男也有女。

“你！说说吧。”卫济风得意地指着一个年轻男子，“你都骗什么了？”

“我……”男子冷汗都流下来，支支吾吾了半天终于承认，“我没有一米七八,三十多了，家里的房、车也是网上找的图片……”

“什么玩意儿？”卫济风闯进工位把男子挤到一边，然后就看见了他跟女网友的聊天界面。卫济风不死心，抓过鼠标开始查看电脑里的文件，结果什么可疑的线索都没发现。“你呢？”他又气又恼，问另外一个女子。

“我没什么啊……其实，直播没有不开美颜的，只有轻重的区别，怎么能算骗人呢？礼物也是公司带头刷的，引流嘛，不都这样干！这也算违法吗？”

“这都什么跟什么！”卫济风恼怒地回身瞪了一眼玻璃隔断之外的贾庭西，贾庭西只是做了个无辜的手势，面带冷笑一句话没说。

解知略知道自己上当了，而且是个布局精巧的当。他从心底佩服对手的老谋深算和奇计百出，他已经猜到今天的结局，也知道这会成为他的奇耻大辱，但在这之前，他还是要亲自问个清楚。“你们究竟在这儿干什么？”

“上网啊，刚才说了。”“有做直播的，有聊天的，有查资料的，好像还有偷着打游戏的。”

“为什么要偷着打？”

“这里不让。”

“你们都只是干这个？”

“要不然呢？”

卫济风问：“这是驰遍十方高科技公司吗？”

众人看出他们闹了误会就都放了心，纷纷回答说：“是啊。”“没错，就是驰遍十方。”“我们叫习惯了都管它叫‘吃不上饭’。”“对！时间就是金钱，常常顾不上吃早饭，这里又不让点餐。”

“你们是这里的员工？”

“不是啊。”

“那你们在这儿待着干什么？”

“上网啊。”

卫济风被绕糊涂了，解知略示意他少安毋躁，然后跟众人说：“驰遍十方高科技公司实际是家网吧，对吗？”

众网友说：“可以说是一家主题网吧。”“上班族主题，挺小众的，只能用它的手机软件预约。”“别看小众，还不好抢呢，还不能预约。”“怎么不能！就是得花钱，我就是特权用户。”“真有钱！”

卫济风忍不住问道：“不好抢还非得来这儿上网？”

“配置高环境好啊！既宽敞又安静，关键是没人抽烟。”“网费也便宜，朝九晚五，上满八小时，一天才花十块钱。当然了，迟到早退除外。”“它的收费挺有意思，就跟上班考勤似的，迟到早退要额外扣钱，就不划算了。”“还有就是规矩多，打游戏只能坐到旮旯里躲着。”

卫济风忽然想到一个问题：“这栋楼安保这么严，你们这些来上网的能随便进来？”

有人解释说：“预约成功的能在楼下凭预约码领到一张临时出入卡，事先跟物业沟通好的。”

“开了多久了？”

“算上前期试运营，得有两个多月了……”

解知略不想再听下去了，把收尾工作交给卫济风处理，一个人默默走出了办公大厅。贾庭西追上几步，笑道：“解警官，不多检查会儿了？看来你要捉的狼并不喜欢我这个小地方。”

解知略看着他，觉得浑身上下都能感受到迎面而来的寒意，他打起精神笑道：“贾总，好手段！我甘拜下风。”

“这是什么话，我有点儿听不懂啊。”贾庭西斜着眼睛傲然一笑，说，“不管怎样，欢迎常来，有事我也会联系解警官你的。”

解知略知道，这场较量他再一次落了下风，还是败得毫无保留的那种。记得小攀曾经说过，她和师父也来过这里，这么说，所有人都被假象欺骗了。贾庭西布置这么一个障眼法是早有预谋，还是在两个多月前，心机之深真令人毛骨悚然。

猜不透对手的心思比看不穿他的伪装还要让人恐惧，解知略走出笪醉大厦之后，仍觉得有寒意从皮肤的毛孔一丝一丝地往里钻。他需要好好想一想了，在这之前还要做一件事。他掏出手机拨了一个号码，就在电话接通的时候，他忽然心中一酸，想起了队长点指自己额头和鬓角的样子。

“我输了。”

“好，你被停职了！”

关上手机，解知略如释重负，竟莫名觉得有些舒畅。他一路步行，不知多久竟走到了中心广场，这里占地广阔，既可以运动休闲又是应急避难所。他漫无目的随处打量，远处挺立的标识牌在阳光下格外醒目，“人民广场”四个字清晰可见。

广场中心有个刚建好的治安岗亭，没有东西也没有人，地面还算平整。他走进去关上门，将外面的世界隔离在这个狭小空间之外。人声、车流、街道、楼群……都产生了距离，时间也仿佛停止了，只有思绪在穿行。这里成了被遗忘的角落，像浩瀚汪洋里隐没的孤岛，像苍茫大漠中遮蔽的雄关。然而，大海因为孤岛才有方向，沙漠因为雄关才有生机，这里又仿佛成了整个世界的中心。解知略慢慢坐了下来，开始整理自己的思绪。

贾庭西的最终目的是以‘馋死你’为面目的庞氏骗局，现在是否仍然可以坚信这一点？

他用合法的公司经营掩人耳目，把自己保护得无懈可击，难道只是为了卷钱跑路？

他借刀杀人，用电信诈骗和另一伙儿骗子转移视线，除了自我保护会不会还有别的目的？

他从一开始就把我捆绑在他的骗局中，难道就为了跟千层锦决一胜负？

我不会放弃对他的追查，这一点他比谁都清楚，似乎也是他的期望，为什么？

一个不在职的闲散警察对他有什么意义？

他是不是贾庭西？

想到这儿，解知略突然打了个冷战，他拨通了卫济风的电话：“快，帮我查查驰遍十方的法人代表究竟是谁？”

卫济风嘲笑他说：“知了，还不死心？你在哪儿呢？听着声音嗡嗡的。”

“你别管，叫你查你就查，我要详细资料！”

卫济风听出他语气非同寻常，连忙答应说：“好好好！你是所有人的祖宗，地球都围着你转，等着！”

“欸欸！知了，你猜怎么着！驰遍十方的法定代表人还真……”过了不到半个小时，卫济风就大惊小怪地打电话过来，他故弄玄虚地拖长了停顿的间隙，“就是贾庭西！哈哈哈哈，不过是个女的！老家农村的，二十出头，目前在国外留学。”

解知略放声大笑：“哈哈哈哈，果然，果然！”

卫济风问他：“你疯了？骗子没抓着是小事，你要是成了神经病我们还得给你捐钱！”

“滚！”解知略又想起那个问题，问道，“分儿，我问你，对一个骗子来说，一个不在职的警察有什么用？”

“你说你啊？别太气馁了，好歹也是个警察嘛！有信念才会有希望，别太自卑了，万一有用呢，是吧？”

两个人平常说话闹着玩习惯了，今天也不例外，虽然是玩笑，解知略却深受启发。

他在广场中心一直待到自己的孤岛完全被夜色笼罩，月亮没出来，不知道是在云层还是树影后面，近处的几盏路灯和远处的万家灯火在无限纵深的黑暗里交织出一片四面延展的璀璨美景，而他正在这景色的中心。

千层锦捏着咖啡杯柄，在酒店套房边啜边走，指着墙边的五幅油画对薛宾九说：“九爷，你别说，这种高级玩意儿还越看越好看咧！跟我家浴室里的瓷砖差不多，花里胡哨颜色搭配得挺顺眼。”

薛宾九有些心不在焉，瞟了一眼说道：“这叫艺术，伪造的也是艺术。你能说它是赝品吗？不能吧！只不过借了一点儿名头，名头还是吹出来的，谁叫有些人他妈的崇洋媚外就认这个呢。”

千层锦总觉得他像在等待什么，这两天表面上不动声色，脾气却变得更为急躁，沾火就着，像闹春的猫。

“功德圆满，下半年什么都不用干也可以等着过个肥年。咱们是不是可以撤了？”

薛宾九立刻瞪起眼来：“往哪儿撤？”

“回家啊。”

“你前脚一走，警察后脚就摸到你被窝里！你是不是叫油彩熏昏了头，忘了还有把柄在人家手里了？”

“那段假录像啊？”千层锦不以为意，“他自己就是骗子，就不怕我狗急跳墙跟他鱼死网破，全抖搂出来？我不信他有这个胆子。”

“蠢货！你完了不打紧，把小妖儿这闺女也豁出去？万不得已可以浑不吝，有一线生机就得把那东西毁了。”

千层锦惊出一身冷汗，想了想，没有什么好主意，问道：“怎么毁，总不能叫人冲进楼里砸东西吧？”

“不急，一个月的期限马上到了，他肯定会找咱们做个了断。只要咱们有能拿得出手的筹码，就不怕不遂人愿。”

“用画跟他换？”千层锦看着那五幅油画还真有点儿舍不得。

“你窝里还有多少调得动的崽子？”

“没几个了，不过给点儿零花钱能攒几十号闲人。您老一说要跟姓贾的算账，我就想到了，人手不是问题。到时他老老实实还则罢了，要是不老实就掀了他的摊子！”

薛宾九点了点头，说：“提前做准备吧，找个机灵点儿的给我，我有用。”

卡慕玛旎公司和慈深继善基金会的合作签约仪式是在星期五上午举行的，有关领导亲自拨冗出席并热情洋溢地致辞。合作各方均激动地表示，讲话高屋建瓴，切中肯綮，令人茅塞顿开受益匪浅。心里就像被猫爪挠了一下，既痛苦警醒又欢畅过瘾，应该就是触及灵魂的感觉。总之，这是一次有生以来从所未遇的盛会，是对前景充满无限期待的合作，是强强联合共创辉煌的成功范例。

包小严成了这次活动最闪耀的明星，卡慕玛旎收购慈善大厦的消息早已传得沸沸扬扬，高富帅总经理自然成为媒体镜头和全场注目的焦点。领导交口称赞，合作方阿谀奉承，与会嘉宾引以为荣，包小严俨然是年轻有为、胆略非凡、前途无量的代表人物。他自己却清楚这些泡沫焰火般的荣耀背后是什么，自己的光鲜亮丽是什么在支撑，他也知道自己要用这些去获得什么。

他志得意满，神采飞扬，在整个仪式上大出风头。在慷慨陈词和觥筹交错的间隙，他总是情不自禁回想起自己跟对方谈判时的情景。一丝笑意浮上嘴角，更让人觉得他卓尔不群，高深莫测……

他说："我的要求很简单。"

谈判代表露出严谨的笑容："包总，您请说。"

"只有两条，"说到这儿的时候，包小严记得当时自己伸出了两根手指头，"首先，签约日期我来定，行程安排和条款文本必须经过我的同意。"

几个谈判代表互相看了看，觉得好像也没什么，作为出钱的一方，这是再正常不过的要求。

"第二，庆祝午宴一结束马上请媒体和嘉宾离开，下午的活动要保密，参与的人数要最少。"

这一条听着有些古怪，包小严看着他们笑了笑，把伸出的手指变成了一根："我给的条件十分优厚……"

谈判代表听完，抑制不住的喜悦就从心里泛滥到了脸上，立刻答应了包小严的要求，甚至都不需要跑出会议室去请示……

一场盛大的演出，在最酣畅淋漓，最耀眼夺目的时候谢幕才是最完美的。是时候结束了。

喝得酩酊大醉的包小严在深夜醒来，燥热和干渴令他痛苦难耐。在床上挣扎了几分钟，意识开始变得清醒，蒙眬中他拨出了一个电话。“喂，老子有钱了！我要跟你……不！你要跟我远走高飞……”铃声一直响着但没人接听，他也重新昏睡过去。再次醒来之后，他又拨出了另一个电话，“快来……不要告诉任何人！我……只相信你。”

一直到日上三竿，包小严才彻底清醒。他坐在床边努力回想昨天晚上的所为，又在包里、床上、保险箱和柜门抽屉里翻了一遍，确认没有要找的东西才松了一口气，简单收拾了一下，出门去了露丝鲍的住处。

“昨天晚上我给你打过电话。”

露丝鲍露出惊讶的表情，说道：“是吗？我手机扔在沙发上没听见。有事吗？”

包小严紧走几步，一把握住了露丝鲍的胳膊：“露茜，咱俩远走高飞吧，我保证你绝不会后悔的！”

露丝鲍吃了一惊，旋即冷笑道：“好哇，飞得越高西北风喝得越饱。”

包小严真是无法抗拒她这种妩媚的冷艳，颤声说道：“我有钱了，一辈子花不完！你不是喜欢国外吗，咱们这就去过逍遥自在的日子。”

露丝鲍笑起来，在沙发上坐下，双腿交叠，摊开一只手说：“拿来。”

“什么？”

“你不是说有钱了吗，拿出来看看啊！”

“钱不在我这儿……”包小严从钱包里抽出一张银行卡，晃了一下又收起来，着急地说，“等咱们出去了，钱自然到账上。来不及跟你细说，先跟我离开这个城市，找个安全的地方我再慢慢解释。你相信我，我对你是真心的。走吧！”

露丝鲍将信将疑地看着他，眉头微蹙，说道：“谁知道你说的是不是真的……等一会儿，我要化个妆，收拾收拾。”说完起身进了洗手间，随手把门关上了。

包小严看见她的手机依旧躺在沙发上，就走过去按了一下电源键。屏幕亮了，现出解锁界面，背景是露丝鲍的自拍，妖娆之中又透着楚楚动人。包小严心脏怦怦乱跳，盯着照片看得魂不守舍，连时间都忘了。

他幻想着以后搂着心上人纵情亲昵的快活日子，身上止不住一阵阵燥热。“快好了吗？”他走到洗手间门口轻柔地呼唤，四处寻找能窥探的缝隙，心中纳闷，去厕所怎么用了这么长时间？

门一开，露丝鲍光艳照人地走出来，说：“就是私奔也得有打点细软的工夫，我还有许多东西舍不得……”

包小严笑道：“咱们有钱了，什么不能买新的！”

露丝鲍竟有些紧张，说道：“你先走，我换件衣服。”

包小严喜滋滋地开门出去，正要吹出昂然自得的口哨，突然四只大手伸过来，抓住了他的胳膊。他刹那间醒悟，后悔自己没早些料到露丝鲍随手的小包里可能还有第二部手机。

他激动地回头大叫：“露茜，你不相信我吗？为什么要向贾总告密？他对你到底哪儿好？”

露丝鲍走过来摸着他的脸颊，眼神中竟少有地露出惋惜和惭愧的神色。“小严，当你说要带我远走高飞的时候，我是动心了的。”她凄然一笑，又瞥了一眼禁锢包小严的两条大汉，怅然说道，“你连这一点都想不到，又怎么斗得过他！又怎么能让我放心……”她舒展的手指突然蜷在一起，在包小严脸上狠狠拧下去，久久不肯松手。

包小严毫无防备，被她又掐又拧疼得大叫一声，随即咬紧牙关不再作声，只是用充满愤怒的眼神瞪着她。他的怒火是在向贾庭西宣泄，对露丝鲍只有爱而不得的不甘和委屈。他感受着脸上火辣辣的疼痛和露丝鲍冷冰冰的手指，心如刀割，说道：“露茜，我，我……”

周六上午，解知略早早就来到中心广场。志愿者活动越来越红火，迫切需要一个更大的舞台，赵倚梦和他一拍即合，选中了这里。

解知略看着忙碌的志愿者和踊跃咨询的人们，心里感慨万千。防欺诈宣传蒸蒸日上，正是他期望的样子，可近在咫尺的凶犯和随时图穷匕见的骗局却让他只能眼睁睁地看着无计可施。

赵倚梦抽空走过来一边擦汗一边兴奋地说："知了哥，咱们搬到这儿就算对了！你看里三层外三层的，应接不暇啊！旁边卖饮料卖椰子卖气球的都一个劲儿看咱，生意都被挤没了，哈哈！"

解知略笑道："没关系，一会儿我去照顾他们的生意，给大伙儿买点儿水喝。"

赵倚梦见他似有隐忧的样子，说道："你还不放心呢？今天已经加上庞氏骗局的内容了，线上线下一块儿宣传，应该能警醒许多人。"

"我在想，怎么赶在骗子们吃人之前把他们抓住……"

正在这时，广场边忽然传来喧嚷声，几十个人浩浩荡荡地走过来。领头的兴高采烈，指着这边大声说道："在这里，在这里！知了，你们打一枪换一个地方，让我们这通好找。"

解知略心中一亮，迎上去说："万大爷，你怎么来了？"

万鼓真呵呵一笑，指着身后的同伴，说："投奔你来了。"解知略早认出来，他身后跟的是钟熙载、吕容，还有一些认识或不认识的面孔。

"我们不像这些大学生，年轻漂亮有学问，不知道你嫌弃不嫌弃？"万鼓真还是一如既往的心直口快，"不过嫌弃也没用，我们就跟定你了！你领着一群孩子不容易啊！还总有人说三道四。别人我不管，我第一个就看不下去！你们辛辛苦苦为了谁？还不是为了大家伙儿，让社会有个好环境？我们老哥儿几个一商量，这事不能只让一帮孩子冲在前边，我们也得活动起来。又不是榆木疙瘩，哪能光在一边袖手看着？"

解知略心潮澎湃，觉得浑身充满了力量，这就是他苦苦坚持一心追求的理想结果。如果说大学生志愿者活动的成功让他有了一半信心的话，社区群众的觉醒将给他百分之百战胜对手的勇气。

他觉得自己的头脑前所未有地清晰，跟赵倚梦和万鼓真说了一声，走进了治安岗亭。他坐直了身子闭上眼睛，尽量不让耳朵感受任何声音，好让思维的触角尽情舒展。他能感觉到，最后的决战就要来了，贾庭西苦心孤诣布置的骗局绝不会以趁人不备溜之大吉收场，他这颗棋子的价值还没有用尽，一定还会重新被人捏起来的，而他反败为胜的机会也在那一刻。

不知过了多久，有个声音忽然泉水一般从头顶流淌下来，沁入发根，颤动颅骨，直达五脏，让他的心都随之荡漾了。“解哥，你睡着了？”

解知略睁开眼，不知道面前的身影是光照的错觉还是自己的想象。“小攀？我正想你……”他脸上忽然一热，又说，“……会不会不辞而别。”

小攀笑起来：“结果呢，想出来了吗？”说着弯腰也钻进岗亭里来。解知略欠身挪到一个墙角，让小攀在斜对面坐下，斗室之中顿感局促。

“你是怎么找到这儿的？”

“快要曲终人散了，你还在等他吗？”

“是这儿太挤了？”

他们的对话截然不同，虽然问着各自的问题，但也得到了各自的答案。

小攀的眼睛忽然黯淡下去，片刻之后又焕发出神采：“解哥，我要走了……包小严是我师兄，他说他要娶我。”

解知略沉默了，斗室之中静得让人心慌，他抬头注视着小攀，问道：“你爱他吗？”

“你猜我爱哪一个？”小攀眼中闪着令人难以捉摸的光芒，她掏出手机若无其事地点着，“我要送你一份礼物，就当临别纪念吧。”

解知略的手机响了，收到一个压缩文件，名字是“照片”。

“保存好了吗？我可要从我手机里删掉了。”小攀晃了晃手机，“好了，你那儿成了唯一的一份，解压密码需要你猜。”

她站起身跨出门去，又停住了回过头来：“等你胜利的那天再打开看吧。”两人的目光相遇了，短暂的眼神交织立刻都化作脸上的微笑绽放出来。

“你会忘了这一天吗？”

解知略一怔，胸中似是涌起无数大浪，让他感到窒息，说不出话来，只是摇了摇头。

“再见了！”小攀欣然一笑，轻快地告别离去。解知略僵直地坐着，听着她的脚步声越来越远，他终于支撑不住软倒在墙角，双眼也模糊了。

“我是爱上她了吗？”解知略觉得脑袋一阵眩晕，“她呢？”他迫不及待地想打开那张照片，可是密码是什么呢？她自始至终都没有说。

到了傍晚，未知来电号码幽灵一般出现在解知略的手机上，他精神一振，知道自己的推断没错，最后的挑战来了！

“解警官，我请你喝茶呀？”

还是那种让人一听就愤懑的腔调和笑声，高高在上目中无人，每个字都像带着回声，意思是“你们这群傻狗笨猪”。

解知略胸中斗志沛然而生，笑道：“贾总，难得你这么快就有了好兴致。可是你怎么断定我一定口渴，会接受你的邀请呢？”

贾庭西随时随地炫耀着他的先见之明，说：“我说什么来，解警官肯不肯赴约关键在和什么人喝！我自然算不了什么，幸好还有其他几位朋友。你若不来，他们可会难过的哦。”

“谁？”

"来了不就知道。"

"好，在哪儿？我马上过去。"

贾庭西啧啧连声："心急什么，要给彼此准备的时间，否则岂不是怠慢唐突了？这样，六点整，咱们犹怜小筑不见不散，等你哟！"电话挂断了。

解知略看了下时间，已经五点过了几分钟。看得出来，贾庭西是算好了时机打来的，一个小时的时间足够从任何一个角落赶到犹怜小筑，却又来不及思考太多和准备什么。

他从岗亭钻出来，把要赴会的事情跟赵倚梦他们说了。

赵倚梦的第一反应就是鸿门宴："骗子居心叵测，不能去！"

万鼓真慨然说道："知了别怕，咱们人多势众，现在就去端了他的老窝！"

钟熙载急忙制止他："不行，还是叫警察！"

万鼓真一瞪眼："知了不就是警察！怕什么，抓坏人一个理由都嫌多，有什么可顾忌的！那个什么幽兰小筑在哪儿？"

有人给他纠错："不是幽兰是犹怜，我见犹怜的怜，就是有个人，老婆吃醋了，拿刀去玩命……"

万鼓真不耐烦地问他："行了行了，我就问你去不去吧？说了半天，犹怜到底在哪儿？"

有知情的回应他："万大爷，就在河边，新建的，像是石舫，看着讲究，估计一般人进不起。"

"你认路，跟我走！"

"好，好！走啊！"立刻有人捋胳膊挽袖子跟着就走，被解知略拦住了。

有稳重的劝道："别急，咱还是听知了的。"

万鼓真点点头："好！知了，你是大伙儿的脑袋，我们就听你的，怎么干你说吧！"

解知略思索了一阵，说："他想打我个措手不及，却棋差一着，不知道对付他的早已经不是我一个人。时间紧，我就不客气了。谁熟悉犹怜小筑，先跟大家介绍一下近况，各方面的。"

有人说："我家是那附近的，我这就过去一趟，拍些照片视频，最直观。"说完马上动身走了。

另一个人介绍说："市里不就一条河嘛，穿过市区一直通到大海。犹怜小筑就是河边刚建起来的石舫，听说装修好了，今天开业。里面能吃饭，能喝茶，打牌聚会干什么都行。"

万鼓真问道："你进去过了？"

那人脸一红："没有，便宜不了，没那闲钱。我猜的，一般不就这样？"

过了没多久，去侦查的人就打了视频通话过来，小声说："解警官，你看，这里好气派，已经都布置上了！周围整个都圈起来，花里胡哨挂的都是横幅、广告画、宣传牌、气球，横着金黄的礼宾围栏，搭着大红拱门，两大溜花篮一直摆到河边，个个都比人高，有钱！场面！"

解知略看着视频里鲜花和飘带的丛林，突然有了一种奇怪的联想：人走在这样的蜿蜒小径里是不是也会迷路？

他在所剩无几的时间里重又思索了一遍，觉得这次不同以往，可以算得上胜券在握。人们败在骗子手里无非因为两点：仓促应对，孤军奋战。现在他虽然仍是仓促应战却不是单打独斗，几十个具有主观能动性的个体同时行动，无形中相当于把时间一下扩充了几十倍！

他用前所未有的信心说道："咱们今天要给骗子布一个圈套，让他也尝尝个中滋味。不过，可能会有危险，我想分一分人手，是党员的第一组行动，其他人第二组辅助。"

万鼓真一摆大手，说："没必要，你就说干什么吧！大伙儿既然跟你干了，就有这个觉悟。"

“咱们得准备一些捉贼的东西，强光手电和高音喇叭之类，至少人手一份。”

赵倚梦高兴地说：“广告费还有剩余，正好用上。”

万鼓真奇怪地问：“怎么都是吓唬人的玩意儿？知了，你确定这些管用？”钟熙载也说：“棍子绳子最要紧。”

解知略笑了：“你们老几位还真打算跟人家拼命啊？用智不用力，打架的活儿留给年轻人吧。”

大学生们纷纷叫嚷：“留着我们来！”

解知略微微一笑不置可否，说：“就要手电筒和喇叭之类，要大照度，大音量的……他摆鸿门宴请君入瓮，咱们就给他来个四面楚歌，一网打尽！”

万鼓真一拍胸膛：“你就甭管了，保证水泄不通，抄他老窝！”

众人群情激奋，一个个摩拳擦掌：“他们就算是完了！”

解知略叮嘱说：“在我发信号之前，大家要沉住气，以防他们做困兽斗。时间差不多了，我现在过去，还要再打个电话……”

任务分派好了，大家各自分头忙碌。解知略拦了一辆出租车直奔犹怜小筑，有个声音在他心里呐喊：鸿门宴也好，什么别的也好，我来了！

等到了河边，时间恰好跳过六点，他不慌不忙边走边看，知道对手跟他一样渴望这次会面，绝对不能沉不住气在心理和气势上输了头阵。

现场布置得比视频里看起来还要奢华张扬，就算在初起的夜色里也毫不逊色，让人目不暇接，眼花缭乱。远处隐约露出一角飞檐翘脊，应该就是今天的目的地，犹怜小筑。长长的红毯沿着水廊迤逦铺到岸边，漂亮的迎宾小姐在礼宾台后彬彬有礼地招呼：“解先生，欢迎光临。”

“谢谢，你认识我？”

迎宾小姐用标准的职业微笑回应他，同时给他展示了手里的平板电脑。只见她在一个按钮上点了一下，解知略的大幅头像上立刻多了一个大大的绿色对勾，随后短暂的语音提示传出来："来宾已到齐。"

迎宾小姐说："解先生，请随我来。"侧身在前面引路。一名男保安随即挂上了礼宾围栏的金色挂绳，意思很明确，此路封锁，闲杂人等只好非请莫入了。

解知略走在花篮围成的蜿蜒小径中，阵阵花香钻进鼻子，令他心旷神怡。水廊尽头是黑洞洞的敞开式大厅，外面搭着红蓝交错的花环拱门。"砰砰"两声，有人拧开了两发烟花，五色彩条从天而降。解知略不禁哑然失笑，心想："场面十足，不知道后面的戏怎么样？"

大厅空荡荡的，没有窗户，两侧墙上的小灯照出迎面两扇紧闭的小门，门上挂着匾额，写的正是"犹怜小筑"几个绿字。解知略暗想，这里阴森森、光秃秃的，一点儿景致都没有，犹怜的意境在哪儿呢？

迎宾小姐在小门上轻敲了两下，提高了声音说："贾总，客人到了。"就听里面有人大笑起来："哈哈，佳客到了！"两扇小门应声推开，淡黄的灯光照出一个浅黑的人影，正是贾庭西。

一股清幽之气扑面而来，提神醒脑，不知焚的什么香。贾庭西拉着解知略的胳膊大献殷勤："解警官真是守时，说六点就是六点，一分不多一分不少，哈哈，快请进！"

解知略抬起手腕，笑道："你说的不对，明明已经过了五分钟。"

"欸，那是你的手表没调时差，以我这儿为准，说六点整就是六点整，不是也得改回去，哈哈。"

解知略跨过门槛走进内室，发现早有两个人坐在里面。屋里窗帘拉着，只在中间挂了一盏水晶灯，光线朦胧更显压抑。

"二位，我来介绍，这位就是今晚的贵宾，解知略解警官！"他看着其中一个光头，笑嘻嘻地说，"千老板，王总，想必你们已经见过面了。"

千层锦站起身一边请解知略入座一边说："既然在此相会，就是冲着交心来的，不必藏着掖着。解警官，我叫千层锦，小妖儿的师父，这位是我师爷薛宾九。"

解知略点点头，打量着周围，只见屋里陈设简单，一张茶桌沉稳大气，茶具琳琅都认不过来，靠墙矮柜上一尊铜炉正袅袅飘着青烟，墙壁空处挂着幔帐，除此之外再没别的东西。

薛宾九哼了一声，说道："关上门没外人，贾老板，一个月期限到了，对对账吧。"

贾庭西捏起一把精致的白瓷壶，在四个同样温润如玉的白瓷杯中重新斟了茶，笑道："今天晚上有的是时间，咱们一边品茶一边闲谈，何必着急呢？"

薛宾九嘿嘿冷笑两声，举起茶杯抿了一口，将茶杯往身前一推："茶也喝了，人也见了，打赌的两家都在这儿，证人也到了，开门见山直奔主题吧！"

"好！"贾庭西"啪"的一声拍了下桌子，震得杯桌相碰，茶水荡漾，地板都跟着晃了。房间的吊灯来回摇摆发出吱吱的响声，闪了两下最终还是熄灭了，屋里顿时漆黑一片。贾庭西大叫道："怎么回事！怎么回事？"立刻有女服务员跑来说："贾总，可能是地震了。"

贾庭西怒气冲冲地质问："我是说停电怎么回事？"

"可能是给震断电了。"

"有备用发电机吗？"

"有，柴油的，已经启动了，你听。"

果然话音刚落，屋里的吊灯就重新亮起来，重新照出一张方桌和围坐的四个人。"见笑见笑！"贾庭西一脸赔笑，挥手打发走了女服务员，"想不到我这一掌居然有这么大的威力，哈哈！"

解知略说："一黑一亮，也算重逢。既然是再次见面，那就重新认识一下吧。贾总，你的庐山真面是不是也该让人见识见识了？"

贾庭西哈哈一笑："好！我自我介绍一下，大丈夫行不更名坐不改姓，我就是贾庭西。"

"贾庭西是个女的！二十出头，还是个留学生。"

"谁说只有她才能叫贾庭西？"贾庭西神色之间尽显得意，"我给她钱，送她出国，供她读书，连她的感激都收不到，只在背后做个隐姓埋名的好人，为什么？就因为她跟我天生有缘，姓一样，名也一样，你知道这样的有缘人，得需要花多少心思才能遇见吗？"

"那辜桧花和贾孤山？"

"一个是她母亲，一个是她父亲。"

解知略一切都明白了，他忍不住挑起手指，赞道："厉害！找一个同名同姓的来当法人代表，真是再好不过的挡箭牌。贾总心思缜密，令人佩服！"

"雕虫小技，惭愧，惭愧。"贾庭西冲着千层锦一笑，说道，"千老板的偷梁换柱才是真本事真能耐，换走了我五幅油画，骗了我两百万块钱。我还一点儿招儿都没有，哈哈。不过，两百万就是两百万，离咱们当初的约定还差得远哪！"

千层锦说："贾总对自己捧出来的大师这么没有信心吗？只要你不说我不说，巴伯夏·纽莱就还是荷兰抽象表现主义大师。一幅画拍出九千万的天价，有钱人，投机商，想行贿、洗钱的掮客公司，会对他另外的作品感兴趣的，就算是抵押、典当，能换出来的钱也远不止三百万，你觉得呢，贾总？"

"好，好妙计！"贾庭西脸上没有半点儿懊恼神色，仿佛这钱是他口袋里用过的餐巾纸，装着和丢了没什么分别，"钱转到账上了？"

"转得结结实实！"

贾庭西仰头一笑："好，来，干一个！"两只杯子"叮"的一声碰在一起，茶水随着两人造作的冷笑泼洒出来，砸在桌上噼泼作响，手指杯壁无不淋漓。

“王大愚，哈哈，我看你不是王大愚，你是‘网大鱼’！我就是那条大鱼……你那个环球贸易是买来的？”

“不错，做戏就要做真。环球贸易是真的，王大愚也是真的，只不过运气不好病在老家，儿子不争气要一卖了之，正好被我捡了漏。一个要倒闭的破公司，没人会注意换了人，也没人在乎它为什么不换招牌不变更法人代表。”千层锦心中一动，突然意识到什么，“你根本就没调查过王大愚和环球贸易？”

“我为什么要去查呢？”贾庭西依次给每人的杯子都倒上茶水，又在壶里重新注了热水才慢条斯理地说，接着他顺手拿起一只空杯子，“你看，这套茶具我拿来喝茶，就会在意它是不是用高岭土烧出来的羊脂玉无釉白瓷，要是只拿它听个响儿……”说着猛地往地上一掼，“啪”的一声，那只温润晶莹的白瓷茶杯顿时四分五裂成了碎片，“我还会不会去问个仔细？”

屋里众人被突如其来的尖锐响声刺得耳膜生疼，心也不由自主抖了一下。

千层锦脸色铁青，问道：“什么意思？”

“你猜猜。”贾庭西站起身，情绪有些亢奋，双臂伸出去像要捧接从天而降的包裹，“如果你通过自己的奋斗，得到了一笔十几个亿的横财，要怎么才能踏踏实实占为己有？就像一锅炖肉，肉你拿走了，锅还不得找个人替你背着！”

“十几个亿？”解知略暗吃了一惊。

“解警官，今天咱们开诚布公，我什么都会告诉你。”贾庭西禁不住得意扬扬地笑起来，“我知道那天你来查我的真正目的，相信你凭着自己的智慧已经猜到了我的计划。不错，你是对的，我就是靠‘馋死你’平台赚钱。人心是贪婪的，每个人都想从我这儿捞一把，哈哈，他们哪会知道，就在他们垂涎三尺算计我醋币宝刀的时候，我已经牢牢握住了他们的本金。”

“能有十几亿？”

“不止，昨天慈善大厦收购签约，就像往火堆里扔上几挂鞭炮，会有更多人知道了以后来玩。过完这个周末，里面的钱少说还会再增加百分之二十！”

千层锦呆若木鸡，喃喃自语：“十几个亿，两百万，呵呵……”他惭愧得无地自容，冷汗直流下来。

解知略没想到这个骗局的破坏力竟会如此远超自己的想象，以前估计的还是太保守了。“那可是成千上万人的血汗钱！”

“他们是自愿的！他们嘤嘤哭泣的上一秒还在幻想着白占我便宜。竞争很公平，就像掷骰子比大小，我不过是赌赢了。”

贾庭西说得振振有词，解知略不禁为之齿冷。

“为生存而努力，为生活而奋斗的人，辛辛苦苦创造出来的财富，最后却进了巧取豪夺者的口袋，你管这叫公平？”

“这不是人生的常态吗？辛苦吃草的牛羊就是要被虎狼吃掉。”贾庭西以哲人的姿态微笑着，脸上充满鄙夷，“法律、道德是约束好人的，解警官，幸亏我不是。我有的是智慧，我把握住了机会，获得了财富。这一切都是这个世界、这个社会赠予我的，是我个人奋斗的结果。这还不叫公平吗？用别人倾家荡产换我腰缠万贯，弱肉强食就是最大的公平！”

解知略心中感到一丝悲哀，一时竟无法反驳。

“我们这行能做的，就是无论贫穷还是富有，健康还是疾病，老人还是少年，不管你是谁，你在哪儿，在干什么，总有一款骗术适合你。”

千层锦忍不住笑出声来。贾庭西却没有说笑的意思，一脸凝重地说：“我也想惊天动地地挣钱，心安理得地睡觉，这样的好事还有吗？下手早的吃干抹净，又把路堵死了，后来的怎么办？无权无势无靠山的普通人，被死死摁在地上，要么挣不了大钱，要么就别想睡好觉，别无选择。我也想玩投资、干金融、做买办，可是上哪儿去捞第一桶金呢？只剩诈骗这种无本生意。做完这笔我也洗白上岸了，堂堂正正做一个有钱人，然后也到处去讲公平、讲正义、讲拼搏和奉献，哈哈，哈哈哈哈。”

看着贾庭西张狂的模样，解知略忽然想到了吴秋蓬。

贾庭西意犹未尽，指了指千层锦和他自己，笑着说：“解警官，我问你一道智力题，请问你该如何将一个西瓜公平地分给两个人？”

解知略一愣，没明白他的意图，说道：“用刀一切两半，尽量分得均匀，然后一人拿一半。”

“一看你就是个好人。你忽略了一个问题，要分西瓜的只有我和他两个人吗？你这个拿刀的人怎么把自己忘了？是高风亮节还是另有所图？你不要，让我们又怎么吃得安心啊！”贾庭西拊掌大笑，连连摇头，转过去问千层锦，“千老哥，你打算怎么分？”

千层锦呵呵一笑：“我嘛……好说，两刀三块，抓阄或者掷骰子比大小，运气好的先挑，运气差的捡剩的，谁也别有怨言。”

贾庭西又问薛宾九：“薛前辈一定有更好的法子。”

薛宾九把玩着手里的瓷杯，过了一会儿才说：“西瓜捣成汁，三个杯子分三份，不偏不倚。”

千层锦顿时大为奉承：“这个办法好，绝对公平！看来姜还是老的辣。贾总，你出的题目想必也有自己的答案。”

“要我分，绝对会比你们都公平。”

三个人好奇心起，不知道他又有什么新奇古怪的办法。

“我是捉刀的，怎么分自然听我的。一个西瓜有皮有瓤有籽，我就把皮去了给你，把籽剔出来给他，剩下的瓤归我。每个人都独占西瓜的完整一部分，是不是最公平？”

千层锦不屑地说：“都知道瓜瓤好吃，谁愿意要瓜皮瓜籽，这也叫公平？”

“瓜皮可以入药还能提炼果胶，搞工业，瓜籽可以喂鸡可以续种，是农业。我得了享受，你们两个得了实惠，只有我这第三产业发展了才能带动你们第一第二产业，这可是经济学的大道理，你以为我只是随便说说！”

贾庭西缓慢而得意地迈着步子，皮鞋一下一下敲在地上发出清脆的响声。他忽然来了个漂亮的转身，双手向空中一托做了个结束的姿势，轻快地说道：“好了，各位，闲聊结束，game over，你们都输了！”

千层锦冷笑道：“你虽然骗了十几亿，却跟我们毫无关系，我可是实打实从你手里骗走两百万加五幅画，谁赢谁输还真不好说呢！”

“你和我考虑的不在一个层次。”贾庭西斜眼瞥着他，淡然说道，随后转向薛宾九，“或许薛老爷子智胜一筹，明白其中的微妙。”

千层锦被他如此鄙视，气得面红耳赤，正要发作，就听薛宾九用茶杯轻敲着桌子，不急不慢地说：“贾老板，茶没了。”

贾庭西哈哈一笑，走过去给他重新斟上，一双眼睛死死盯着，像在察看随时会反扑的豺狗。

薛宾九翻着眼睛看着他，冷冷地问：“你确定那十几亿还在账上？”

千层锦眼前一亮，激动不已，颤声问道：“九、九爷，莫非你还另有圈套？”

第八章

诈欺游戏的最终对决

贾庭西心中一惊，目光刀子一样从千层锦又惊又喜的秃脑袋移回到薛宾九高深莫测的脸上。他思索片刻突然仰天大笑：“老爷子真会说笑话！我的钱不在账上，莫非自己跑出来进了你的口袋？”

薛宾九并不急着回答，只是用三根手指捏着茶杯轻轻画着圈，杯底在桌上发出单调重复的摩擦声。所有人的注意力都集中到他身上，整个屋子像被突然拖入了一个凝固的时空，外面水波的轻响和柴油发电机的噪声都像是上一个世界的余音。

薛宾九喜欢这种让对手猜疑恐惧的感觉，笑了两声，问道：“贾老板，卡慕玛旎收购慈善大厦是真的吗？”

“假的。”

“和基金会合作签合同呢？”

“也是假的！”

“包小严这个新任命的总经理可是真的？”

“你啰哩啰唆到底想说什么？”贾庭西有些不耐烦了，气冲冲地逼问。

薛宾九欣赏着他的不安，循循善诱地启发说："你可知有这么个道理，假的虽然是假的，以真的面目出现就自有真的用处。"

"废话！"贾庭西刚才还有些心惊，听他这么说立刻打消了对他的猜忌，"这不就是我在做的，还用你来教？"

"不一样。"薛宾九呵呵一笑，又问，"你的卡慕玛旎可是按真的大公司来宣传的，又是融资又是上市的，还非得去什么'哪死得快'，你就不想想，这些是不是只有你知道是假的？在除你之外的世界，一切可都是真的，这就是你的破绽，我的机会！"

贾庭西忍不住皱眉沉思了一阵，实在想不出这里有什么破绽。自己对包小严早有防范，他就是折腾出花来，也不可能绕过层层限制，随意动用公司财产。"你能怎么办？让包小严转账出去？他虽然是总经理，却不能随便挪用一分钱，公司有流程卡着，财务可是我的人。"

"公司里面都是你的人，公司之外呢？主管部门、商业银行、慈善基金会，哪一方是你说了算？"

贾庭西哼了一声，冷笑道："你想说什么？别忘了，他们只是外人！有句至理名言，'风能进，雨能进，国王不能进'，卡慕玛旎就摆在那，借他们一个胆子也不敢胡作非为！拿法理当摆设吗？再说了，就是有这个胆子，他们能做成什么？一声令下就把我的账接管了？笑话！"

薛宾九更加喜欢这种将对手玩弄于股掌的感觉了，对手越惊疑不定他就越平静，对手越暴躁愤怒他就越坦然。"风雨来了和国王来了，人心却会不一样。"他笑吟吟地问，"你知道签约那天的行程吗？"

"有什么不一样？不都是千篇一律，台上讲话台下鼓掌，上台签字下台吃喝。"

"只靠吃喝可办不成令人信服的大事，只有叫人眼红心热的钱才能换来别人死心塌地地信任。"薛宾九神采飞扬，脸上泛起亢奋的红色，

“那天下午，包小严和他们秘密履行了合同预付条款。按事先约定，卡慕玛旎以承兑汇票的形式支付了慈善大厦首付款一个亿。”

“承兑汇票？”千层锦恍然大悟，“九爷，你让小妖儿做你的顾问，给你讲企业财务，原来就为了这个？”

薛宾九骂道：“你以为呢！早跟你说过，老脑筋要改，你就是不长进，还不如我这个老头子！你这辈子也就这样了，跟你不成器的师父一样，半悬空里打转，再上层楼难于登天！”

千层锦被他骂习惯了，也不觉得十分难堪，想到这位九爷很可能已经骗到了自己从不敢奢望的财富，心里的惭愧抱怨立刻变得微不足道，悸动和渴望占据了上风，他开始紧张忐忑起来。

解知略搜寻着头脑中有关承兑汇票的知识，隐约记得它与支票有些类似，都是付款人在银行开具给收款人的支付凭证，就是有取款期限。比如甲方要买乙方的货物，乙方需要三十天生产备货，甲方就可以给乙方开一张三十天到期的承兑汇票，三十天后凭票贴现，认票不认人。这样甲方不必过早占用现金流，乙方也避免了货款拖欠。汇票还可以背书转让，比如乙方还欠着丙方的钱，他就可以把这张汇票再转让给丙，只要背书信息完整连贯，丙一样可以到银行把钱提到自己账上。

解知略正回忆以前卷宗里看过的案例，贾庭西的大声质疑打断了他的思路。

“不可能！卡慕玛旎的财务没跟着，怎么开得出汇票！”贾庭西莫名觉得心慌，包小严跟慈善基金会的谈判，自己是知道的，签约是走过场，付款不过虚晃一枪，找借口拖上几天就溜之大吉了，没想到他居然敢假戏真做，进展到了首付款阶段。

薛宾九笑道：“有总经理在，有法人代表授权书，财务人员跟不跟着有区别吗？”

“哈哈，异想天开！别的不说，财务章和法人章呢？这可是汇票上必须要盖的！”

“收购都可以作假，刻两枚章很难吗？”

“你以为是你们村头卖猪呢！银行会如此草率吗？你是不是从没听过有比对预留印鉴卡这么个事？卡慕玛旎的印章是方是圆，多少尺寸，什么模样，你知道吗？上哪儿弄去……”说到这儿，贾庭西突然像被人打了一记闷棍，顿时出了一身冷汗。

“是包小严？我限制了他用章的权力！”

“用章的权力限制了，钤好的印记也看不到了吗？”

贾庭西瞬间想到了卡慕玛旎和汉骨唐风的财务往来文件，包小严可是他亲自指定的联系人……圈套！在自己精心布局的圈套之中寄生的圈套！自己算计别人，也被别人乘虚而入了。

“叛徒！他终究还是你们的人。”他生平第一次真切感受到被骗的滋味，心里羞愤交加，恐惧的波涛随之席卷而来，让他遍体生凉，手脚颤抖。

薛宾九哈哈一笑，鹰隼一样的目光叫人不寒而栗：“你错了，他背叛了所有人，他只是他自己。”

“账户密码呢？”这是贾庭西最后的执着与倔强了，他心里清楚，徒劳无功的挣扎并不是还有希望只是不肯绝望。

“你知道骗术的最高境界是什么吗？”薛宾九眼中光芒闪动，这是他最得意的时刻，他问的是贾庭西，眼光却向千层锦和解知略脸上扫过去，“是借势！”他起身将茶壶抄在手里，说，“你们三个渴了，我答应请你们喝茶……”边说边往三个杯子里依次斟上茶水，“你们只会想，另外两人的杯子满了自己的也会满，却并不会怀疑茶壶是不是我的，对不对？”

千层锦有些心痒难耐，说道：“九爷，您老到底使了什么绝妙好计，快合盘托出来吧！”

“我为什么让包小严非得找这个慈善大厦，就因为可以借势。有难题了，不用我开口动手，自会有力量去推动解决。”薛宾九将茶杯首先推到解知略跟前，“你想想，周五下午，主管部门踌躇满志等着一项新政绩……”又推了贾庭西的那杯，“基金会热切期待一个亿的首付款……”最后把千层锦的推过去，“商业银行也沾沾自喜有了一笔好业务。”

茶杯分好了，就像游戏主持者分配好了角色一样。薛宾九意味深长地拍了拍手：“因为一个密码就让这些都落空，岂不是大为扫兴？前面费心费力这么热闹，最后却虎头蛇尾，没有人希望以这种结局收场，对吗？”

贾庭西脸如土灰，说道：“银行不是傻子，风险得他们担着！他不怕汇票开出去，预支款回不来？”

薛宾九眼中更加放出光彩：“压力都集中到商业银行头上，一般这个时候他们肯定会犹豫，但是我早就准备好了定心丸，就是汇票以账上资金做百分之百担保，不用他们承担预支风险。这种情况你怎么办？”

千层锦抓着光头笑起来：“有人做证有人撑腰，钱又不是自己的，干吗不顺水推舟做个好人！哈哈。”

薛宾九又说：“彼此安心，皆大欢喜！这一切安排妥当之后，我连包小严找什么借口都没有过问。”

贾庭西咬牙切齿地冷笑说：“高！老人家果然与众不同。我想过包小严捣鬼的各种可能，支票、汇票、印章、委托书、密码……只有所有障碍都突破了他才会成功，但这是不可能做到的。呵呵，没想到老人家却技高一筹，苦心孤诣设下了一个独一无二的绝妙圈套，所有不可能都变得顺理成章，实在是让人佩服！”

薛宾九摇摇头，嘿嘿笑了两声：“这也是孤注一掷，撞一撞运气，所幸每一步都碰对了。技高一筹说不上，不过是活得久了看得懂人心。”

贾庭西背着手站起来，在屋里来回踱了几个圈，突然停住了哈哈大笑：“你是拿别人之钱慷自己之慨让不相干的发财！不觉得可笑吗？

啊？不可笑吗！你再借势，一个亿进的也是别人口袋，我就不信银行敢开一张直接入你们账的！”

“不错，银行自然不肯开一张给我们的，不过，另外开几张一模一样的却不太难。”

“什么？”贾庭西拍案而起，“你脑子有病吧，自己得不到也要败坏了我的！”

解知略明白了其中的妙处，说道：“如果包小严用后续进度款的名义提前开出汇票，然后押在自己手里，就可以找机会把这些汇票背书转让到他们公司名下。”

千层锦大喜过望：“九爷，是这样吗？我就说小严这孩子没丧尽天良！您老调教有方，他若是肯把钱转到咱们账上，就算他浪子回头了。”方才他一直听得似懂非懂，万没想到会有这样的惊喜，激动之下都有点儿语无伦次了。

薛宾九鄙夷地哼了一声：“我只教了他套出汇票，至于回不回头，丧不丧天良只有天知道……”

贾庭西逼近了喝问：“汇票呢？”

千层锦也禁不住问道：“是啊九爷，汇票给你了吗？小严他人呢？”

“远走高飞了！”

千层锦兴奋的情绪顿时一落千丈，冷嘲热讽地抱怨道：“想不到啊，九爷，你可比我胃口大多了！呵呵，我只惦记五百万，您老惦记的可是几个亿！”

薛宾九瞧也不瞧他，知道他误以为自己要私吞这笔巨款，故意放走了包小严，骂道：“你不是没有这样的胃口，是你的能耐支撑不住你的野心！五百万的本事做一个亿的春秋大梦，岂不就是纯粹的狗屁！”

贾庭西忽然面露喜色，问道：“这么说，包小严骗出来的汇票并没有给你们？老爷子，你想没想过，包小严昧了良心，远走天涯，一根毛都不给你啊？”

这句话正戳到千层锦痛处，他自我安慰说："咱们手里能用的公司账户就剩环球贸易这一个，他又没有自己的，还能转到哪儿？再说了，我这个师父他可以不顾，他老子在这儿总不能丢下不要吧……"他喃喃自语，说到最后连自己都觉得毫无底气。

"对我来说，钱被谁拿走不重要，我从来就没在乎过。"薛宾九眼中本是落寞的神色，忽然他眼神灼灼盯过去，吓得贾庭西不禁心里一抖，"我蛰伏乡下舍不得死，你知道为什么吗？就为了了结心里的夙愿，设一个空前绝后的大圈套，做一场惊天动地的大骗局！如今心愿已了，别无他求了。"

贾庭西冷笑道："好！有境界！能骗得了我贾某的不多见，老爷子绝对是最厉害的一个。能将几家公司、银行，还有政府玩弄于股掌，翻手为云覆手为雨，称之为惊天动地不过分，没有大胸怀大谋略是万万做不到的！我自愧没有这份能耐，老爷子，佩服佩服！"贾庭西说到后来竟有些肃然起敬了。

解知略从头到尾琢磨了一遍薛宾九的骗局，也在心里暗暗称赞。骗子里有的是机智奸巧之辈，处心积虑，构思之深刻，机变之诡谲确实令人叹服，可惜他们只是为一己私利，再巧妙终归只是宵小之行，君子不齿。

贾庭西话锋一转，干笑两声说："这么说汇票还在包小严身上，只要找到他就能知道下落？"

薛宾九揭示了自己的心血杰作，像终于到达圣地的苦修者，心中忽然一片空虚。他形神俱疲，对贾庭西的问话置若罔闻。千层锦满脸阴云也懒得说话。

贾庭西忽然连拍了两下巴掌，旁边墙上的小门忽然"哐当"一声被踹开了，两个大汉架了一个人出来。那人双手反绑，嘴里塞着毛巾，虽然被打得鼻青脸肿却能认出来正是包小严。

薛宾九悚然动容，狠狠瞪着包小严，怒其不争，也哀己不幸，本想用最后的圈套为此生画上完美句号，没想到最后还是功亏一篑。千层锦一惊之下猛地站起来，眼光瞧向小门后面，生怕再推出别的人来。

解知略第一反应也是想到了同一个人，内心不安之余生出了几个疑问：小攀说包小严要娶她，他们不应该在一起吗？包小严为什么会独自离开呢？如今他被抓住了，小攀又在哪儿呢？

贾庭西冷笑说："行啊包小严，被抓住了还在骗人！要不是你师父他们，汇票的事我还蒙在鼓里。有你的，嘴够硬！"说着一使眼色，有人把包小严嘴里的毛巾拽了出来。

千层锦黑着脸沉声责问："小严，到底怎么回事？"

包小严低着头不吭声，也不看他，一副破罐破摔满不在乎的表情。

贾庭西说："狗改不了吃屎！你们以为他远走高飞了，其实是鬼迷了心窍，一大早跑去找露茜，要拐了她一块儿飞。他妈的！你也不想想，露茜是水性杨花随随便便的人吗？就算她是，也不会看上你！"包小严哼了一声不服气。

"他跟露茜说，他发财了，钱多得一辈子都花不完，可以随心所欲，任意逍遥。露茜就问他怎么发的财，钱在哪儿。这小子居然耍起了坏心眼儿，一个字都不露，只要露茜跟他走，还说，躲起来钱就自动来了！发瞌睡他，这是你发财吗，这是拐了我的！骗子，小偷！"贾庭西越说越气。

包小严忍不住要冷笑，嘴角脸颊受伤了，一扯之下却变成了两声叫唤和几下倒吸凉气。

贾庭西声色俱厉地怒斥他："寡廉鲜耻，你以为露茜会被你的徒有其表和花言巧语所蒙蔽吗？她对公司的忠贞和对事业的热忱岂是你这虚情假意的骗子能撼动的！"

"我对露茜是真心的！"包小严猛地抬起头怒视着贾庭西。

"那你为什么隐瞒汇票的事？为什么要骗她？"

"谁都不依赖，谁都不信任。只有把钱抓在自己手里，才有资格对别人好……”包小严望了一眼薛宾九，又垂下头去，说话的声音也低了。

薛宾九叹了口气，说道：“傻小子，没到手的财富是空中楼阁，哪个女人肯为这个对你死心塌地？你要是跟她说了实话，她就会跟着你走了。道理没错，说话也要变通啊，蠢材！”

包小严倍感委屈，说话的调门又扬起来：“我就想得到她的真心！国外也是她一直想去的，我都想好了，只要她跟我走，我肯定第一时间把实话告诉她。我一直坚信，我和她的感情首先应该建立在爱情上，第二才是金钱。”

贾庭西忍不住揶揄说：“幸亏露茜跟你想的不一样。我跟她从不讲爱情，她却对我不离不弃，你知道为什么吗？”

包小严眼中充满敌意，恶狠狠地瞪着他没说话。

“我上大学的时候，也就像你这么大，就从哲学书里悟出了道理。爱情是人的社会属性在碰撞，只有经济基础足够硬，迸出的火花才灿烂夺目。”

薛宾九忽然气不打一处来，骂道：“愚蠢！幼稚！你们这些小崽子满脑子就是你情我爱，难道你活着就剩这点儿追求了？七尺昂藏百八十斤就这点儿价值？晃晃荡荡六七十年就这点儿意义？我告诉你爱情是什么，记住，爱情就是狗屁！你自己说，它跟吃饭拉屎有什么区别？”

包小严赌气不说话。贾庭西笑嘻嘻地回答：“自然不同，爱情是高尚的、伟大的、纯洁的……”

“屁！”薛宾九不知道触动了什么心事，格外愤慨，“不就是瘸驴配破磨看对眼儿了一块儿睡觉，高在哪儿，伟在哪儿，纯在哪儿？怎么没人说吃饭拉屎高尚、伟大、纯洁？”

贾庭西忍不住哈哈笑起来：“想不到老爷子还是个愤青，是年轻时受过什么感情伤害吗？现在您‘青’是青不了了，‘愤’倒是真的！哈哈，您说的偏激了些，人们为了爱情可以奋不顾身，吃饭行吗？”

解知略忍不住说：“怎么不行，苏东坡吃河豚不就感叹‘值那一死’吗？”

薛宾九气呼呼地补充：“吃坏了肚子要窜稀，找茅房的时候你同样奋不顾身！”

贾庭西一摆手不想再讨论下去。

“话说回来，这次还要感谢你们，露茜经受住了考验，现在我让她坐镇收尾心里真是无比踏实！”他恢复了一开始趾高气扬的神态，扭过包小严的下巴，突然厉声质问，“说！票呢？”

包小严奋力把脸扭开，回答说：“汇票我都给了小妖儿，一共十三张！我让她离开了，不管坐飞机还是坐高铁，南方随便找个城市，走得越远越好，越快越好。”

这些话重新点燃了薛宾九的希望，他一下激动起来，颤声道：“好姑娘……”

“好！做得好！毕竟咱们才是一家人。”千层锦拍着包小严的肩膀亲热地夸赞，忽然他想到一件事，不禁又皱眉问道，“既然你让小妖儿带钱走了，你又去找那个撸死小姐干什么？”

包小严脸红了一阵，始终没出声。

解知略也在想：“是啊，他既然选择了师妹，为什么又要跟别人远走高飞呢？”不过很快他就想明白了其中的道理，心中顿时生出许多凉意。

千层锦哼了一声转身坐回去，对贾庭西冷笑道：“贾总，说来说去还是我们赢了。你不会以为就凭几个手下就能要挟我们吧？”他指着包小严身后的两个壮汉说道。

贾庭西一拍巴掌：“说得对，两个人自然不够……出来吧！”就在这时，又从侧门钻出六个精壮的汉子，走到薛宾九、千层锦和解知略身后，分站在他们两边，挺胸叠肚不可一世。

千层锦脸色一变：“你想干什么？”

“自然是问清楚十三张汇票的下落。”

“不是告诉你了，已经在南下的火车上，也许还是飞机。”

“你们是骗子，我不信你们。”贾庭西摇摇头，他掏出一部手机拨了出去，命令那边的手下，“搜一下身上有没有承兑汇票！就是银行开的看起来像支票的那种……哎呀，你就找有没有十三张一个模样的！”

解知略心里一凉，千层锦也紧张起来：“你、你把小妖儿怎么样了？”

贾庭西冷着脸不予理睬，听了手机里的回话顿时拧起眉来，沉声说道：“请攀小姐下来吧。”

没一会儿就有声响从侧上方传来，是两个人的脚步声，一个穿的高跟，一个像是平底鞋。屋里看不到人，只听见脚步声下了楼梯，向这边走来，越来越靠近黑洞洞的侧门。

解知略的呼吸不由自主急促起来，自己最不愿意见到的结果还是出现了。

千层锦和包小严都惶恐地盯着门口，等脚步声临近了，千层锦忍不住站起身，颤声呼唤说：“是小妖儿吗？”

门口光线陡然一变，昏沉沉的厅里像是瞬间增添了亮度和色彩，从黑暗中走进一个人来，正是小攀，身后跟着一个女服务员。贾庭西摆摆手，女服务员转身出去，高跟鞋声一路响着上楼去了。

小攀冲着千层锦叫了一声：“师父。”心中委屈，眼泪忍不住流下来。

千层锦勃然大怒：“丫头，他们怎么欺负你了？师父给你报仇！”说着就要走过去。他身后的壮汉一左一右将他揽住，千层锦对着一个人的脸上就是一拳，那人眼疾手快一下就将他的拳头捉住，和同伙照旧一左一右将他摁回椅子里。

千层锦破口大骂：“姓贾的，不要欺人太甚！”

解知略看了看身后两个壮汉，冷笑一声问道：“贾总，这就是你的待客之道吗？”起身后踢，椅子“吱”的一声向后滑开。他倏地转过身来，目光如刀竟逼得身后两人一时胆怯，犹豫了一瞬才准备重新扑上来。

贾庭西哈哈一笑："算了吧，你们两个未必是对手……"

解知略哼了一声，大步走到小攀面前，拉起她胳膊就走。没想到，贾庭西竟从衣服里擎出一把手枪抵在他额头："对付解警官得换另一种手段，哈哈！是不是，解警官？"

解知略心念电转，突然放声大笑："哈哈哈哈！贾总，实话说了吧，这里早被包围了！你看看身上有几束瞄准激光？"

贾庭西一惊之下慌忙去看，只见身上毫无异样，哪有什么激光！就在这分神的刹那，只觉手上猛然一空，枪已经被解知略缴在手里。

"贾总，这就是你的手段？这样的厉害家伙？"解知略掂着手里乌油油的战利品，忍不住笑起来，"这是塑料的还是树脂的，是不是跟幼儿园的玩具弄混了？用这么轻飘飘的玩意儿吓唬人可真不够地道！"

贾庭西点了点头，笑得比他还要欢畅："解警官是行家我怎么能想不到？就算我只想吓唬吓唬人，实力和形势也都不允许啊！"说着伸手又从腰间一拔，掏出另一把枪来，"咔"的一声脆响拉动套筒给子弹上膛又拨开了保险。

仅从反光和响声上，解知略就能判断出，这是把真家伙！

贾庭西退了一步，手枪遥指着解知略的脑门，说道："按庸俗的说法，你是警我是匪，我是坏蛋你是好人，咱俩水火不容，势难两立，我怎么能不考虑周全！俗话说得好，道高一尺魔高一丈，哈哈，解警官，让你失望了！"

就算有死亡威胁近在眼前，解知略仍是忍不住笑出声来，这个对手太狡猾了，就连自己会夺枪，而他肯定会失手都考虑到了！跟这样的强敌较量令他莫名觉得亢奋，眼前黑洞洞的枪口又让他感受到近在咫尺的恐惧。是的，他感觉到恐惧了，因为他不能死，至少不能现在就死。

所有人都注视着他，他却能格外感觉到一个人的存在。他向小攀看过去，视线相对，小攀粲然一笑，仅此而已。解知略忽然想到那天她的感叹：“能携手一生相约共死也挺让人羡慕的。”

“她是这个意思吗？”解知略不知道是否跟她心意相通，她就像缥缈云雾中的奇花，朦胧迷离，让人捉摸不定。而自己呢，又何尝不是这样，自己心里的恐惧是因为她吗？只怕并不完全如此。

他看向贾庭西，说道：“贾总，你总能让人意想不到。这次你是怎么得手的，又为什么非要抓她呢？”

“不过是个小小的把戏。攀小姐是聪明人，跟聪明人不好打交道，一不小心就会被怀疑。所以，精心编织的谎言往往行不通，含糊的实话却有效得多。”贾庭西笑道，他瞅了一眼包小严，又说，“我抓了这小子，就用他手机发了一条信息，里面只有三个字‘怎么样’。这样的模糊问题存在多种解读的可能，你会自己选择正确的那一种。当攀小姐回过来‘正准备值机’的时候，我就知道自己赌对了。如果我发的是‘在哪呢’，只怕一下就会露出破绽，因为我不确定‘我’该不该知道她的动向，你说呢？哈哈哈哈！”

千层锦骂道：“下作！”

贾庭西变脸质问道：“千老板，你这么说就有些没良心了。你关心的人儿，我可是公主一样对待，连根头发都没弄乱，算是仁至义尽了。”

千层锦恶狠狠地低声回应：“承情！”

“哎！这就对了……”贾庭西想到被骗的汇票转了一圈还会回到自己手中，心情又变得美好起来，脸上笑得灿若桃花，说道，“有攀小姐在场，我跟诸位讲话才更有底气，你们跟我说话也会更有诚意。对不对，攀小姐？你的这位师兄说给了你十三张汇票，有这回事吗？”

千层锦关切地说：“丫头，不要怕！有什么说什么，我和九爷自有主张。”

小攀点了点头：“师父，小严哥昨天半夜给我打电话把我叫出去，确实给了我十三张汇票，每张金额一个亿。”

贾庭西和千层锦同时追问：“现在在哪儿？”

小攀答非所问：“一个月前，我们来到祥从区准备骗几个有钱人大赚一笔，没想到一来就跟贾总结了梁子。我们和驰遍十方签了协议要分上下赌输赢，还有个名头，叫，古法骗术派和现代欺诈派的较量。其实，哪有什么古法派现代派，骗局改头换面，骗术却是换汤不换药。”

贾庭西有些不耐烦：“问你汇票在哪儿，不要耗费别人耐心！”

千层锦瞪了他一眼，嘴里却表达着同样的意思：“这些已经不重要了，不说也罢。”

小攀一笑，问千层锦：“师父，你还记得吗？当初是我去工商咨询的公司注册，收购环球贸易也是我出的主意。九爷瞒着你要做惊天动地的大买卖也是我当的参谋，套取承兑汇票的点子也是我想出来的。”

薛宾九干笑了两声，叹道：“傻孩子。”

解知略心里也在想：“她为什么要说这些？”

千层锦忧心忡忡地问：“小妖儿，你怎么了？这些说不说的有什么用？你是这帮徒弟里最聪明最肯用功的，师父知道。从小到大，我疼闺女一样疼你，就指望你将来能有大出息……”

小攀说：“师父，我是不会辜负你的。一直以来，‘父亲’这个称呼在我心里就默认是你，所以，小严哥把十三张汇票交到我手里的时候，我第一反应就是把它们背书或者贴现到咱们自己的公司。”

千层锦一听激动得眼泪快要流下来：“好闺女！以后咱们也洗手不干了，明天第一件事就是送你上大学。你想做学问咱们就堂堂正正地做学问，想要着玩咱们就痛痛快快地玩儿！”

小攀忍不住笑出声来，说话却哽咽了：“小严哥跟我说，他要娶我，要带我去国外的花花世界。他叫我先去南方找个城市躲起来，然后把钱取出来打到他账上，他在外边稳定了就接我过去。”

千层锦心急火燎地指着包小严骂道：“臭小子是骗你！你知道他把你打发走扭脸就干了什么吗？他找那个撸死小姐去了！你要是把钱转

给他，你就人财两空了！他们在国外逍遥快活，哪里还会管咱们的死活。这种忘恩负义的骗子，你可不能轻信他呀！”说到这儿他急得搓手拍腿，呼呼直喘。

“我知道。”两滴眼泪从小攀脸上滑下来，“我早就想过这一点。他不懂，汇票是不能背书给个人的，也不能立刻就变成钱。”

千层锦心放了一半，却仍然坐立不安：“我还以为他能浪子回头，结果却是狼子野心，本性难改。”

贾庭西走到包小严跟前，用手枪拍着他的脸颊，没好气地说：“好呀小子，玩得挺溜啊！既真心爱露茜又不放心她，欺骗亲师妹的感情又把她当成唯一可托付的人。一般人还真玩不过你，要是最后成功了，你可真算得上是人精了！”

包小严脸憋得通红，没一会儿就释然了，桀骜不驯又心有不甘地说：“我不是人精，我是条野狗！”

贾庭西嘲笑薛宾九说：“老爷子，这也是你看得懂的人心吗？”

薛宾九哼了一声：“不错。不管你肯不肯承认，我用人心骗了你，骗了你的钱，不管这人心是不是对我死心塌地，言听计从。”

“学习了，受益匪浅。”贾庭西不禁再次对面前的干瘦老人肃然起敬。

千层锦迫不及待地追问小攀：“钱没给他就好，汇票现在在哪儿呢？”

小攀说：“师父，我想过了，钱不能给他，也不能给你。我已经把它们放在了一个安全的地方。”

贾庭西举起手枪对准了她，威胁说：“在哪儿？再耍花样别怪我不客气！”

解知略知道他不敢开枪，十三亿巨款的下落只有小攀知道，他不会轻举妄动。不过，如何化解后面的危险呢？贾庭西一旦觉得希望破灭，是随时会狗急跳墙，拼个鱼死网破的。

千层锦冷笑道："贾总，茶喝不下去了，你要来硬的吗？"

贾庭西气急败坏地冷笑说："眼前的形势不允许吗？"

"哈哈！这里可不只是你有人手，我跟九爷既然敢来单刀赴会，就不怕你这一手。"

贾庭西故作惊讶地说："是吗？那可太叫人害怕了。只不过，在座的也就解警官难对付些，不过他本事再高，总打不过七八个壮小伙儿和一支格洛克、十发帕拉贝鲁姆手枪弹吧？"

千层锦摸出手机托在掌中，乜斜着眼睛问："能打个电话吗？"

贾庭西满不在乎："随便。"

千层锦将手机倚着茶壶立在桌上，拨出了视频通话，又打开了免提，马上就有纷乱嘈杂的脚步声急匆匆地传来，接着是昏暗模糊的图像，有人边走边对着镜头叫喊："师父，要动手了吗？"

"照一下你们在哪儿，好叫人家事先有数，别埋怨咱不请自来，不讲究不仗义！"

"是！"那边答应一声，镜头开始剧烈晃动起来，最后稳定在一块匾额下面，"看清没？'犹怜小筑'四个黑字！师父，听了你吩咐，师兄弟们就做好了准备，远远地埋伏，都等得不耐烦了，呵呵。只等你一声令下，我们就破门进去锤他娘的！"

"来了几个人？都亮亮相！"

"都来了，还拉了几个同乡，没有三十也有二十七八，大家一听有架打，牌都不玩了。"镜头一晃，照出许多影影绰绰的黑影，每个黑影都拿着家伙，有长有短不知是什么。

千层锦满意地点点头，倚在座位里跷起了二郎腿，对贾庭西说："贾总，我这帮徒弟不成器，就会以多取胜，也不知道能不能打得过你的壮小伙和什么嘎啦客，疤瘌母？"

"好！好一招黄雀在后！"贾庭西左手一拳砸在桌上，翘起了大手指，接着扭头教训手下，"轻敌误国啊，同志们，轻敌误国啊！"

千层锦哈哈大笑，心里无比畅快，对小攀说："这下放心了吧？只有咱们算计别人，还没人能摆圈设套算计咱们。"

贾庭西长叹一声，一脸严肃地问身边壮汉："比你个头都要大的圈套来了，你怕不怕？"

壮汉摇摇头，贾庭西又问另一个："你怕不怕？"

那人说："不怕。"

"为什么不怕？"

那人一脸茫然，胸膛一挺大声回答："反正不怕！"

"那我该怕不怕？"众手下面面相觑，一个个懵然无知，没人敢回答。贾庭西又去问解知略，"解警官，你说我该害怕还是不害怕？"

解知略说："你不害怕。"

"为什么？我凭什么不该害怕？"贾庭西大呼小叫，脸上带着狰狞的冷笑，透着狂妄至极。

解知略知道好戏要进入高潮了，不仅对他毫不厌恶反倒希望看他淋漓尽致地表演："因为他会黄雀在后，而你，会金蝉脱壳。"

贾庭西挑衅地看着千层锦："你以为呢？"

千层锦一下坐直了身子，脑子里飞速回放今日所见所闻。令人眼花缭乱的河岸，笑靥如花的迎宾小姐，警戒森严的保安，曲折蜿蜒的水上廊桥……他欠身猛抓起手机，喊道："他妈的！你们是不是中了人家的障眼法，搞错了地方？"

"不可能，除非有两个犹怜小筑！窗户上挂着帘子，里面人影摇晃，不就是你们？"那边回答，又有声音说，"错不了，冲就完了！"接着手机里就传出几声吆喝，二三十人齐声呐喊，"砰"的一声撞开房门，乱哄哄闯了进去。

千层锦他们所在的茶室却静悄悄的没有任何动静，他脸如死灰望着薛宾九，颤声发问："九、九爷……"薛宾九面沉似水，没有理他。

手机里乱成了一团，两三个女人尖叫起来，响声刺耳，接着又有七八个不同的男声或胆怯或强横地质问："干什么？我们是私人聚会！""她们是自愿的，上流圈子社交文化，管得着吗！""大家都是头面人物，闹大了可都不好看。""不行我要起诉！出示证件了吗你们！""不是警察？别，兄弟给个面子……"

千层锦无力地坐回椅子，一语不发双眼发直，任由手机里的人疑惑地大叫："师父，这里怎么没有你？犄角旮旯搜遍了，只有几个不知羞耻的狗男女……"

"现在的年轻人啊，都变了，蛮凶的，幸亏他们迷了路，打扰不到我们。"贾庭西笑嘻嘻地对千层锦，接着眼角余光看到气定神闲的薛宾九，得意之余竟有些紧张，"老爷子，你是不是已经猜到我这金蝉脱壳之计了？"

千层锦抱着最后一线希望看着薛宾九，茫然失措地问道："九爷，您老深谋远虑，早就识破他的障眼法了吧？"

薛宾九反问他："你想明白了吗？"

"大概吧……犹怜小筑其实有真有假，他故布疑阵领咱们进了这个假的，花篮拱门气球之类扰乱视线的一撤走，真的那个就露出来了，堂而皇之，孩子们去了自然上当。"

"照你这么说，孩子们离着并不远啊，你怎么不叫他们过来？"

千层锦哑口无言了，因为他对自己的推断毫无信心，自然没有底气再做那样的决定。

贾庭西握紧了手里的枪，脸上的笑容也变得僵硬，他盯着薛宾九，明显看得出他感到了莫名的恐惧。"千老板不是我的对手，老爷子，你是。"

"哈哈！"薛宾九像是从睡梦中醒来的豺，目光锐利而深邃，"如果我猜得不错，贾老板不是金蝉脱壳，而是瞒天过海，要带我们去海上。"

贾庭西放声大笑："不错！你是我的知音。"他冲手下挥了挥手，几个人走到窗边，"唰唰"几声拉开窗帘，又"啪啪"几下打开了窗户，立刻有清凉的夜风灌进来，众人精神为之一振，也看到了早已远去的岸上灯光。

“怎么可能！”千层锦惊得站起身来，他脑筋飞转，终于恍然大悟，“犹怜小筑有真有假，假的这个是艘船……一开始不是地震，是起锚！不是停电，也不是柴油发电机，是轮船发动机……”

“不，是柴油发电机，用来掩盖船体的轻微晃动。现在的发动机都已经是电动的了，几乎听不到声音。”贾庭西摇了摇头，他转向薛宾九，“老爷子，你是怎么识破的？你不推心置腹，我也不敢放肆开怀啊！”

薛宾九呵呵一笑：“小妖儿说得对，年轻人不上进，这么多年了，骗术还是换汤不换药。你以为这是你的独创？老祖宗早就玩剩下几百年了！”

“管它老祖宗小祖宗，只要管用就是好骗术！”贾庭西走到窗边深吸一口气，霍地转过身来，大声说道，“诸位，我宣布，你们都被骗了！哈哈哈哈，哈哈哈哈！”他实实在在笑了个痛快，随后又说，“就算知道被骗也悔之晚矣！这艘电动豪华双层游船已经顺流直下，驶入大海，用不了多久就会四顾茫茫，自由自在！”

千层锦听得头皮发麻，他不肯示弱，怒气冲冲地问：“你到底打的什么如意算盘？”

贾庭西志得意满，像是诡计得逞跳出来看笑话的坏孩子：“你刚才问我，为什么只带这几个人。现在告诉你，因为返航的小艇只能坐下这么多。”

“你要杀人灭口？”

“不不不，杀人是要杀的，不过不是你千层锦，而是王大愚。”

千层锦看了看薛宾九又看了看小攀，没有听懂。

贾庭西又说：“名片带了吗？”

千层锦更是如坠云雾。

“我帮你带了。”贾庭西从口袋里掏出一个亮闪闪的名片盒，瞟了一眼内容，念了出来，“王大愚，环球贸易董事长兼总经理，哈哈，假作真来真亦假……”他拈出名片随手丢在地上，转头问薛宾九，“老爷子，你刚才说什么来着？对了，假的虽然是假的，以真面目出现就有真的用处，这句话真是至理名言！”

薛宾九呵呵一笑，骂道：“年轻人有你这样的天赋难能可贵，做买卖有你这样的手段可要断子绝孙！”

“不劳惦记。”贾庭西用枪口指点着几个对手侃侃而谈，“一艘阔气的大海船和不同来历的几个人，一同漂流在海上，会发生什么？想一想，想一想……几天之后，终于有人发现，海里飘着一艘随波逐流的大船。死气沉沉，毫无生机，就像一艘幽灵船。里面躺着几具尸体，面目还没有腐烂，通过长相和物证，比如散落的名片或者其他什么小物件，能够轻易辨认出他们的身份，原来是一伙儿骗子……”

贾庭西连说带比画，讲得吐沫横飞，声情并茂，看起来夸张造作，滑稽可笑，听到耳朵里却令人脊背发凉，不寒而栗。

“卡慕玛旎的新任总经理监守自盗，和同伙王大愚里应外合，挪用公款从汉骨唐风购买了名贵艺术品，巧妙地转移了资产。得手之后，他们驾驶事先购买的游船逃窜到海上。”贾庭西不知从哪儿又拿出几样证件，好像是船舶驾驶证之类，上面的证件照一眼就能认出是包小严。

“船上除去罪恶昭彰的几个人，就是用成千上万平台用户血汗钱换来的罪恶果实！”他又走到那面空墙跟前，伸手扯去了帷幕。

众人顿时被眼前的景象惊呆了，只见那面墙上从顶到脚密密麻麻挂满了油画，为了少占空间许多都叠在了一起，在昏暗灯光下呈现出令人目眩的诡异景象。

“你伪造的那五幅油画也在里面哦。”贾庭西看着千层锦，眼中满是戏弄与嘲讽，“没有人再去分辨是国产画布还是进口的，它们只有一个性质：赃物！包小严通过汉骨唐风购买的艺术品，最终来源是王大愚，就这么一折腾，公款就神不知鬼不觉地到了你们手里。”

千层锦这才真正醒悟，原来自己早就陷在贾庭西的圈套里，直到现在还没有解脱。

贾庭西又说："下周找个合适的时机，驰遍十方就会发布公告，为防止资产流失，总公司会全面接管卡慕玛旎的所有业务和经营管理。"

"接管了又怎样？"

"剥离不良资产，商誉减值，账目重审，等等，可用的手段多着呢，这才是真正的资产转移！"

千层锦听不懂却知道后面隐藏的恶意，他颤声抵抗说："这是栽赃，你没有证据……"

"你忘了那张面值一百万的违约支票了吗？可是被你结结实实转进了环球贸易的账上，这就是铁证！至于其他赃款的去向，管它呢，骗子总是诡计多端，也许是隐藏得巧妙，还没被发现。"

千层锦遍体冰凉，不知道身在何处，他自救似的胡乱找着反抗的理由："这样一来，汉骨唐风的负责人鲜有良可就脱不了干系，也成了帮凶，你连他也牺牲掉吗？"

"我可以让他'畏罪潜逃'，也可以投案自首举报你们，就看他选择什么样的酬劳。"贾庭西轻蔑地一笑，看着绝望的千层锦，忽然想到了另一个人，眯着眼睛恨恨地说，"在这船上明正典刑的本该另有其人，结果他老奸巨猾跑掉了，只好委屈你们。"

解知略听懂了这个筹划已久的大阴谋，不禁后背发冷，冷笑道："贾总好心机！用满墙的画作栽赃别人挪用公款，然后你再偷着把那笔钱真的转移出去，神不知鬼不觉装进自己口袋。不管谁来查，卡慕玛旎的账上都是空空如也。钱都被总经理一伙儿骗走了，有一百万真实记录作证，剩下的多少多少亿肯定也是如此。"

"不错！"

"然后你就大摇大摆地去做富家翁，就算真查到驰遍十方头上，也有不明就里的女贾庭西顶着，你是个无辜好人。"

“不是富家翁，是投资家，那是我卑微的理想。佛教有云，放下屠刀立地成佛，就是教育我们，若为善先作恶。社会进步了，不能连一颗努力向善的心都容不下吧？”

解知略冷笑道：“只怕已经容得太多了。”

贾庭西哈哈一笑，从靠墙矮柜里取出一部手机和一台笔记本电脑，说道：“解警官，我为你准备了这些……”他吩咐手下在电脑里依次打开了两个文件，分别是慈善大厦坠楼案里包小严的录音，和笪醉大厦初会千层锦时展示过的挑衅视频。

“这些会在一切都结束后复制到你的手机里，这是你搜集到的骗子的罪证。了解你的人都知道，你一直在追查一伙儿骗子。从慈善大厦的包小严，到犹怜小筑的包老严，再到大学食堂的小妖儿，最后是不断用电话挑衅你的神秘报案人千层锦……你锲而不舍地搜寻，终于功夫不负有心人，在这里将他们一网打尽。骗子们激烈地抵抗，身手不凡的警察为了维护人民财产，为了伸张正义，与他们英勇搏斗，最终击毙群小，自己也因伤势过重壮烈牺牲。”

解知略和千层锦他们听得目瞪口呆，眼前这个人的狡诈狠毒简直令人发指。解知略想发出一声冷笑，出来的声音竟微微有些发颤：“你的计划并非完美无缺，许多地方根本禁不起推敲，你以为办案人员会是粗心的傻子？”

“要相信惰性的力量。”贾庭西傲慢地指着解知略，“我敢跟你打赌，‘馋死你’一爆雷，舆论一起来，有人肯定焦头烂额，忙于应对。这时正好有了最理想的结局，警察与骗子同归于尽，赃物尽数追回。受害者骂了娘，网民解了气，他们保住了乌纱，你获得了荣誉，皆大欢喜，何乐而不为。至于骗子是否无辜，谁还会在意呢？”

解知略听得冷汗涔涔，贾庭西说的未必尽然却又无法用必定不然反驳他。

“只要我再把那十三张汇票找回来，整个计划就天衣无缝，尽善尽美了。”贾庭西忽然笑嘻嘻地看着小攀，用枪比画着包小严和解知略的方向，问道，“攀小姐，这两个人你更喜欢谁？”

小攀一愣，不知道他在打什么主意。

“很多人都有选择困难症，不知道攀小姐怎么样？现在到了你做选择的时候，如果让你挑一个，你是要旧情郎还是新相识？”

小攀明白了他的用意，前所未有的恐惧令她颤抖，平日的机智已经停摆，她看着两个人一时说不出话来。

包小严怒道：“小妖儿，别听他的，就算你说了汇票的下落，他也不会放过咱们。”

小攀看着他，苦笑说：“小严哥，还记得你出走那天我给你打的电话吗？你问我在哪儿，我说先不告诉你。其实，我是在注册公司，用我和你的名义。当时我幻想着有朝一日能和你一起奋斗，有钱了就投进去，当作我们两个人共同的礼物。”

包小严一下挺直了身子，激动不已地说：“你打算把汇票的钱转进咱们公司里？真的吗，小妖儿？我、我不是人！我对不起你……以后我一定改，死心塌地好好对你！”

小攀冲他温柔一笑，轻轻说道：“对不起，小严哥，现在我已经不爱你了。”

包小严僵了几秒发出几声冷笑，瞥了一眼解知略，阴阳怪气地挖苦说：“有了新相好，师兄自然算个屁！”

话音还没落地，突然“砰”的一声大响，贾庭西对着他就是一枪，包小严立时摔倒在地，一声没吭就不动了。“妈的！”贾庭西啐了一口，“啰唆！”

屋里众人毫无防备，吓得激灵一下，骇然失色，连训练有素的几个壮汉也心跳不已，他们毕竟不是职业杀手，如此近距离的杀人还没在现实中见过。

小攀惊魂未定，向贾庭西喝问道：“你为什么杀他？”

贾庭西握枪的手也在颤抖，不过他很快镇定下来，说道："这是你的选择，你不要他了。"

"我不是这个意思……"小攀的眼泪扑簌簌垂落下来，她心慌意乱，至于不是这个意思又是什么意思，她自己也未必说得清了。

千层锦怒不可遏，吼道："姓贾的，不要欺人太甚！"

贾庭西根本没把他放在眼里，只是调转了枪口冲着他，连句话都懒得说。

千层锦胆怯了，看着脸色铁青的薛宾九，无助地问道："九爷，你就没想到这一步吗？"

薛宾九瞪了他一眼："都指着你，我这把老骨头扔在哪儿都不知道！"说着慢慢摸出一部老式手机，里面正传出单调重复的嘟嘟声。

所有人的目光瞬间聚焦在那只干瘦的手上。

千层锦忽然想到那天他交代的事情，两个最机灵的徒弟派给他了，原来他是要用在此刻！一念至此，千层锦的心里又立刻充满了希望，焦躁不安地咽着唾沫。

贾庭西虽然一向自负，这时也不禁有些忐忑，抓着枪的手里止不住出了一层冷汗。

有个急匆匆的声音从老式手机标志性的大喇叭里传出来："九爷，放心！我们看出来那是条船了。它突然一动我们就觉得不妙，赶紧去想办法，千辛万苦也找到了一条船……"

千层锦忍不住大声叫好，瞥了一眼贾庭西，又向手机里问道："你们一共多少人，现在在哪儿呢？"

"人都在这儿了，全汇齐了，就是这船漫天要价，说晚上船只紧张，我们来得晚了，就剩一条维修的小艇，开口就要几万！现在已经谈好价了，一会儿开快点儿，保证不耽误事……"

"嘿！"千层锦绝望了，颓然坐在地上一句话都说不出。薛宾九长叹一声，闭上了眼睛。

贾庭西心中忧惶尽去，哈哈一笑，说道："老爷子，你终究还是棋差一着。不过，我服你！"他环视众人，无敌的快意潮水一样涌上来又潮水一样退去了，他觉到了一丝无聊。

"好了，攀小姐，所有干扰都没有了，你可以继续做你的选择。"贾庭西把枪口对准了解知略，又移向了千层锦，漫不经心地问道，"他们两人，你又会要哪个呢？"

眼前的形势再明显不过，如果小攀不告诉他汇票藏在哪儿，解知略或者千层锦就是下一个被子弹击中的人。贾庭西不直接威逼小攀，而是让她眼睁睁看着自己身边的人一个接一个倒下，还是以她选择的方式，这对她来说实在比直接威胁生命还要残忍可怕得多。

解知略仔细聆听着船外的动静，可是那里除了风声水声别的什么都没有。他开始有些担心，不是因为自己成了死亡挑选的对象，而是怕小攀屈服反害了她自己的性命。

小攀深吸了一口气，慢慢说道："今天出发前，我把十三张汇票装在一个文件袋里，一路随便走，不知是哪个小区，胡乱找了个寄存箱，存进了其中一个空格位里。"

"你说什么！随便走，胡乱存？"贾庭西恼羞成怒，手枪上下挥舞，"荒唐！不可理喻！你是要搞哪样？"

在场众人听了心里也是一片茫然，不知她这么做有什么玄机。

小攀眼望着窗外和水天浑然一体的夜色，悠悠地说："我虽然不认识那是什么地方，却拍了照片，有心人看到了一定能找到那儿，凭着取件码将里面的东西取出来。"

解知略的心猛地震颤了，瞬间明白了小攀的用意。她是在把生的希望让给他，为他的胜利争取时间。他不想独占这希望，他要跟她一起迎接胜利。

解知略霍然起身，莫名的悲伤却在这时击中了他，令他头晕耳鸣，眼泪几乎要流出来。

“好了！”他强忍头痛，大声喝道，“贾庭西，该结束了，你被包围了！”

贾庭西冷眼森然瞅着他，不屑地说：“好啊，只要你喜欢。”

小攀对他俩的对话置若罔闻，继续慢慢说着：“我把照片用取件码命名，然后打包成一个加密文件发给了一个人……解哥，还记得广场岗亭里我说的话吗？密码就是答案。”说完冲解知略淡然一笑。

小攀轻舒了一口气，像是一段行程走到了终点，她看着萎靡不振的千层锦，哽咽说道：“师父，我知道，我没把东西留给你，你会伤心，可是，我要是把它给了你，我会更难过的。”

千层锦重重叹了口气：“唉！都无所谓了。”

小攀觉得委屈，眼泪在眼圈里打转，指着贾庭西说：“师父，你以为咱们失败了，赢的人就会是他吗？”

千层锦还是忍不住抱怨说：“难道还会是这个警察？他能有什么过人之处，让你心都乱了？”

小攀悠悠说道：“他一天到晚好像什么都干，又像什么都没干。可就是有股劲让人觉得他很有……力量，不是力气大那种。反正，当我真心与他共事的时候，我就觉得不管面对什么样的骗局，对付什么样的坏人，最终胜利的一定会是我们。”

千层锦抬头看了她一眼，痛心地说：“丫头，你大了，心收不回来了。”

小攀又说：“师父，我从不后悔跟你出来闯荡。在外面我开了眼界，认识了不少人，也明白了许多道理，我相信我的决定是对的。”

千层锦垂着头没有说话。就在这时，水面上忽然传来一声悠长的呼唤，像有人拖长了声音在喊：“如——”不知道是不是水上作业的号子。

贾庭西心中烦躁，满腹狐疑盯着小攀和解知略，就像嗅到血气的狼盯着眼前跳来跳去的猎物。红线已经在它眼中堆积，理性的克制一触即破，随时都会扑上去撕咬。贾庭西吼道：“他给你，你又给他，一个个都来耍老子！”

解知略慌了，他还没像现在这样感到恐惧，他能嗅到死亡的气息正在小攀头顶盘旋，他要驱走它，用转移贾庭西怒火的方式。他哈哈大笑：“贾庭西，你不觉得这一切都是我的圈套吗？你自以为骗了所有人，岂不知我才是看透了一切的人！”

贾庭西发出几声冷笑：“这么说，她就没用了……”

解知略脑袋“嗡”了一声，心里像被猛地刺入了一根尖冰。他疯了一样冲出去，将贾庭西扑倒在地，一拳打在他脸上。他不敢回想刚刚听到的是不是枪声，也不敢去看倒下的是不是小攀。

三个壮汉将解知略勒着脖子扭着胳膊架起来，又有人扶起鼻血长流、牙齿松动的贾庭西。贾庭西捡起甩落在墙边的手枪，红了眼，冲过去揪着解知略的衣服恶狠狠地说：“姓解的，活得不耐烦了！”

解知略心中的悲伤化作一阵狂笑从胸中冲出。

贾庭西怒道：“你怕了？”

解知略说：“你已经被包围了，该害怕的是你。”

贾庭西放声大笑，一拳打在解知略鼻子上，用手枪死死抵住解知略的额头：“现在怎么说？”

解知略鼻血长流，冷笑着逼视过去：“你被……包围了。”

又有一声呼唤传来，比刚才又近了些：“神——”

“小妖儿，我的儿……”千层锦从惊愕之中醒过来，踉跄着奔向小攀。贾庭西怒目而视，将枪口对准了他。千层锦一愣站住了，脸上迅速升起的悲壮神色却令贾庭西感到胆怯，不由自主退了一步。千层锦走到自己视如己出的徒弟身边，抱起了一息尚存的小攀，眼泪扑簌簌滴下来，哽咽着轻声呼唤。

解知略头撞膝击从壮汉的禁锢中挣脱出来，扑过去抓住小攀的手。小攀看着他问道：“解哥，如果我出生在光明的世界里，是不是就有资格爱上你了？”

解知略泪眼蒙眬，握着小攀的手说：“小攀，你现在就很可爱，比许多人都可爱得多！”

小攀已经闭上眼没了呼吸，不知道最后这句话她听到没有，或许，她并不在意是否有答案。

千层锦悲恸不能自已：“丫头，师父对不起你。”

解知略心中一酸，知道他并未完全领会小攀的苦心，忍不住愤然说道：“她把所有责任都揽在自己身上，还不把赃款留给你，是想减轻你的罪行，不想让你在牢狱里度过余生！”

千层锦愣住了，片刻之后放声痛哭。

“闭嘴！都闭嘴！”贾庭西气急败坏地大叫，他冲过来用手枪指着解知略，“解警官，他们都死了，你也想死吗？”

解知略说：“我不想，我要亲手抓住你。”

“凭什么？”

“凭我早就识破了你的诡计！当我发出信号的时候，就会有队友驾着摩托艇团团围住这艘船，数不清的枪支会一齐对准你！”

贾庭西侧耳倾听外面的动静，哪有什么摩托艇的声音？他心里有了底，故意调笑说：“既然你胜券在握，方不方便把手机解锁一下啊？”随即让手下搜出了解知略的手机。

解知略用指纹解了锁，找到存放压缩文件的目录，心里不禁又是一阵痛彻骨髓的悲伤。

贾庭西问道：“你们的问题是什么？”

解知略回想着那天他和小攀的对话，情不自禁说出来：“我问她，你爱他吗？她说，你猜我爱哪一个？”

贾庭西眼珠转了转顿时领悟，自问自答说：“她不爱原来的包小严了，自然爱的是你，嗯，我爱知略，五二二一，前两位是数字谐音，后两位是字母象形。”他边说边按，在密码框里输进去四个数字。

“错误！怎么可能？”贾庭西皱眉思索着，看了眼千层锦顿时受到启发，“对了，我爱师父……师父，四五，五二四五。也不对！五二八八，嗯？”

他屡屡受挫有些急躁起来，忽然他一拍巴掌：“对，对对！天底下谁不爱自己，我爱自己，五二……五二什么？五二五五，不对，五五五五，不对！”

“密码是什么？到底是什么？”贾庭西火冒三丈忍无可忍，“啪”的一声扔了手机，比画着手枪逼问解知略，但他猛然意识到这根本威胁不到眼前这个人，心里一慌急忙寻找可以让对手屈服的人质。他举着手枪依次指向屋里的几个人，小攀死了，包小严也死了，千层锦、薛宾九又算得了什么呢？无奈之下只好重新将枪口对准解知略，愤然说：“大不了老子不要了！谁都别想好！”

解知略一拍桌子，怒道：“由不得你了！你看……”他出手如电，掷出了桌上的茶杯。

一道白光直奔水晶吊灯，正砸在金属框架上。水晶吊灯微微晃动，撒出璀璨晶莹的闪光，屋里各种黑影随之摇摆起伏。那只茶杯却弹了回来，冲向解知略的头顶，就像不久前掷出的烟灰缸一样。不过这次他躲开了！茶杯一下撞碎在地上。

贾庭西一惊，随后就听见外面传来最后一声呼唤，跟刚才不同的是，这次近在耳边，响若春雷，不知究竟有多少人：“手——”他几步扑到窗边，只见自己所在的大船周围不知何时多了许多黑黢黢的影子，看轮廓像大小不一的船艇。

“那是什么？”他惊恐地发问。

“包围你的人！”

“警、警察？你们刑侦队？不可能！你刚发信号他们就赶到了，这不可能！”

解知略一笑：“你没听到他们分三次向我传达的信号吗？这是告诉我他们来了，让我知道大概抵达的时间。”

“你怎么会事先安排下这么多船？”

“因为我知道你要金蝉脱壳，要把我当成死去的证人。我也猜到了你的瞒天过海之计，不过却是走进你的障眼法之前。我没到过犹怜小筑，却对它了如指掌，知道它被刻意打扮，知道那里直通大海。”

贾庭西指着薛宾九：“他都毫无办法，你知道了又能怎样？”

“我后面有人。”

“他们也有的是人。”

“我跟他们不同，我有的不是听人使唤的手下，而是跟我一样主动思考，会听会看的真正帮手。”

就在这时，几十道强光光柱从船体四面八方齐射进来，照得舱里亮如白昼。无数高音喇叭炸弹一样轰击着音浪，叫人听了胆寒色变：“里面的人听着，你们已经被包围了，负隅顽抗死路一条，放下武器立刻投降，我们保证不伤害你们！”

解知略目光炯炯盯住贾庭西：“是你自己走出去，还是我叫他们上来？”

贾庭西斜着眼睛拼命审视着解知略，恨不得扎进肉里去寻找真相，最后哈哈一笑：“诈我？哈哈哈哈，你想诈我！你已经被停职了，除了几个不懂事的大学生和没事干的‘夕阳红’，还有谁理你？”

解知略不由得暗暗佩服他的沉着定力和老奸巨猾：“你错了。我来赴约之前给队里打了个电话，他们自作主张惊动到局里，一下批了几十个人，几十条枪，不信你到窗口比画一下试试！”

贾庭西脸上阴晴不定，他命令一个手下：“去，到窗边试试，他是骗人的！”

手下战战兢兢接过他递来的那支假手枪，缩手缩脚磨蹭到窗前。马上有几道光柱钉在他脸上身上，他吓得一哆嗦，急忙冲外喊道：“别开枪，不是我！”叫声卷在海风里，也不知道对面能不能听到。

贾庭西恶狠狠地命令他：“挥手！”手下心胆俱裂，挥着手大叫：

“我就试试，这是个假的！”喊完才发现挥错了手，马上又举起了攥着假枪的那只。十几条红线瞬间集中在他胸前，高音喇叭喊道：“放下武器，不然就开枪了！”接着就是“砰”的一声枪响。手下的魂儿都飞了，大口喘着粗气一下软瘫在地上，就像全身骨头瞬间被抽走了一样。

贾庭西绝望了，原来解知略所说都是真的，只要他愿意，那十几条瞄准激光随时都可以照射在自己身上。凶恶的野兽被困住并不会收敛本性，相反只会更狂暴。他眼睛血红阴森森地说：“解警官，你赢了，我以为自己到了海上，呼风唤雨唯我独尊，结果还是技不如人，落在你手里……我已经杀了人，怎么都是死，就不在乎多杀几个！”他将牙齿咬得咯咯作响。

解知略知道自己命悬一线，但贾庭西心神已乱，转危为机也就在此时。他目光炯炯指着那个软倒的壮汉大声说：“贾庭西！你没想到吧，枪已经被我掉了包，那把才是真的！”

陷入绝境的贾庭西还不是惊弓之鸟，强大的内心告诉他这不可能，但是，心里闪过的刹那恐惧还是让他不由自主扭过头去。这就是解知略等待的机会，稍纵即逝，片刻足矣。

就在贾庭西暗叫一声不好，下意识里回身开火的瞬间，他手上一空，枪已经到了解知略那里。紧接着就是一连串枪声在头顶炸响，伴随着解知略的怒吼：“卑鄙！混蛋！”贾庭西耳朵轰鸣，觉得头顶已被乱枪打穿，他已经死在晴天霹雳中，双腿再也支持不住，咕咚一声栽倒在地上。

解知略一口气打光了手枪里剩余的八发子弹，每一发都贴着贾庭西的头皮射出去，他真想把枪口向下压低一点儿，但最终还是忍住了。看着船舱壁上密布的弹孔，解知略更觉得悲愤难抑，大叫一声流下泪来。

刑侦队员冲上船扶起了他，也抓住了失魂落魄的贾庭西等人。贾庭西眼神落寞瞧着解知略：“多谢不杀之恩，我愿赌服输……不过，解警官，你也要记住，你不是抓了一个卑微的坏人，而是扼杀了一颗不屈奋进的心。”

解知略竟然有些同情他，在押着他出船舱的时候对他说：“你说的并不完全错，你是到了海上，是淹没在人民的汪洋大海中。”

贾庭西适应了外面的光线，看清包围自己的除了屈指可数的警用摩托艇，更多的是普通电瓶船，大小不一，模样杂乱，船上的面孔不是大学生就是社区群众，手里各自拿着高音喇叭、强光手电和激光笔。

他哈哈几声，看不出是哭是笑。

事情告一段落了。赵倚梦见解知略独自一人待在角落里，过去安慰他：“知了哥，别难过了。”

解知略差点儿忍不住哭出来，他强作欢笑说道：“负责技术的同事查出来，‘馋死你’软件的充值资金并没有完全进到卡慕玛旎的账上。软件被人动手脚留了后门，每一笔进账都随机流向两个账户，一个是卡慕玛旎的，一个还没查清底细。”

“贾庭西留了一手吧？”

“问了，他说不知道。我觉得他可能猜到是谁了，只是还不肯说。”

赵倚梦皱了皱眉，说：“这些人鬼心眼真多。知了哥，你猜到了吗？”

“可能是卡慕玛旎原来的总经理和总工程师，汤姆王、施博士。”

赵倚梦对这些不感兴趣，沉默了一会儿，又问：“你想她吗？”

解知略没有表态，沉默了片刻，只是说：“我在想，她知道包小严的许诺是假的，为什么还会买票去南方？”

赵倚梦也不明白：“是啊，她早就不爱包小严了，东西也留给了你，师父又没在那儿，为什么还要走呢？难道她对包小严还是存着一份爱的？”

解知略不敢去想，现在关于小攀的每一丝思绪都像薄而锋利的钩刀在撕扯他的心。他机械地回应说：“或许她都爱吧，她说过想两全其美。”

“都爱的话，密码是什么？我问问殷棠离，他应该懂。”赵倚梦边说边拨出了电话，得到的答复是，二进制里用一表示肯定，写代码也常常这样用，可以试试四个一。

解知略莫名有些失落，竟害怕这就是正确答案，他在密码框里一点一顿地输入了四个一。

密码错误！

赵倚梦大惑不解：“难道是四个零？”

密码错误！

解知略在痛苦中回溯那日的情形，忽然一个声音在他耳畔响起，那是小攀的声音：“你会忘了这一天吗？”他心中豁然贯通，在无尽的热爱与忧伤中输入了小攀和他告别的日期。

照片打开了，背景果然是一个普通小区，有楼房有草地有带花朵的绿树，有寄存柜，还有正自拍的小攀。

“为什么？”

解知略在悲伤的深渊里不断坠落，这确实是小攀留给他的纪念，不只有冷冰冰的关于钱财下落的线索，还有精心构图、完美呈现的自己。照片传递出两个信息：拍照的人是有情的，收照片的人也一样，而且拍照的人感受到了。

他不敢再看下去，手指却不由自主要去抚摸，他咳嗽一声让声音显得不那么异样，像是回答赵倚梦又像自言自语：“她是自由的，做什么都基于她自己的判断，而不是基于对哪个人的爱。爱会让人失去自我，她可能并不想这样。你看她，眼睛在微笑，或许心里却在挣扎。”

［完］